34

QUEVEDO

CLÁSICOS CASTELLANOS

QUEVEDO

III

LOS SUEÑOS

II

EDICIÓN Y NOTAS DE JULIO CEJADOR Y FRAUCA

ESPASA-CALPE, S. A.
MADRID

Talleres tipográficos de la Editorial ESPASA-CALPE, S. A.
Ríos Rosas, 26.— Madrid

EL MUNDO POR
DE DENTRO

Sacan las primeras ediciones al margen los asuntos y personas de que se compone el discurso, y son los siguientes: "desengaño, hipocresía, todos son hipócritas en el mundo, hidalgo, caballero, discretos, viejos, niños, en todos los nombres de las cosas hay hipocresía, los pecados todos son hipocresía, hipócritas, entierro y procesión de una difunta, el viudo, explicación del entierro y procesión, viudo, luto y llanto de una viuda, explicación de la tristeza y luto de la viuda, alguaciles tras un ladrón, escribano, corchetes, alguaciles, escribano, rico con carroza, criados y bufones, mujer hermosa con manto, desengaño de la hermosura de la mujer". El título en el Ms. de Lastanosa aparece de este modo: *Discurso del mundo por de dentro y por de fuera.*

A DON PEDRO GIRON, DUQUE
DE OSUNA, MARQUES DE PEÑAFIEL
CONDE DE UREÑA

Estas burlas, que llevan en la risa disimulado algún miedo provechoso, envío para que 5
vuecelencia se divierta de grandes ocupacio-

---

1 La dedicatoria es enteramente diferente en la edición de Pamplona de 1631 y en el Ms. de Lastanosa. Hela
aquí: "*A don Pedro Girón, Duque de Osuna (a).* Estas
son mis obras: claro está que juzgará vuecelencia que
siendo tales no me han de llevar al cielo; mas como *(b)* yo
no pretenda dellas más de que en este mundo me den
nombre y el que más estimo es *(c)* de criado de vuecelencia, se las envío para que, como a tan gran príncipe,
las honre: lograrán de paso la enmienda. Dé Dios a
vuecelencia su gracia y salud; que lo demás merecido lo
tiene al mundo su virtud y grandeza. En la Aldea *(d)*,
abril 26 de 1612.—*Don Francisco Quevedo Villegas.*"

(a) "y conde de Ureña." (Ms. de Lastanosa.)
(b) "ya no pretenda de ellas más que en este mundo."
(Idem.)
(c) "el de criado de vuecelencia, se las invío para que
como tan gran príncipe." (Idem.)
(d) "abril 1623.—Don Francisco Gómez de Quevedo
y Villegas." (Idem.)

nes algún rato. Pequeña es la demostración;
mas yo no puedo dar más, y sólo me consue-
la ver que la grandeza de vuecelencia a mucho menos hace honra y merced. En la Aldea,
⁵ abril 26 de 1612.

DON FRANCISCO DE QUEVEDO VILLEGAS.

---

5 1610 es el año que fijaron los *Juguetes de la
niñez* en 1629, y desde entonces hasta hoy viene reproduciéndose.

AL LECTOR

Es cosa averiguada, así lo siente Metrodo-
ro Chío y otros muchos, que no se sabe nada 5
y que todos son ignorantes. Y aun esto no se
sabe de cierto: que, a saberse, ya se supie-
ra algo; sospéchase. Dícelo así el doctísimo
Francisco Sánchez, médico y filósofo, en su
libro cuyo título es *Nihil scitur:* No se sabe 10
nada. En el mundo, fuera de los teólogos, filósofos y juristas, que atienden a la verdad y
al verdadero estudio, hay algunos que no sabe nada y estudian para saber, y éstos tienen buenos deseos y vano ejercicio: porque, 15

---

2 *Deparare;* en *A: depare.* Adviértase que con *cán-
dido, pío* y *benigno* quiere decir lo mismo, no menos, que
con *purpúreo, cruel* y *sin sarna,* que le moleste criti-
cándole.

al cabo, sólo les sirve el estudio de conocer
cómo toda la verdad la quedan ignorando.
Otros hay que no saben nada y no estudian,
porque piensan que lo saben todo. Son déstos
5 muchos irremediables. A éstos se les ha de
envidiar el ocio y la satisfacción y llorarles
el seso. Otros hay que no saben nada, y dicen
que no saben nada porque piensan que saben
algo de verdad, pues lo es que no saben nada,
10 y a éstos se les había de castigar la hipocresía con creerles la confesión. Otros hay, y en
éstos, que son los peores, entro yo, que no
saben nada ni quieren saber nada ni creen que
se sepa nada, y dicen de todos que no saben
15 nada y todos dicen dellos lo mismo y nadie

---

2 *Toda la verdad.* En el *Libro de vidas y dichos
graciosos, agudos y sentenciosos de muchos notables varones griegos y romanos,* traducción por Juan Jarava, de
los *Apotegmas* de Erasmo, se lee (Anvers, 1549, fol. 87):
"Esto se loa y se tiene en más que todas las otras cosas
que dijo (Sócrates), porque decía que no sabía otra cosa
sino esto sólo, que no sabía nada. Porque se inquiría e
informaba de cada una cosa como dudando. No porque
de verdad no tuviese algo de cierto sabido; mas con esta
ironía y contrario sentido declaraba su modestia y repren-
día la soberbia de los otros, que se decían saberlo todo,
como de hecho no supiesen nada. Unos sofistas decían
públicamente que responderían de presto y sin pensar a
toda materia y cuestión propuesta. La ignorancia destos
soberbios destruía muchas veces Sócrates con argumentos,
y por esto fué juzgado por Apollo sabio, porque, aunque
no supiese todas las cosas, como ni los otros las sabían,
pero en esto los excellía, que conocía su ignorancia, como
ellos no supiesen tampoco esto, que no sabían nada."

miente. Y como gente que en cosas de letras y
ciencia tiene que perder tan poco, se atreven
a imprimir y sacar a luz todo cuanto sueñan.
Estos dan que hacer a las imprentas, susten-
tan a los libreros, gastan a los curiosos y, al 5
cabo, sirven a las especierías. Yo, pues, como
uno déstos, y no de los peores ignorantes, no
contento con haber soñado el Juicio ni haber
endemoniado un alguacil, y, últimamente, escrito el Infierno, ahora salgo (sin ton ni son; 10
pero no importa, que esto no es bailar) con
el *Mundo por de dentro.* Si te agradare y pareciere bien, agradécelo a lo poco que sabes,
pues de tan mala cosa te contentas. Y si te
pareciere malo, culpa mi ignorancia en escri- 15
birlo y la tuya en esperar otra cosa de mí.
Dios te libre, lector, de prólogos largos y de
malos epítetos.

---

5 *Gastan,* hacen gastar dinero en comprar los libros:
notable uso de gastar como factitivo, esto es, *hacer gastar.*
6 En *A P: emprentas;* en *A: especerías.*
10 *Sin ton ni son... no es bailar,* alude al origen del
dicho, según lo declaramos en el primer sueño, del bailar
sin música, a destiempo.
14 *De tan mala cosa,* retruécano, el mundo es mala
cosa, no mi discurso.

DISCURSO

Es nuestro deseo siempre peregrino en las cosas desta vida, y así, con vana solicitud, anda de unas en otras, sin saber hallar patria ni descanso. Aliméntase de la variedad y diviértese con ella, tiene por ejercicio el apetito y éste nace de la ignorancia de las cosas. Pues, si las conociera, cuando cudicioso y desalentado las busca, así las aborreciera, como cuando, arrepentido, las desprecia. Y es de considerar la fuerza grande que tiene, pues promete y persuade tanta hermosura en los deleites y gustos, lo cual dura sólo en la pretensión dellos; porque, en llegando cualquiera a ser poseedor, es juntamente descontento. El mundo, que a nuestro deseo sabe la condi-

---

15 *Descontento*. Como que el deseo es tendencia a una cosa; lograda, el deseo desaparece, quedando uno descontento, porque todo el contento se cifraba, no en la cosa, sino en desearla.

ción para lisonjearla, pónese delante muda-
ble y vario, porque la novedad y diferencia es
el afeite con que más nos atrae. Con esto aca-
ricia nuestros deseos, llévalos tras sí y ellos
5 a nosotros.

Sea por todas las experiencias mi suceso,
pues cuando más apurado me había de tener
el conocimiento destas cosas, me hallé todo
en poder de la confusión, poseído de la vani-
10 dad de tal manera, que en la gran población
del mundo, perdido ya, corría donde tras la
hermosura me llevaban los ojos, y adonde tras
la conversación los amigos, de una calle en
otra, hecho fábula de todos. Y en lugar de
15 desear salida al laberinto, procuraba que se
me alargase el engaño. Ya por la calle de la
ira, descompuesto, seguía las pendencias pi-
sando sangre y heridas; ya por la de la gula
veía responder a los brindis turbados. Al fin,
20 de una calle en otra andaba, siendo infinitas, de tal manera confuso, que la admiración
aún no dejaba sentido para el cansancio,
cuando llamado de voces descompuestas y tirado porfiadamente del manteo, volví la ca-
25 beza.

Era un viejo venerable en sus canas, mal-

---

23   "unas grandes y descompuestas voces y tirado muy
porfiadamente del manteo." (Edic. de Barcelona, 1635.)

tratado, roto por mil partes el vestido y pisa-
do. No por eso ridículo: antes severo y dig-
no de respeto.

—¿Quién eres —dije—, que así te confiesas envidioso de mis gustos? Déjame, que 5
siempre los ancianos aborrecéis en los mozos
los placeres y deleites, no que dejáis de vuestra voluntad, sino que, por fuerza, os quita el
tiempo. Tú vas, yo vengo. Déjame gozar y
ver el mundo. 10

Desmintiendo sus sentimientos, riéndose,
dijo:

—Ni te estorbo ni te envidio lo que deseas; antes te tengo lástima. ¿Tú, por ventura, sabes lo que vale un día? ¿Entiendes de 15
cuánto precio es una hora? ¿Has examinado
el valor del tiempo? Cierto es que no, pues
así alegre le dejas pasar hurtado de la hora,
que, fugitiva y secreta, te lleva preciosísimo
robo. ¿Quién te ha dicho que lo que ya fué 20

---

11 *Desmentir* es lo que hoy dicen *despistar* o *hacer
perder la pista*, bonito verbo moderno, bien formado y
que no tiene que ver con el *dépister* francés, que vale
lo contrario, dar con la pista de alguno, descubrir, inda-
gar. Pero no se olvide el clásico *desmentir. Diablo Coj.*,
7: "Don Cleofás y su camarada no salían de su posada
por desmentir las espías." SAAVEDRA, *Empr.*, 45: "Borrar
con la cola las huellas para desmentir al cazador." En
el texto vale disfrazar para desmentir o despistar, como
factitivo, al modo que en ZAMORA, *Monarquía mist.*, 3, 86,
2: "Cuando se desdeña el rey de entrar en una casa, entra
disfrazado, desmintiendo el nombre."

volverá, cuando lo hayas menester, si lo lla-
mares? Dime: ¿has visto algunas pisadas de
los días? No, por cierto, que ellos sólo vuel-
ven la cabeza a reírse y burlarse de los que
5 así los dejaron pasar. Sábete que la muerte
y ellos están eslabonados y en una cadena, y
que, cuando más caminan los días que van
delante de ti, tiran hacia ti y te acercan a
la muerte, que quizá la aguardas y es ya lle-
10 gada, y, según vives, antes será pasada que
creída. Por necio tengo al que toda la vida
se muere de miedo que se ha de morir, y por
malo al que vive tan sin miedo della como si
no la hubiese. Que éste la viene a temer
15 cuando la padece, y, embarazado con el temor,
ni halla remedio a la vida ni consuelo a su
fin. Cuerdo es sólo el que vive cada día como
quien cada día y cada hora puede morir.

—Eficaces palabras tienes, buen viejo.
20 Traído me has el alma a mí, que me llevaban embelesada vanos deseos. ¿Quién eres, de
dónde y qué haces por aquí?

—Mi hábito y traje dice que soy hombre
de bien y amigo de decir verdades, en lo roto
25 y poco medrado, y lo peor que tu vida tiene
es no haberme visto la cara hasta ahora. Yo

---

11 Acuérdase Quevedo del Petrarca, *De Remediis
utriusque fortunae.*

soy el Desengaño. Estos rasgones de la ropa
son de los tirones que dan de mí los que dicen
en el mundo que me quieren, y estos carde-
nales del rostro, estos golpes y coces me dan
en llegando, porque vine y porque me vaya. 5
Que en el mundo todos decís que queréis desengaño, y, en teniéndole, unos os desesperáis,
otros maldecís a quien os le dió, y los más
corteses no le creéis. Si tú quieres, hijo, ver
el mundo, ven conmigo, que yo te llevaré a la 10
calle mayor, que es adonde salen todas las
figuras, y allí verás juntos los que por aquí
van divididos, sin cansarte. Yo te enseñaré
el mundo como es: que tú no alcanzas a ver
sino lo que parece. 15

—Y ¿cómo se llama —dije yo— la calle
mayor del mundo donde hemos de ir?

—Llámase —respondió— Hipocresía. Calle
que empieza con el mundo y se acabará con
él, y no hay nadie casi que no tenga sino una 20
casa, un cuarto o un aposento en ella. Unos
son vecinos y otros paseantes: que hay muchas diferencias de hipócritas, y todos cuantos ves por ahí lo son.

Y, ¿ves aquel que gana de comer como sas- 25
tre y se viste como hidalgo? Es hipócrita, y
el día de fiesta, con el raso y el terciopelo y
el cintillo y la cadena de oro, se desfigura de
suerte que no le conocerán las tijeras y agu-

jas y jabón, y parecerá tan poco oficial, que
aun parece que dice verdad.

¿Ves aquel hidalgo con aquel que es como
caballero? Pues, debiendo medirse con su ha-
5 cienda, ir solo, por ser hipócrita y parecer lo
que no es, se va metiendo a caballero, y, por
sustentar un lacayo, ni sustenta lo que dice ni
lo que hace, pues ni lo cumple ni lo paga. Y
la hidalguía y la ejecutoria le sirve sólo de
10 pontífice en dispensarle los casamientos que
hace con sus deudas: que está más casado con
ellas que con su mujer.

Aquel caballero, por ser señoría, no hay diligencia que no haga y ha procurado hacerse
15 Venecia por su señoría, sino que, como se
fundó en el viento para serlo, se había de
fundar en el agua. Sustenta, por parecer señor, caza de halcones, que lo primero que matan es a su amo de hambre con la costa y lue-
20 go el rocín en que los llevan, y después, cuando mucho, una graja o un milano.

Y ninguno es lo que parece. El señor, por
tener acciones de grande, se empeña, y el
grande remeda ceremonia de Rey.

25 Pues, ¿qué diré de los discretos? ¿Ves aquél
aciago de cara? Pues, siendo un mentecato,

---

26 *Aciago de cara;* en P: *ciego de cara. Aciago,* en-
capotado y nublado, de mal agüero, metáfora aquí del
tiempo que amaga tormenta, triste, melancólico.

por parecer discreto y ser tenido por tal, se
alaba de que tiene poca memoria, quéjase de
melancolías, vive descontento y préciase de
malregido, y es hipócrita, que parece entendido y es mentecato.   5

¿No ves los viejos, hipócritas de barbas,
con las canas envainadas en tinta, querer en
todo parecer muchachos? ¿No ves a los niños
preciarse de dar consejos y presumir de cuerdos? Pues todo es hipocresía.   10

Pues en los nombres de las cosas, ¿no la
hay la mayor del mundo? El zapatero de viejo
se llama entretenedor del calzado. El botero,
sastre del vino, porque le hace de vestir. El
mozo de mulas, gentilhombre de camino. El   15
bodegón, estado; el bodegonero, contador. El
verdugo se llama miembro de la justicia, y el
corchete, criado. El fullero, diestro; el ven-
tero, huésped; la taberna, ermita; la pute-
ría, casa; las putas, damas; las alcahuetas, 20

---

18 "del alguacil." (Ms. de Lastanosa.)
19 *Huésped. Quij.*, 1, 2: "Pensó el huésped." Idem,
1, 32: "A lo cual respondió la huéspeda."
19 *Ermita*, y añaden *de Baco. Ilustre fregona:* "Visi-
taba pocas veces las ermitas de Baco."
20 *Casa*, propiamente *casa llana*, por estar allanada o
abierta para todos. *Rufián dichoso*, 1: "De los de la
casa llana."
20 *Damas, Coloquio de las damas*, del Aretino, tra-
ducido por Fernán Xuárez, Sevilla, 1607.

dueñas; los cornudos, honrados. Amistad llaman al amancebamiento, trato a la usura,
burla a la estafa, gracia la mentira, donaire
la malicia, descuido la bellaquería, valiente
5 al desvergonzado, cortesano al vagamundo, al
negro, moreno; señor maestro al albardero, y
señor doctor al platicante. Así que ni son lo
que parecen ni lo que se llaman: hipócritas
en el nombre y en el hecho.

10   ¡Pues unos nombres que hay generales! A
toda pícara, señora hermosa; a todo hábito
largo, señor licenciado; a todo gallofero, señor soldado; a todo bien vestido, señor hidalgo; a todo capigorrón, o lo que fuere, canó-
15 nigo o arcediano; a todo escribano, secretario.

---

1 *Honrados. Guzmán de Alfarache*, 2, 3, 5: "Pero
los más honrados basta que dejen la casa franca y se
vayan a la comedia o al juego de los trucos, cuando
acaso les faltan las comisiones."

6 *Moreno. Celoso extremeño:* "Enseñó a tañer a algunos morenos."

12 *Gallofero*, mendigo, que pide la gallofa. *Lazarillo*, 2: "Tú, vellaco y gallofero eres."

14 *Capigorrón*, o *capigorrista*, que anda de capa y
gorra para más fácilmente vivir libre y ocioso, sobre todo
los estudiantes. *Pic. Just.*, f. 91: "Llegaron otros ocho
capigorrones tan grandes bellacos como los primeros."
COLMENARES, *Hist. Segov.*, pl. 774: "Acercándose un capigorrón, mozo insolente." *Laber. amor*, 2: "Capigorrón,
brodista, pordiosero." Idem, 1: "Estudiantes capigo-
gorristas."

14 "fraile motilón, o lo que fuere, reverencia y aun
paternidad; a todo escribano." (Edic. de Pamplona, 1631,
y el Ms.)

De suerte que todo el hombre es mentira
por cualquier parte que le examines, si no es
que, ignorante como tú, crea las apariencias.
¿Ves los pecados? Pues todos son hipocresía,
y en ella empiezan y acaban y della nacen y ⁵
se alimentan la ira, la gula, la soberbia, la
avaricia, la lujuria, la pereza, el homicidio y
otros mil.

—¿Cómo me puedes tú decir ni probarlo,
si vemos que son diferentes y distintos?   10

—No me espanto que eso ignores, que lo saben pocos. Oye y entenderás con facilidad
eso, que así te parece contrario, que bien se
conviene. Todos los pecados son malos: eso
bien lo confiesas. Y también confiesas con los 15
filósofos y teólogos que la voluntad apetece lo
malo debajo de razón de bien, y que para pecar no basta la representación de la ira ni el
conocimiento de la lujuria sin el consenti-
miento de la voluntad, y que eso, para que 20
sea pecado, no aguarda la ejecución, que sólo
le agrava más, aunque en esto hay muchas diferencias. Esto así visto y entendido, claro
está que cada vez que un pecado destos se

---

3 *a las apariencias.* (Ms. de Lastanosa.) *las expe-*
riencias en la edición definitiva y en la de don Aure-
liano.

4 "que son hipocresía." (Ms.)

13 *Qué bien;* en *A: cuán bien.*

hace, que la voluntad lo consiente y lo quiere, y, según su natural, no pudo apetecelle
sino debajo de razón de algún bien. Pues ¿hay
más clara y más confirmada hipocresía que
5 vestirse del bien en lo aparente para matar
con el engaño? ¿Qué esperanza es la del hipócrita?, dice Job. Ninguna, pues ni la tiene
por lo que es, pues es malo, ni por lo que parece, pues lo parece y no lo es. Todos los pe-
10 cadores tienen menos atrevimiento que el hipócrita, pues ellos pecan contra Dios; pero
no con Dios ni en Dios. Mas el hipócrita peca
contra Dios y con Dios, pues le toma por instrumento para pecar.

En esto llegamos a la calle mayor. Vi todo
15 el concurso que el viejo me había prometido.
Tomamos puesto conveniente para registrar
lo que pasaba. Fué un entierro en esta for-

7   JOB, 27, 8: "Quae est enim spes hypocritae?" Y en
el 8, 13: "Et spes hypocritae peribit."
14   "Y por eso, como quien sabía lo que era y lo abo-
rrecía tanto sobre todas las cosas, Cristo, habiendo dado
muchos preceptos afirmativos a sus discípulos, sólo uno
les dió negativo, diciendo: "No queráis ser como los hipócritas "tristes." (Mat., VI.) De manera que con muchos
preceptos y comparaciones los enseñó cómo habían de
ser: ya como luz, ya como sal, ya como el convidado,
ya como el de los talentos. Y lo que no habían de ser
todo lo cerró en decir solamente: "No queráis ser como
los hipócritas "tristes", advirtiendo que en no ser hipócritas está el no ser en ninguna manera malos, porque
el hipócrita es malo de todas maneras." (Edic. de Pamplona y el Ms.)

ma. Venían envainados en unos sayos grandes de diferentes colores unos pícaros, haciendo una taracea de mullidores. Pasó esta
recua incensando con las campanillas. Se-
guían los muchachos de la doctrina, meni- 5
nos de la muerte y lacayuelos del ataúd, chirriando la calavera. Seguíanse luego doce ga-
lloferos, hipócritas de la pobreza, con doce
hachas acompañando el cuerpo y abrigando

---

3 *Taracea*, o ataracea, adorno o disposición de una
cosa de dos colores echados como a manchas con propor-
ción y hermosura. SAAVEDRA, *Repúbl.*, pl. 89: "Se daban
a hacer escritorios de taracea y mesas de diversas piedras
engastadas en mármol."

3 *Mullidor*, el que mulle, y mullir aquí por *muñir* o
llamar y convocar, de *monere*, como en FONSECA, *Vid. Cristo*, 3, 27: "Sácanse lutos, cómpranse hachas, múllense
cofradías, convídanse gentes, vístense pobres, alquílanse
endecheras." *Muñidor* o *mullidor*, el criado de las cofradías, que sirve para avisar a los hermanos las fiestas,
entierros y otros ejercicios a que deben concurrir. Dice
Quevedo que los pícaros muñidores ofrecían a los ojos
con sus sayos de diferentes colores como una vistosa
taracea.

4 *Incensando;* en A: *Incitando.*

5 *Meninos*, caballericos que entraban en palacio a
servir a la Reina o a los Príncipes niños. NIEREMBERG,
S. Luis Gonz., 4: "En España hizo el Rey a nuestro Luis
y a sus dos hermanos meninos del príncipe don Diego."

6 "gritando su letanía, luego las Ordenes y tras ellas
los clérigos, que, galopeando los responsos, cantaban de
portante, abreviando, porque no se derritiesen las velas
y tener tiempo para sumir otro." (Edición de Pamplona
y el Ms. referidos.) *Chirriando la calavera* quiere decir
cantando la letanía detrás del difunto con sus vocecillas
chirrionas.

a los de la capacha, que, hombreando, testi-
ficaban el peso de la difunta. Detrás seguía
larga procesión de amigos, que acompañaban
en la tristeza y luto al viudo, que anegado en
5 capuz de bayeta y devanado en una chía,
perdido el rostro en la falda de un sombrero,
de suerte que no se le podían hallar los ojos,
corvos e impedidos los pasos con el peso de
diez arrobas de cola que arrastraba, iba tar-
10 do y perezoso. Lastimado deste espectáculo:
—¡Dichosa mujer —dije—, si lo puede ser
alguna en la muerte, pues hallaste marido
que pasó con la fe y el amor más allá de la

---

1 *Los de la capacha*, los de la religión de San Juan
de Dios, llamados así del vulgo porque en sus principios
pedían y recogían la limosna para los pobres en unas ca-
pachas o cestillas de palma. CERV., *Casam. engañoso*,
pl. 350: "Ya v. m. habrá visto, dijo el alférez, dos perros,
que con dos linternas andan de noche con los hermanos
de la capacha, alumbrándolos cuando piden limosna."

1 *Hombreando*, hacer fuerza con los hombros para
sostener o tirar. L. GRAC., *Crit.*, 1, 6: "Porque no tiene
espaldas, que a tenerlas, él hombreara."

4 *Anegado*, aquí por sumergido, metido en el capuz.

5 *Devanado en una chía*, envuelto en la chía, como
el hilo se devana y envuelve en la devanadera. Exagera
lo largo de la chía o manto negro, regularmente de bayeta,
que se ponía sobre el capuz y cubría hasta las manos,
usado en los lutos. PANTOJA, *Rom.*, 2: "Viste el corazón
de chía | y de capuz la memoria." El *capuz* era vestidura
larga, a modo de capa, cerrada por delante, que se ponía
encima de la demás ropa y se traía por luto, la cual
era de paño o bayeta negra y tenía una cauda, que arrastraba por detrás, y Quevedo, exagerándola, dice que pesa-
ba diez arrobas.

vida y sepultura! ¡Y dichoso viudo, que ha
hallado tales amigos, que no sólo acompañan
su sentimiento, pero que parece que le ven-
cen en él! ¿No ves qué tristes van y suspensos?

El viejo, moviendo la cabeza y sonriéndose,
dijo:

—¡Desventurado! Eso todo es por de fuera y parece así; pero ahora lo verás por de
dentro y verás con cuánta verdad el ser des-
miente a las apariencias. ¿Ves aquellas luces,
campanillas y mullidores, y todo este acompañamiento piadoso, que es sufragio cristiano y limosnero? Esto es saludable; mas las
bravatas que en los túmulos sobrescriben po-
drición y gusanos, se podrían excusar. Empero también los muertos tienen su vanidad
y los difuntos y difuntas su soberbia. Allí
no va sino tierra de menos fruto y más espantosa de la que pisas, por sí no merecedo-
ra de alguna honra ni aun de ser cultivada
con arado ni azadón. ¿Ves aquellos viejos que

---

12 *Mullidores;* en *A.: muñidores.*

18 "¿Quién no juzgara que los unos alumbran algo
y que los otros no es algo lo que acompañan y que sirve
de algo tanto acompañamiento y pompa? Pues sabe que
lo que allí va no es nada. Porque aun en vida lo era y en
muerte dejó ya de ser y que no le sirve de nada todo;
sino que también los muertos tienen su vanidad y los difuntos y difuntas su soberbia." (Edic. de Pamplona y
el Ms.)

llevan las hachas? Pues algunos no las atizan
para que atizadas alumbren más, sino por que
atizadas a menudo se derritan más y ellos
hurten más cera para vender. Estos son los
5 que a la sepultura hacen la salva en el difunto y difunta, pues antes que ella lo coma
ni lo pruebe, cada uno le ha dado un bocado,
arrancándole un real o dos; mas con todo esto
tiene el valor de la limosna. ¿Ves la tristeza
10 de los amigos? Pues todo es de ir en el entierro y los convidados van dados al diablo con
los que convidaron; que quisieran más pa-
searse o asistir a sus negocios. Aquel que
habla de mano con el otro le va diciendo que
15 convidar a entierro y a misacantanos, donde
se ofrece, que no se puede hacer con un amigo y que el entierro sólo es convite para la
tierra, pues a ella solamente llevan qué coma.
El viudo no va triste del caso y viudez, sino
20 de ver que, pudiendo él haber enterrado a su
mujer en un muladar y sin costa y fiesta ninguna, le hayan metido en semejante baraún-
da y gasto de cofradías y cera, y entre sí dice
que le debe poco, que, ya que se había de mo-

---

14 *Hablar de mano*, gesticular.
15 *Misacantano*, el clérigo que canta misa nueva. *Cro-
talón*, 17: "El padre, de su parte, convidó todos sus parientes, vecinos y amigos, juntamente con sus mujeres,
y Cenón, misacantano, de la suya, llamó a todos sus pre-
ceptores."

rir, pudiera haberse muerto de repente, sin
gastarle en médicos, barberos ni boticas y no
dejarle empeñado en jarabes y pócimas. Dos
ha enterrado con ésta, y es tanto el gusto
que recibe de enviudar, que ya va trazando el 5
casamiento con una amiga que ha tenido, y,
fiado con su mala condición y endemoniada
vida, piensa doblar el capuz por poco tiempo.

Quedé espantado de ver todo esto ser así,
diciendo: 10

—¡Qué diferentes son las cosas del mundo
de como las vemos! Desde hoy perderán conmigo todo el crédito mis ojos y nada creeré
menos de lo que viere.

Pasó por nosotros el entierro, como si no 15
hubiera de pasar por nosotros tan brevemen-
te, y como si aquella difunta no nos fuera en-
señando el camino y, muda, no nos dijera a
todos:

"Delante voy, donde aguardo a los que que- 20
dáis, acompañando a otros que yo vi pasar
con ese propio descuido."

Apartónos desta consideración el ruido que
andaba en una casa a nuestras espaldas. En-
tramos dentro a ver lo que fuese, y al tiem- 25
po que sintieron gente comenzó un plañido,

---

8 *Doblar el capuz,* plegarlo para guardarlo hasta el
entierro de la nueva mujer. En *S: doblarla el capuz en
poco tiempo.*

a seis voces, de mujeres que acompañaban
una viuda. Era el llanto muy autorizado, pero
poco provechoso al difunto. Sonaban palma-
das de rato en rato, que parecía palmeado de
5 diciplinantes. Oíanse unos sollozos estirados,
embutidos de suspiros, pujados por falta de
gana. La casa estaba despojada, las paredes
desnudas. La cuitada estaba en un aposento
escuro sin luz ninguna, lleno de bayetas, don-
10 de lloraban a tiento. Unas decían:

—Amiga, nada se remedia con llorar.

Otras:

—Sin duda goza de Dios.

Cuál la animaba a que se conformase con la
15 voluntad del Señor. Y ella luego comenzaba
a soltar el trapo, y llorando a cántaros decía:

—¿Para qué quiero yo vivir sin Fulano?
¡Desdichada nací, pues no me queda a quien

---

6 *Pujados*, como empujados a la fuerza.

16 *Soltar el trapo*, dar rienda suelta al llanto, a la
risa, sentimiento, vicio, etc., tomado del soltar la vela al
viento. Igualmente echar trapo. VALDERRAMA, *Teatro*,
Dif., 5: "La mesana y contramesana, el chafaldete y
cebadera y el papahígo, y no queda trapo que no eche."
Esteb., 3: "Llegamos a la faluca y echamos todo el
trapo." No lo entendió bien Correas, cuando dijo (p. 141):
"*Echó el trapo.*" (Para decir que uno echó el resto e
hizo mucho o todo su poder en una cosa. Comenzó en
Andalucía a semejanza del dinero atado en trapo.)

16 *Llorar a cántaros*, ponderación que trasladó Quevedo del llover a cántaros, que es lo común. CÁCERES,
ps. 10: "Lloverá el cielo sobre ellos miserias, afanes y
desventuras a cántaros."

volver los ojos! ¡Quién ha de amparar a una pobre mujer sola!

Y aquí plañían todas con ella y andaba una sonadera de narices que se hundía la cuadra. Y entonces advertí que las mujeres se pur- 5 gan en un pésame destos, pues por los ojos y las narices echan cuanto mal tienen. Enternecíme y dije:

—¡Qué lástima tan bien empleada es la que se tiene a una viuda!, pues por sí una mujer 10 es sola, y viuda mucho más. Y así su nombre es de *mudas sin lengua*. Que eso significa la voz que dice *viuda* en hebreo, pues ni tiene quien hable por ella ni atrevimiento, y como se ve sola para hablar, y aunque hable, como 15 no la oyen, lo mismo es que ser mudas y peor.

---

12 "les dió la Sagrada Escritura nombre de mudas." (La edic. de Pamplona.)

13 *Viuda* en hebreo suena *almāna* (אלמָנָה) y, según Gesenius, deriva de אלם, *alam*, atar, ser atado, enmudecer, callarse, como en persa *seban besten*, *linguan*, *ligare* est obmutescere, y en árabe, *jhubsat* ligatio es lo mismo que silentium y *ghaquida* ligatum y sermone impeditum esse.

16 "Mucho cuidado tuvo Dios dellas en el testamento viejo, y en el nuevo las encomendó mucho. Por san Pablo: "cómo el Señor cuida de los solos y mira lo humilde "de lo alto!" "No quiero vuestros sábados y festividades, "dijo por Isaías, y el rostro aparto de vuestros inciensos, "cansado me tienen vuestros holocaustos, aborrezco vues- "tras calendas y solemnidades. Lavaos y estaos limpios, "quitad lo malo de vuestros deseos, pues lo veo yo. De- "jad de hacer mal, aprended a hacer bien, buscad a la

Esto remedian con meterse a dueñas. Pues en siéndolo, obran de manera, que de lo que las sobra pueden hablar todos los mudos y sobrar palabras para los tartajosos y pau-
5 sados. Al marido muerto llaman *el que pudre*. Mirad cuáles son éstas, y si muerto, que ni las asiste, ni las guarda, ni las acecha, dicen que

---

"justicia, socorred al oprimido, juzgad en su inocencia al "huérfano, defended a la viuda." Fué creciendo la oración de una obra buena en otra buena más acepta y por suma caridad puso el defender la viuda. Y está escrito con la providencia del Espíritu Santo decir: "Defended "a la viuda", porque, en siéndolo, no se puede defender, como hemos dicho, y todos la persiguen. Y es obra tan acepta a Dios ésta, que añade el Profeta consecutivamente, diciendo: "Y si lo hiciéredes, venid y argüidme." Y conforme a esta licencia que da Dios de que le arguyan los que hicieren bien y se apartaren del mal y socorrieren al oprimido y miraren por el huérfano y defendieren la viuda, bien pudo Job argüir a Dios, libre de las calumnias que por argüir con él le pusieron sus enemigos, llamándole por ello atrevido e impío, que lo hiciese con esta del capítulo 31, donde dice: "¿Negué yo por "ventura lo que me pedían los pobrecitos? ¿Hice aguar- "dar los ojos de la viuda?", que conviene con lo dicho, como quien dice: "Ella no puede, porque es muda, con "palabras, sino con los ojos, poniendo delante su nece- "sidad." El rigor de la letra hebrea dice: "O consumí "los ojos de la viuda", que eso hace el que no se duele del que la mira para que la socorra, porque no tiene voz para pedirle." (Edición de Pamplona, 1631.)

1 *Esto remedian,* parece decirlo el viejo, al cual luego Quevedo responde. Contra las dueñas o viudas de respeto que guardaban a las demás criadas en las casas de los señores, hablaron todos nuestros escritores críticos y todos lo saben por el *Quijote.*

5 *El que pudre,* ya enterrado.

pudre, ¿qué dirían cuando vivo hacía todo
esto?

—Eso —respondí— es malicia que se veri-
fica en algunas; mas todas son un género femenino desamparado, y tal como aquí se re- 5
presenta en esta desventurada mujer. Dejad-
me —dije al viejo— llorar semejante desventura y juntar mis lágrimas a las destas mujeres.

El viejo, algo enojado, dijo: 10

—¿Ahora lloras, después de haber hecho
ostentación vana de tus estudios y mostrá-
dote docto y teólogo, cuando era menester
mostrarte prudente? ¿No aguardaras a que
yo te hubiera declarado estas cosas para ver 15
cómo merecían que se hablase dellas? Mas
¿quién habrá que detenga la sentencia ya
imaginada en la boca? No es mucho, que no
sabes otra cosa, y que a no ofrecerse la viuda, te quedabas con toda tu ciencia en el es- 20
tómago. No es filósofo el que sabe dónde está
el tesoro, sino el que trabaja y le saca. Ni
aun ése lo es del todo, sino el que después
de poseído usa bien dél. ¿Qué importa que
sepas dos chistes y dos lugares, si no tienes 25
prudencia para acomodarlos? Oye, verás esta

---

22 "las cosas, sino el que las hace, como no es rico
el que sabe dónde está el tesoro, sino el que le saca y
le trabaja." (Ms.)

viuda, que por de fuera tiene un cuerpo de
responsos, cómo por de dentro tiene una áni-
ma de aleluyas, las tocas negras y los pensamientos verdes. ¿Ves la escuridad del apo-
5 sento y el estar cubiertos los rostros con el
manto? Pues es porque así, como no las pueden ver, con hablar un poco gangoso, escupir y remedar sollozos, hace un llanto casero
y hechizo, teniendo los ojos hechos una yes-
10 ca. ¿Quiéreslas consolar? Pues déjalas solas
y bailarán en no habiendo con quien cum-
plir, y luego las amigas harán su oficio:

---

1 *Cuerpo de responsos*, como muerto de puro viejo.

3 *De aleluyas*, de alegría, pues se cantan en Pascua
y suenan alegría en hebreo.

4 *Verde* decimos del viejo que alimenta pensamientos
y deseos de mozo, y de las conversaciones y palabras que
frisan en cosas de mozos enamorados. P. VEGA, *ps.* 5,
v. 24 y 25, d. 2, proem.: "Un mancebo, que debió tener
alguna conversación verde y de mozo con una liviana de
su pueblo." GUEVARA, *Menospr. Corte*, 12: "Qué cosa es
oír a un viejo en la Corte... y con todo esto que han
visto y mucho más que por él ha pasado, tan verde se
está en el pecar." *Coloq. perros*: "Salta por aquel viejo
verde que tú conoces." CABRERA, p. 81: "¡Qué de jueces
viejos y venerandos, que tienen más verdes los pensamientos!" *Obreg.*, 1, 6: "Dejan pasar los verdes años sin
acordarse de la vejez."

7 "Escupir, sonar, arremedar" (*A*).

9 *Hechizo*, de *factitium*, hecho por arte, aposta y
adrede, de donde falso y fingido. L. GRAC., *Crit.*, 3, 5:
"Aquella es la tiranía de la fama hechiza." GUERRA, *Cua-
resma, Ceniza:* "Usanse unas cruces hechizas, que sólo
tienen de cruz las apariencias."

9 *Hechos una yesca*, de secos, sin lágrimas verdade-
ras, término común de comparación.

—¡Quedáis moza y es malograros! Hombres habrá que os estimen. Ya sabéis quién es Fulano, que cuando no supla la falta del que está en la gloria, etc.

Otra:

—Mucho debéis a don Pedro, que acudió en este trabajo. No sé qué me sospeche. Y, en verdad, que si hubiera de ser algo..., que por quedar tan niña os será forzoso...

Y entonces la viuda, muy recoleta de ojos y muy estreñida de boca, dice:

—No es ahora tiempo deso. A cargo de Dios está: El lo hará, si viere que conviene.

Y advertid que el día de la viudez es el día que más comen estas viudas, porque para animarla no entra ninguna que no le dé un trago. Y le hace comer un bocado, y ella lo come, diciendo:

—Todo se vuelve ponzoña.

Y medio mascándolo dice:

—¿Qué provecho puede hacer esto a la amarga viuda que estaba hecha a comer a medias todas las cosas y con compañía, y ahora se las habrá de comer todas enteras sin dar parte a nadie de puro desdichada?

---

17 En *S: y le haga.* En este caso había que escribir: *que no le dé un trago y le haga comer.*

24 "a solas." (Ms.)

Mira, pues, siendo esto así, qué a propósito vienen tus exclamaciones.

Apenas esto dijo el viejo, cuando arrebatados de unos gritos, ahogados en vino, de
[5] gran ruido de gente, salimos a ver qué fuese. Y era un alguacil, el cual con sólo un pedazo de vara en la mano y las narices ajadas, deshecho el cuello, sin sombrero y en cuerpo, iba pidiendo favor al Rey, favor a la justicia,
[10] tras un ladrón, que en seguimiento de una iglesia, y no de puro buen cristiano, iba tan ligero como pedía la necesidad y le mandaba el miedo.

Atrás, cercado de gente, quedaba el escri-
[15] bano, lleno de lodo, con las cajas en el brazo izquierdo, escribiendo sobre la rodilla. Y noté que no hay cosa que crezca tanto en tan poco tiempo como culpa en poder de escribano, pues en un instante tenía una resma al cabo.
[20] Pregunté la causa del alboroto. Dijeron que aquel hombre que huía era amigo del alguacil, y que le fió no sé qué secreto tocante en delito, y, por no dejarlo a otro que lo hiciese, quiso él asirle. Huyósele, después de haberse
[25] dado muchas puñadas, y viendo que venía

---

6   "con sólo un tarazón de vara" *(A)*.
25   "haberle dado muchas puñaladas" *(B); haber dado
(P); haberle (M).*

gente, encomendóse a sus pies, y fuése a dar cuenta de sus negocios a un retablo.

El escribano hacía la causa, mientras el alguacil con los corchetes, que son podencos del verdugo que siguen ladrando, iban tras él y no le podían alcanzar. Y debía de ser el ladrón muy ligero, pues no le podían alcanzar soplones, que por fuerza corrían como el viento.

—¿Con qué podrá premiar una república el celo deste alguacil, pues, porque yo y el otro tengamos nuestras vidas, honras y haciendas, ha aventurado su persona? Este merece mucho con Dios y con el mundo. Mírale cuál va roto y herido, llena de sangre la cara, por alcanzar aquel delincuente y quitar un tropezón a la paz del pueblo.

—Basta —dijo el viejo—. Que si no te van a la mano, dirás un día entero. Sábete que ese alguacil no sigue a este ladrón ni procura alcanzarle por el particular y universal provecho de nadie; sino que, como ve que aquí le mira todo el mundo, córrese de que haya quien en materia de hurtar le eche el pie delante, y por eso aguija por alcanzarle. Y no es culpable el alguacil porque le prendió, siendo

8 *Soplones*, los porquerones, que vimos los llamaban así del ir con el soplo al alguacil.
12 "seguras." (Ms.)

su amigo, si era delincuente. Que no hace mal
el que come de su hacienda; antes hace bien
y justamente. Y todo delincuente y malo, sea
quien fuere, es hacienda del alguacil y le es
5 lícito comer della. Estos tienen sus censos sobre azotes y galeras y sus juros sobre la horca. Y créeme que el año de virtudes para éstos y para el infierno es estéril. Y no sé cómo
aborreciéndolos el mundo tanto, por vengan-
10 za dellos no da en ser bueno adrede por uno
o por dos años, que de hambre y de pena se
morirían. Y renegad de oficio que tiene situados sus gajes donde los tiene situados Ber-
cebú.

15   —Ya que en eso pongas también dolo,
¿cómo lo podrás poner en el escribano, que le
hace la causa, calificada con testigos?

—Ríete deso —dijo—. ¿Has visto tú alguacil sin escribano algún día? No, por cier-
20 to. Que, como ellos salen a buscar de comer,
porque (aunque topen un inocente) no vaya a
la cárcel sin causa, llevan escribano que se la
haga. Y así, aunque ellos no den causa para
que les prendan, hácesela el escribano, y es-
25 tán presos con causa. Y en los testigos no re-
pares, que para cualquier cosa tendrán tantos
como tuviere gotas de tinta el tintero: que los

---

9 *por vengarse (A); por vergüenza (P).*

más en los malos oficiales los presenta la pluma y los examina la cudicia. Y si dicen algunos lo que es verdad, escriben lo que han menester y repiten lo que dijeron. Y para andar como había de andar el mundo, mejor fuera 5 y más importara que el juramento, que ellos toman al testigo que jure a Dios y a la cruz decir verdad en lo que le fuere preguntado, que el testigo se lo tomara a ellos de que la escribirán como ellos la dijeren. Muchos hay 10 buenos escribanos, y alguaciles muchos; pero de sí el oficio es con los buenos como la mar con los muertos, que no los consiente, y dentro de tres días los echa a la orilla. Bien me parece a mí un escribano a caballo y un al- 15 guacil con capa y gorra honrando unos azotes, como pudiera un bautismo detrás de una sarta de ladrones que azotan; pero siento que cuando el pregonero dice:

"A estos hombres por ladrones, que suene 20

---

3 *Lo que han menester.* En *P*: *han de menester.* Decíase *haber menester* y *haber de menester*, como *ser menester* y *ser de menester*, aunque Juan Mir asegura no haberse dicho *haber de menester.* CORR., 517: *"Haber menester como el pan de la boca.* (Varía personas y tiempos: Helo menester como el pan de la boca; habíalo menester como el pan de la boca.)" *Docum. Archivo de Madrid,* 3, p. 33: "Por quanto la dicha villa auía de menester de enbiar la dicha carta." S. ABRIL, *Andr.:* "Pero ¿qué es menester palabras?" L. RUEDA, *Registr.* pas. 2: "¿Cuántos huevos son de menester para una clueca?" (Repítese tres veces.)

el eco en la vara del alguacil y en la pluma del
escribano."

Más dijera si no le tuviera la grandeza con
que un hombre rico iba en una carroza, tan
5 hinchado que parecía porfiaba a sacarla de
husillo, pretendiendo parecer tan grave, que a
las cuatro bestias aun se lo parecía, según el
espacio con que andaban. Iba muy derecho,
preciándose de espetado, escaso de ojos y ava-
10 riento de miraduras, ahorrando cortesías con
todos, sumida la cara en un cuello abierto
hacia arriba, que parecía vela en papel, y tan
olvidado de sus conjunturas, que no sabía
por dónde volverse a hacer una cortesía ni
15 levantar el brazo a quitarse el sombrero, el
cual parecía miembro, según estaba fijo y
firme. Cercaban el coche cantidad de criados
traídos con artificio, entretenidos con promesas y sustentados con esperanzas. Otra parte
20 iba de acompañamiento de acreedores, cuyo
crédito sustentaba toda aquella máquina. Iba
un bufón en el coche entreteniéndole.

—Para ti se hizo el mundo —dije yo luego
que le vi—, que tan descuidado vives y con
25 tanto descanso y grandeza. ¡Qué bien emplea-

---

3 "divirtiera la grandeza." (Ms.) ; "detuviera" *(S)*.
6 *Husillo*, eje de carro o carroza. A. PÉREZ, *Ceniza*,
f. 10: "Es como mandarnos untar los eies y el husillo del
carro para que no rechine."

da hacienda! ¡Qué lucida! ¡Y cómo representa bien quién es este caballero!

—Todo cuanto piensas —dijo el viejo— es disparate y mentira, y cuanto dices, y sólo aciertas en decir que el mundo sólo se hizo 5 para éste. Y es verdad, porque el mundo es sólo trabajo y vanidad, y éste es todo vanidad y locura. ¿Ves los caballos? Pues comiendo se van, a vueltas de la cebada y paja, al que la fía a éste y por cortesía de las ejecucio- 10 nes trae ropilla. Más trabajo le cuesta la fábrica de sus embustes para comer, que si lo ganara cavando. ¿Ves aquel bufón? Pues has de advertir que tiene por bufón al que le sustenta y le da lo que tiene. ¿Qué más miseria 15 quieres destos ricos, que todo el año andan comprando mentiras y adulaciones, y gastan sus haciendas en falsos testimonios? Va aquél tan contento porque el truhán le ha dicho que no hay tal príncipe como él, y que todos los 20 demás son unos escuderos, como si ello fuera así. Y diferencian muy poco, porque el uno es juglar del otro. Desta suerte el rico se ríe con el bufón, y el bufón se ríe del rico, porque hace caso de lo que lisonjea.   25

Venía una mujer hermosa trayéndose de

---

11 *Ropilla*, ropa pobre.
22 "y se diferencian en muy poco" *(A S)*.

paso los ojos que la miraban y dejando los
corazones llenos de deseos. Iba ella con artifi-
cioso descuido escondiendo el rostro a los que
ya la habían visto y descubriéndole a los que
5 estaban divertidos. Tal vez se mostraba por
velo, tal vez por tejadillo. Ya daba un relám-
pago de cara con un bamboleo de manto, ya
se hacía brújula mostrando un ojo solo, y, ta-
pada de medio lado, descubría un tarazón de
10 mejilla. Los cabellos martirizados hacían sor-
tijas a las sienes. El rostro era nieve y gra-
na y rosas que se conservaban en amistad, es-
parcidas por labios, cuello y mejillas, Los
dientes transparentes y las manos, que de rato
15 en rato nevaban el manto, abrasaban los corazones. El talle y paso, ocasionando pensamientos lascivos. Tan rica y galana como car-
gada de joyas recebidas y no compradas. Vila,
y, arrebatado de la naturaleza, quise seguirla
20 entre los demás, y, a no tropezar en las canas del viejo, lo hiciera. Volvíme atrás diciendo:

—Quien no ama con todos sus cinco senti-

---

6 *Tejadillo*, la postura del manto de las mujeres encima de la frente, dejándola descubierta. Nótese el rea-
lismo recio y español de esta maravillosa descripción.
9 *Tarazón*, pedazo, de *tarazar*. GUEVARA, *Avis, priv.*,
18: "En otro banquete vi dar lechones rellenos con tara-
zones de lampreas y de truchas."
21 En *A: atrás diciendo*.

dos una mujer hermosa, no estima a la naturaleza su mayor cuidado y su mayor obra.
Dichoso es el que halla tal ocasión, y sabio el
que la goza. ¡Qué sentido no descansa en la
belleza de una mujer, que nació para amada 5
del hombre! De todas las cosas del mundo
aparta y olvida su amor correspondido, teniéndole todo en poco y tratándole con desprecio. ¡Qué ojos tan honestamente hermosos!
¡Qué mirar tan cauteloso y prevenido en los 10
descuidos de un alma libre! ¡Qué cejas tan
negras, esforzando recíprocamente la blancura de la frente! ¡Qué mejillas, donde la sangre mezclada con la leche engendra lo rosado
que admira! ¡Qué labios encarnados, guar- 15
dando perlas, que la risa muestra con reca-
to! ¡Qué cuello! ¡Qué manos! ¡Qué talle! Todos son causa de perdición, y juntamente disculpa del que se pierde por ella.

—¿Qué más le queda a la edad que decir 20
y al apetito que desear? —dijo el viejo—.
Trabajo tienes, si con cada cosa que ves haces esto. Triste fué tu vida; no naciste sino
para admirado. Hasta ahora te juzgaba por
ciego, y ahora veo que también eres loco, y 25
echo de ver que hasta ahora no sabes para
lo que Dios te dió los ojos ni cuál es su oficio:

---

22 En *S: haces lo mismo.*

ellos han de ver, y la razón ha de juzgar y
elegir; al revés lo haces, o nada haces, que es
peor. Si te andas a creerlos, padecerás mil
confusiones, tendrás las sierras por azules,
5 y lo grande por pequeño, que la longitud y
la proximidad engañan la vista. ¡Qué río caudaloso no se burla della, pues para saber hacia dónde corre es menester una paja o ramo
que se lo muestre! ¿Viste esa visión, que
10 acostándose fea se hizo esta mañana hermosa
ella misma y hace extremos grandes? Pues
sábete que las mujeres lo primero que se
visten, en despertando, es una cara, una
garganta y unas manos, y luego las sayas.
15 Todo cuanto ves en ellas es tienda y no natural. ¿Ves el cabello? Pues comprado es y
no criado. Las cejas tienen más de ahumadas
que de negras; y si como se hacen cejas se
hicieran las narices, no las tuvieran. Los
20 dientes que ves y la boca era, de puro negra,

---

1   En *B : y luego la razón*.
9   *Visión*, dícese de lo imaginado sin realidad, de las
apariciones y fantasmas, de donde persona ridícula y fea.
QUEV., *Mus.* 6, r. 72 : "Visión cecial detestable, | rellena
de crocodilos, | aspaviento ya carroño, | mandrágula con
zollipo."
11   "a sí mesma." (Ms.)
15   *Tienda*, ostentación, de donde decimos *vender* y
venderse por. F. AGUADO, *Crist.*, 19, 9 : "Y véndeme el
vicio con nombre de virtud." J. PIN., *Agr.*, 2, 22 : "Que
os vendéis por tan bueno como los religiosos."

un tintero, y a puros polvos se ha hecho sal-
vadera. La cera de los oídos se ha pasado a
los labios, y cada uno es una candelilla. ¿Las
manos? Pues lo que parece blanco es untado. ¿Qué cosa es ver una mujer, que ha de 5
salir otro día a que la vean, echarse la noche
antes en adobo, y verlas acostar las caras he-
chas confines de pasas, y a la mañana irse pin-
tando sobre lo vivo como quieren? ¿Qué es
ver una fea o una vieja querer, como el otro 10
tan celebrado nigromántico, salir de nuevo de

---

2 *Cera de los oídos se ha pasado a los labios*, alude
a las cerillas de afeites, de que habla *La Celestina*, 1.

11 *marqués de Villena, salir (M S)*. El famoso don
Enrique de Villena, tío de don Juan II, que "fué muy
gran letrado y supo muy poco en lo que le cumplía", que
dice la *Coronica* de dicho Rey, por su mala maña y peor
ventura en cuanto emprendió. El cual, por su "amor de
las escrituras, no se deteniendo en las sciencias notables
e catolicas, dexóse correr a algunas viles o raeces artes de
adevinar e interpretar sueños y esternudos y señales e
otras cosas tales, que ni a príncipe real e menos a cato-
lico christiano convenían", como dice Fernán Pérez de
Guzmán en las *Generaciones y semblanzas*. Habiendo quemado fray Lope Barrientos, por orden del Rey, "algunos"
de sus libros "e los otros quedaron en su poder", tomaron su nombre los astrólogos, alquimistas y embauca-
dores, como símbolo y enseña, y la leyenda de mágico
que aun en vida comenzó a formársele, creció más y
más, hasta el punto de que "el teatro y la novela, como
dice M. Y PELAYO (*Antol.*, V, XXXVII, se apoderaron ávi-
damente de tales invenciones, y desde *La Cueva de Sala-
manca*, de Alarcón; *Lo que quería ver el Marqués de
Villena*, de Rojas, y *La Visita de los chistes*, de Quevedo,
hasta *La Redoma encantada*, de Hartzenbusch, y el ingenioso cuento de Bremón, *La Hierba de fuego*, don Enri-

una redoma? ¿Estásla mirando? Pues no es
cosa suya. Si se lavasen las caras, no las co-
nocerías. Y cree que en el mundo no hay cosa
tan trabajada como el pellejo de una mujer
5 hermosa, donde se enjugan y secan y derri-
ten más jabelgues que sus faldas desconfia-
das de sus personas. Cuando quieren halagar
algunas narices, luego se encomiendan a la
pastilla y al sahumerio o aguas de olor, y a
10 veces los pies disimulan el sudor con las zapatillas de ámbar. Dígote que nuestros sentidos están en ayunas de lo que es mujer y ahi-
tos de lo que le parece. Si la besas, te emba-
rras los labios; si la abrazas, aprietas tabli-
15 llas y abollas cartones; si la acuestas contigo,
la mitad dejas debajo de la cama en los chapines; si la pretendes, te cansas; si la alcanzas, te embarazas; si la sustentas, te empo-

---

que ha sido protagonista obligado de comedias de magia
y narraciones fantásticas, y prosigue en su redoma hecho
jigote y picadillo para renacer continuamente y servir de
solaz a las futuras generaciones infantiles". Forjóse el
cuento y corrió por todas partes que don Enrique había
ordenado que, muerto, le picasen e hiciesen jigote, ence-
rrándolo en una redoma para volver a segunda vida.

6 *Jalbegue*, posverbal de *jalbegar*, y se usan en Extremadura, derivados de *enjalbegar* y *enjalbegue*, como si
en- fuese preposición; de *ex-albicare*, blanquear, encalar,
afeitar el rostro. L. RUEDA, 2, 234: "Enjalbegase aquel
rostro."

11 *Zapatillas de ámbar*, perfumadas de ámbar, como
los *coletos de ámbar*, que así se llamaban.

breces; si la dejas, te persigue; si la quieres,
te deja. Dame a entender de qué modo es
buena, y considera ahora este animal soberbio
con nuestra flaqueza, a quien hacen poderoso
nuestras necesidades, más provechosas sufri- 5
das o castigadas, que satisfechas, y verás tus
disparates claros. Considérala padeciendo los
meses, y te dará asco, y, cuando está sin ellos,
acuérdate que los ha tenido y que los ha de
padecer, y te dará horror lo que te enamora, 10
y avergüénzate de andar perdido por cosas
que en cualquier estatua de palo tienen menos
asqueroso fundamento.

Mirando estaba yo confusión de gente tan
grande, cuando dos figurones, entre pantas- 15
mas y colosos, con caras abominables y facciones traídas, tiraron una cuerda. Delgada
me pareció y de mil diferentes colores, y
dando gritos por unas simas que abrieron por
bocas, dijeron: 20

—Ea, gente cuerda, alto a la obra.

No lo hubieron dicho cuando de todo el
mundo, que estaba al otro lado, se vinieron
a la sombra de la cuerda muchos, y, en entrando, eran todos tan diferentes, que parecía 25

---

13 Aquí concluye el texto en la edición de Pamplona
y en el Ms.

trasmutación o encanto. Yo no conocí a ninguno.

—¡Válgate Dios por cuerda —decía yo—,
que tales tropelías haces!

5 El viejo se limpiaba las lagañas, y daba
unas carcajadas sin dientes, con tantos doble-
ces de mejillas, que se arremetían a sollozos
mirando mi confusión.

—Aquella mujer allí fuera estaba más com-
10 puesta que copla, más serena que la de la mar,
con una honestidad en los huesos, anublada
de manto, y, en entrando aquí, ha desatado
las coyunturas, mira de par en par, y por los
ojos está disparando las entrañas a aquellos
15 mancebos, y no deja descansar la lengua en
ceceos, los ojos en guiñaduras, las manos en
tecleados de moño.

—¿Qué te ha dado, mujer? ¿Eres tú la que
yo vi allí?

20 —Sí es —decía el vejete con una voz trom-

---

10 *Serena* se decía por *sirena.* J. MENA, *Pecad., mort.:*
"Huid o callad, serenas."

13 *De par en par,* del abrir enteramente ambas hojas
de la puerta, y por metáfora, enteramente abierto, sin
embarazo. A. PÉREZ, *Dom.,* 1 cuar., f. 133: "El pellejo,
duro, empero tan adelgazado, que se podían ver por él
de par en par las entrañas."

17 *Tecleados de moños,* acción de teclear en el moño,
componiéndoselo con los dedos, como suelen, para atraer
las miradas y dejando ver su continua ansia de aliñarse.

picada en toses y con juanetes de gargajos—,
ella es; mas por debajo de la cuerda hace
estas habilidades.

—Y aquel que estaba allí tan ajustado de
ferreruelo, tan atusado de traje, tan recoleto [5]
de rostro, tan angustiado de ojos, tan morti-
ficado de habla, que daba respeto y venera-
ción —dije yo—, ¿cómo no hubo pasado, cuando se descerrajó de mohatras y de usuras?
Montero de necesidades, que las arma tram- [10]
pas, y perpetuo vocinglero del tanto más
cuanto, anda acechando logros.

—Ya te he dicho que eso es por debajo de
la cuerda.

---

1 *Trompicar*, dar trompicones. GALLO, *Job.*, 53, 28:
"Andar de día a ciegas y de noche trompicando." REBU-
LLOSA, *Teatro*, p. 306: "Los derriban trompicando en un
valle de miserias."

2 *"Por debajo de la cuerda.* (Dícese cuando se juega
a la pelota en un corredor, puesta una cuerda, y pasa la
pelota por debajo, y así en otras cosas: echar faltas por
debajo de la cuerda.)" (CORR., 603.) Pero aquí está tomado de lo que se hace tirando encubiertamente de una
cuerda, así que *por debajo de cuerda* es lo que por debajo
de mano, escondidamente, con intento solapado. L. GRAC.,
Crit., 2, 7: "Para hacer bajo cuerda cuanto quieren y
todo va bajo manga."

5 *Atusado;* en B: *atufado.*

11 *El tanto más cuanto. Andar, ponerse en tanto más
cuanto,* en cuentas y regateos. QUEV., *Cuent. de cuent.*:
"Quitaos de cuentos y no andéis en tanto más cuanto."
H. SANTIAGO, *Dom.*, 2 cuar., p. 216: "Antes que el hombre se ponga en tanto más cuanto, Dios le enseña hoy
más que lo que le puede caber en la codicia."

—¡Válate el diablo por cuerda, que tales
cosas urdes! Aquel que anda escribiendo billetes, sonsacando virginidades, solicitando
deshonras y facilitando maldades, yo lo cono-
⁵ cí a la orilla de la cuerda, dignidad gravísima.

—Pues por debajo de la cuerda tiene esas
ocupaciones —respondió mi ayo.

—Aquel que anda allí juntando bregas,
azuzando pendencias, revolviendo caldos, au-
¹⁰ mentado cizañas, y calificando porfías y dando pistos a temas desmayadas, yo lo vi fuera
de la cuerda revolviendo libros, ajustando leyes, examinando la justicia, ordenando peticiones, dando pareceres: ¿cómo he de enten-
¹⁵ der estas cosas?

—Ya te lo he dicho —dijo el buen caduco—.
Ese propio por debajo de la cuerda hace lo
que ves, tan al contrario de lo que profesa.
Mira aquel que fuera de la cuerda viste a la

9 *Azuzando,* así en *M S;* en la edición corregida,
aguzando. En *M S: alimentando cizañas.*

11 *Tema* femenino es porfía y terquedad. No se con-
funda con el masculino *tema,* voz moderna tomada del
griego. *Dar pistos a temas desmayadas* es alimentarlas
como a enfermo, con alimentos líquidos y fáciles, que
esos son los pistos.

17 *Ese propio,* mismo. A. ALV., *Silv. Fer.,* 6 cen., 6 c.:
"Si fuere moderado..., nada desto se le pega al Señor,
sino a ti propio te heciste mejor." *Dos Hablad.:* "Tiene
mi mujer la propia enfermedad." J. PIN., *Agr.,* 2, 7: "Vos
soléis decir que está mal dicho *yo propio,* y es lo que
comúnmente se usa en esta tierra."

brida en mula tartamuda de paso, con ropilla
y ferreruelo y guantes y receta, dando jarabes, cuál anda aquí a la brida en un basilisco,
con peto y espaldar y con manoplas, repar-
tiendo puñaladas de tabardillos, y conquis- 5
tando las vidas, que allí parecía que curaba.
Aquí por debajo de la cuerda está estirando
las enfermedades para que den de sí y se
alarguen, y allí parecía que rehusaba las pa-
gas de las visitas. Mira, mira aquel maldito 10
cortesano, acompañante perdurable de los dichosos, cuál andaba allí fuera a la vista de
aquel ministro, mirando las zalemas de los
otros para excederlas, rematando las reverencias en desaparecimientos; tan bajas las 15
hacía por pujar a otros la ceremonia, que
tocaban en de buces. ¿No le viste siempre
inclinada la cabeza como si recibiera bendi-
ciones y negociar de puro humilde a lo Gua-
diana por debajo de tierra, y aquel amén so- 20
noro y anticipado a todos los otros bergantes
a cuanto el patrón dice y contradice? Pues
mírale allí por debajo de la cuerda royéndole

---

3 *Basilisco*, por matar con sola la vista.
16 *Pujar*, acrecentar o subir la puja o puesta en su-
bastas, ganarle por la mano, adelantarle en ceremonias.
17 *De buces*, como *de bruces* y *de buzos*, bajando la
cabeza, y díjose el uno de *buz*, como el otro de *buruz*,
de cabeza, que suena en vascuence.

los zancajos, que ya se le ve el hueso, abra-
sándole en chismes, maldiciéndole y engañán-
dole, y volviendo en gestos y en muecas las
esclavitudes de la lisonja, lo cariacontecido
5 del semblante, y las adulaciones menudas del
coleo de la barba y de los entretenimientos
de la jeta. ¿Viste allá fuera aquel maridillo
dar voces que hundía el barrio: "Cierren esa
puerta, qué cosa es ventanas, no quiero coche,
10 en mi casa me como, calle y pase, que así hago
yo", y todo el séquito de la negra honra? Pues
mírale por debajo de la cuerda encarecer con
sus desabrimientos los encierros de su mujer. Mírale amodorrido con una promesa, y

---

1 *Roerle los zancajos* a uno es hablar mal de él por
detrás, como gozquejo que ladra, y se tira a los zancajos
o talones. CÁCERES, *ps.* 100: "Aquellos que andaban royendo los zancajos: "Detrahentem secreto proximo suo."
1 *Que ya*, tanto, que de tanto roérselos, *se le ve el
hueso.* Sobre el *que* comparativo véase CEJADOR, *Leng. de
Cervantes*, I, 266, 17.
6 *Coleo*, posverbal de *colear*, menear la cola.
7 *Jeta*, los labios y narices como salientes, a modo
de hocico y trompa. QUEV., *Son.*, 48: "Llamava labio y
jeta comedera."
7 *Maridillo* le llama, por ser poco marido, a fuer de
consentidor, que por una promesa que le haga se amansa
y amodorra, vase de casa y al volver tose fuerte para
que el otro y ella sepan que llega y se pongan de pura
visita de etiqueta. Todo ello lo había bien pintado Mateo
Alemán.
14 "sueño de los que no pueden." (Edic. de Madrid
de 1648 y siguientes.) Quiere decir que a los que no
tienen que dar no les da el menor pie para que pretendan

los negocios, que se le ofrecen cuando le ofrecen: cómo vuelve a su casa con un esquilón
por tos tan sonora, que se oye a seis calles.
¡Qué calidad tan inmensa y qué honra halla
en lo que come, y en lo que le sobra, y qué ⁵
nota en lo que pide y le falta, qué sospechoso
es de los pobres, y qué buen concepto tiene
de los dadivosos y ricos, qué a raíz tiene el
ceño de los que no pueden más, y qué a propósito las jornadas para los precipitados de ₁₀
dádiva! ¿Ves aquel bellaconazo que allí está
vendiéndose por amigo de aquel hombre casado y arremetiéndose a hermano, que acude
a sus enfermedades y a sus pleitos, y que le
prestaba y le acompañaba? Pues mírale por ₁₅
debajo de la cuerda añadiéndole hijos y em-
barazos en la cabeza y trompicones en el pelo.
Oye cómo reprendiéndoselo aquel vecino, que
parece mal que entre a cosas semejantes en
casa de su amigo, donde le admiten y se fían ₂₀
dél y le abren la puerta a todas horas, él responde: "Pues qué: ¿queréis que vaya donde
me aguarden con una escopeta, no se fían de
mí y me niegan la entrada? Eso sería ser necio, si estotro es ser bellaco."   ₂₅

su mujer ni menos tomen alas en su casa, que esto es
tenerles el ceño a raíz, que no salga fuera; en cambio,
a los generosos déjales el campo libre, inventando viajes
y ausencias, como hacía Guzmán de Alfarache.
    17 *Trompicones*. la cornamenta. *A la cabeza* dicen *M S.*

Quedé muy admirado de oír al buen viejo
y de ver lo que pasaba por debajo de la cuerda en el mundo, y entonces dije entre mí:

—Si a tan delgada sombra, fiando su cu-
5 bierta del bulto de una cuerda, son tales los
hombres, ¿qué serán debajo de tinieblas de
mayor bulto y latitud?

Extraña cosa era de ver cómo casi todos se
venían de la otra parte del mundo a decla-
10 rarse de costumbres en estando debajo de la
cuerda. Y luego a la postre vi otra maravilla,
que siendo esta cuerda de una línea invisible,
casi debajo della cabían infinitas multitudes,
y que hay debajo de cuerda en todos los sen-
15 tidos y potencias, y en todas partes y en todos
oficios. Y yo lo veo por mí, que ahora escribo
este discurso, diciendo que es para entrete-
ner, y por debajo de la cuerda doy un jabón
muy bueno a los que prometí halagos muy
20 sazonados. Con esto el viejo me dijo:

—Forzoso es que descanses. Que el choque
de tantas admiraciones y de tantos desenga-
ños fatigan el seso, y temo se te desconcierte
la imaginación. Reposa un poco para que lo
25 que resta te enseñe y no te atormente.

Yo tal estaba, que di conmigo en el sueño
y en el suelo obediente y cansado.

---

18 Cobr., 574: *"Dar jabón.* (Por una reprensión.)"

LA HORA DE TODOS Y
LA FORTUNA CON SESO

A DON ALVARO DE MONSALVE,

CANÓNIGO DE LA SANTA IGLESIA DE TOLEDO,
PRIMADA DE LAS ESPAÑAS

Este libro tiene parentesco con vuesa merced, por tener su origen de una palabra que
le oí. A vuesa merced debe el nacimiento; a
mí, él crecer. Su comunicación es estudio para
el bien atento, pues con pocas letras que pronuncia, ocasiona discursos. Tal es la genealogía déste. Doyle lo que es suyo en la sustancia
y lo que es mío en la estatura y bulto. Su
título es: LA HORA DE TODOS Y LA FORTUNA
CON SESO. Todos me deberán una hora por lo
menos, y la Fortuna sacarla de los orates,
que lo más ha vivido entre locos. El trata-
dillo, burla burlando, es de veras. Tiene cosas

---

16 CORR., 588: "*Burla burlando.* (Cuando se hace algo
sin intentarlo)", o como en broma, al parecer, e intentán-
dolo de veras, como quien no quiere la cosa. Como si se

de las cosquillas, pues hace reír con enfado
y desesperación. Extravagante reloj, que,
dando una hora sola, no hay cosa que no señale con la mano. Bien sé que le han de leer
5 unos para otros y nadie para sí. Hagan lo
que mandaren y reciban unos y otros mi
buena voluntad. Si no agradare lo que digo,
bien se le puede perdonar a un hombre ser
necio una hora, cuando hay tantos que no
10 lo dejan de ser una hora en toda su vida.
Vuesa merced, señor don Alvaro, sabe empeñarse por los amigos y desempeñarlos. En-
cárguese desta defensa, que no será la primera que le deberé. Guarde Dios a vuesa
15 merced, como deseo. Hoy 12 de marzo de 1636.

---

dijera: *burlando burla* (objeto intrínseco). También *burla
burlanga.* F. SILVA, *Celest.,* 25: "Burla burlando, por mi
vida, que me requirió de amores." *Lazar.,* 1: "Visto esto
y las malas *burlas,* que el ciego *burlaba* de mí, determiné
de todo en todo dejarle."

3 *Que no señale con la mano* o manecilla del reloj.
La de este reloj alude a fulano y mengano, a *todo el
mundo,* por ser *la hora de todos* cuando suena.

4 *Leer para otro,* achacando a otro lo que dice la
lectura y saliéndose él mismo afuera, como si no fuera
con él.

12 *Empeñarse,* tomar por su cuenta y con empeño;
desempeñarlo, librarle. ZABALETA, *Día f.,* 1, 8: "El cortesano se empeña por definir el duelo." H. SANT., *Dom.* 3
cuar.: "Que le desempeña el alma, que le rescata deste
cautiverio."

PROLOGO

Si eres idólatra o pagano, que vale tanto, no te escandalices, oh amigo lector, porque llame a tus dioses a concejo a son de cuerno de Baco. Que cuernos dieron a Júpiter, por lo que le llamaron *Cornupeta* y *Ammon*, como quien de carnero le topa, y ya ves qué honrados debieron ser los cuernos cuando coronar debieron la cabeza del padre de los dioses. Mas si, como presumo, fueses jordanesco de casta y te hubiese caído el rocío del cielo sobre la crisma, que Dios te liberte de maleficios; détese una higa de que te enseñe con dioses falsos o verdaderos. Que, como tú te enmiendes de lo que pecar sueles, tanto vale el hisopo como el tridente, si es que no te gustan más los pinchonazos del uno que los asperges del otro; que, a tal gusto, con ellos te queda; que a mí me basta con el aspersilo, mas que sea de sotana raída y de bonete

torcido. No te rías porque se ría el libro, que
éste lo hace de ti viéndote panarra o inocente,
que no le entiendes, o pícaro, que te apartas
del consejo; y cuida que, aunque cuando, después de cerrado y dado al Leteo, que es el
que lleva lo bueno y lo malo al estanque sucio
del olvido, se esconde dentro de los pliegues
de la conciencia para roerlas a sabor suyo
cuando mejor le viene, y tú no puedas evi-
tarlo.

A todos llega la hora siempre temprano,
porque es dama muy madrugona y nada pe-
rezosa. Y así, cuando veas la del vecino, no
te creas lejano de la tuya, que te está echando la zarpa y entretejiendo el lazo con que
ha de ahogarte. Si te amarga la verdad escrita, échate un pedacito de enmienda al alma
y la endulzarás. Porque, si no, ha de avina-
grarse y causarte indigestión de muerte, que
es la peor y para la que no alcanzan las dro-
gas de acá abajo, porque los boticarios de
lametón no han dado todavía con la píldora
de la vida, siendo así que calzan borla de doc-
tores en las de la muerte.

No te fíes en que no te ha nevado la edad
el cabello: que hay canas que van tras los años
y años que atraen las canas, y que la vida
pasa, cuando le place al del ojo grande, sin
que necesite poner mojones de aviso ni llamar

con campanillas: que hay soplos que matan
lo que no mata un terremoto.

Si te amoscas porque te sorprenda en tus
cálculos, peor para ti si no los das de mano.
Que yo cumplo con descubrirlos a tu concien- 5
cia, que se alegra de ello tanto como tú lo
lloras. Vierte lágrimas, pero sin asemejarte
al cocodrilo. Recógelas, que tu alma las necesita para la *hora*, si son de arrepentido. Mira
que a los rayos de Júpiter nada se esconde, 10
y que el fuego de Vulcano todo lo abrasa.
Dirígete a Apolo y te escudará en su carro,
si fervorizante le pides. Y porque más has
de ver de lo que yo te diga y mi libro te
enseñe, léelo con la mano en el seno y rás- 15
cate, cuando te pique: que para sermón de
lego ya es bastante sin licencia del Prior.—
(Ms. de Lista.)

TABLA DE LOS SUCESOS (1)

---

(1) En el Ms. del señor Duque de Frías son árabes los números de cada uno de ellos, y están pospuestos al suceso respectivo.

Los asuntos de esta obra se anotan al margen de la correspondiente plana en la edición de Zaragoza de 1650, en la siguiente forma: "Médicos, alguaciles, escribanos, boticarios, mujeres afeitadas, gangosos, teñidos, adinerado ladrón de hidalguía postiza, mohatrero, hablador, senadores, casamentero, poeta culto, buscona, galán con pantorrillas postizas, calvos y teñidos (a), mujer afeitada, dueña, doncellita, visita de cárcel, damas que encubren años, a pie, en coches, en sillas de manos, lisonjeros de señores y potentados, embusteros y tramposos, arbitristas, cobradores y ejecutores, alcahuetas y chillonas, dueñas,

(a) "Criado de señor endemoniado." (Ms. de la Biblioteca Nacional, T. 153, pág. 240, v.)

X. La buscona y el guardainfante.
XI. El criado favorecido y el amo.
XII. La casada que se afeita.
XIII. Gran señor que visita su cárcel.
XIV. Mujeres diferentes que van por la calle.
XV. Potentado después de comer.
XVI. Codiciosos y tramposos.
XVII. Arbitristas en Dinamarca.
XVIII. Las alcahuetas y las chillonas.
XIX. El letrado y los pleiteantes.
XX. Los taberneros.
XXI. Enjambre de pretendientes.
XXII. Hombres que piden prestado.
XXIII. La imperial Italia.
XXIV. El caballo de Nápoles.
XXV. Los dos ahorcados.
XXVI. El gran Duque de Moscovia y los tributos.
XXVII. Un fullero.
XXVIII. Los holandeses.
XXIX. El gran Duque de Florencia.
XXX. El alquimista.

letrado, abogado, pasante, procurador, escribano, relator, taberneros, pretendientes, envestidores que piden prestado, Italia, Roma, Saboya, España, Francia, Italia, Venecia, Nápoles, Duque de Osuna, Virrey de Nápoles. rufianes ahorcados, médicos, tributos, fullero y tramposo. Holanda, romanos, Gran Duque de Florencia, alquimista, miserable, carbonero, franceses, español, Venecia, Italia, privado, alemanes, el Gran Turco, Duque de Osuna. España y españoles, artillería, emprenta, holandeses en Chile, negros, Inglaterra, sinagoga y judíos, monopantos, oro y plata, triaca, varias naciones y malcontentos, Duque de Saboya, ginovés, contra el gobierno repúblico, legisladores y mujeres, *nota*, francés y italiano, valido, tiranos, de qué se ha de cuidar en una república, consejeros, premios, jueces, pastores."

En igual forma se encuentran en casi todas las impresiones anteriores a la de Bruselas, 1660, donde los asuntos se sacan al pie con llamadas. En las españolas del siglo pasado se pusieron como epígrafes al principio de cada capítulo.

LA HORA DE TODOS Y
LA FORTUNA CON SESO

Júpiter, hecho de hieles, se desgañitaba poniendo los gritos en la tierra. Porque ponerlos

---

3 "Pintan a las *Horas* alegres y llenas de luz y hermosura los poetas, sin que hayan visto las tales doncellas, ni en cueros ni vestidas, más que en los delirios de Homero, que debió pasarlas muy buenas en sus deliquios, y esto a fe que no pudo hacerse sin locura, pues que si hay horas buenas y felices, éstas son pocas y las malas muchas. Y puesto que no contaron las malas, bueno será que sepades que son viejas carcomidas del vicio y de la desventura, que arrojan venablos por la boca, punzan con sus garfios y esparcen tinieblas y espanto por el que pasan. Tales son las de los malos que por una hora buena se echan a cuestas las doce hermanas del Infierno, cuyo sol es Plutón, que las va pasando una a una, y, al llegar a la última, la desgarra y martiriza, para que, fénix de su propia rabia, renazca cien veces de sí misma para martirio de las almas. Mas como en asamblea se junten los dioses para juzgarlas, abre Júpiter el caos con sus ardientes rayos y con voz de trueno, que trueno y gordo es él mismo, y todo tiembla como esperando el juicio de la muerte, que es el peor de los juicios para quien no fué tan arreglado como debiera a sus leyes." (Ms. de Lista.) Es enojarse mucho, por lo amargamente que trata a todos.

3 CORR., 535: *Estar hecho de hiel.* QUEV., *C. de c.*: "Y de una hasta ciento, que se descalzaban de risa de ver al viejo hecho de hiel." A. ALV., *Silv. Vig. nav.*, 1 c., § 2: "Todo le amarga y se le hace de hiel."

3 *Desgañitarse*, romperse el *gañote* a puros gritos, como *desgañirse*. J. JOLO, pl. 215: "Dió voces, en fin, que se desgañitaba." CÁCER., f. 6: "Alcé mucho la voz, hasta que me desgañía."

en el cielo, donde asiste, no era encarecimien-
to a propósito. Mandó que luego a consejo
viniesen todos los dioses trompicando. Marte,
don Quijote de las deidades, entró con sus
5 armas y capacete y la insignia de viñadero
enristrada, echando chuzos, y a su lado, el
panarra de los dioses, Baco, con su cabellera
de pámpanos, remostada la vista, y en la boca,
por lagar vendimias de retorno derramadas,
10 la palabra bebida, el paso trastornado y todo
el celebro en poder de las uvas.

Por otra parte, asomó con pies descabala-

---

1 *Poner el grito en el cielo*, alzar mucho la voz.

3 *Trompicar*, dando trompicones o trompazos. *G. Alf.*,
2, 2, 4: "Rodando y trompicando con la hambre, di conmigo en el reino de Nápoles."

5 *Insignia de viñadero*, el lanzón, arma del viñadero
y de Marte. GÓNG., *Rom. lír.*, 12: "Mohoso como en di-
ciembre | el lanzón del viñadero."

6 *Echar chuzos*, llover reciamente, y trasladadamente,
bravear echando bravatas. T. RAM., *Concept.*, p. 50:
"Mientras las olas bramaban y el cielo amenazaba y ccha-
ba chuzos."

7 *Panarra, simplón* (vulg.).

8 *Re-most-ar*, echar o llenar de mosto. D. VEGA, *Conc.*
2.º: "Se descalza y desnuda para entrar en el lagar y
sale de allí remostado todo y de la uva tinta, como teñido
en sangre." J. PIN., *Agr.*, 10, 18: "Y el revinar con él
a otro más nuevo es dañoso, como el remostar al más
viejo."

9 *Vendimias de retorno*, regüeldos de borracho en la
boca, como vendimias en lagar, esto es, olor de uvas o
vino regoldado. *Por lagar*, en vez de lagar.

12 *Des-cabal-ado*, no cabal, por ser cojo o corto de
un pie.

dos Saturno, el dios marimanta, comeniños, engulléndose sus hijos a bocados. Con él llegó, hecho una sopa, Neptuno, el dios aguanoso, con su quijada de vieja por cetro, que eso es tres dientes en romance, lleno de cazcarrias 5 y devanado en ovas, oliendo a viernes y vigilias, haciendo lodos con sus vertientes en el cisco de Plutón, que venía en su seguimiento. Dios dado a los diablos, con una cara afeitada con hollín y pez, bien zahumado con alcrebite 10 y pólvora, vestido de cultos tan escuros, que no le amanecía todo el buchorno del sol, que venía en su seguimiento con su cara de azófar y sus barbas de oropel. Planeta bermejo y andante, devanador de vidas, dios dado a 15

---

1 *Mari-manta*, fantasma para meter miedo a los niños; de *Mari* o mujer, con una *manta* arrebujada sobre la cabeza, por hacerlo así la niñera, etc. QUEV., *Mus.* 6, r. 95: "Una fea amortajada | en su sábana de lino | a lo difunto se muestra | marimanta de los niños." Idem, *Cart*: "En esta tierra, para espantar los niños, dicen: la Bonimanta, como allá la Marimanta." Alude a que Saturno o el tiempo se come sus hijos o las cosas todas.

3 *Hecho una sopa*, muy mojado. L. RUEDA, 1, 66: "Vengo hecho una sopa d'agua."

5 *Cazcarrias*, lodos que se pegan a los bajos de la ropa.

6 *Devanado*, envuelto.

6 *Oliendo a pescado*, de los días de abstinencia.

8 *Cisco*, carbón menudo, hollín del herrero, que, por lo negro, dice ser *dado a los diablos*.

10 *Alcrebite*, azufre, del arábigo. *Zahumar* o *sahumar* se decía, así como *buchorno*, del *vulturnus*.

11 *Cultos*, los poetas oscuros.

la barbería, muy preciado de guitarrilla y
pasacalles, ocupado en ensartar un día tras
otro y en engazar años y siglos, mancomuna-
do con las cenas para fabricar calaveras.
5   Entró Venus, haciendo rechinar los coluros con el ruedo del guardainfante, empalagando de faldas a las cinco zonas, a medio
afeitar la jeta y el moño, que la encorozaba
de pelambre la cholla, no bien encasquetado,
10 por la prisa. Venía tras ella la Luna, con su
cara en rebanadas, estrella en mala moneda,
luz en cuartos, doncella de ronda y ahorro
de lanternas y candelillas. Entró con gran zurrido el dios Pan, resollando con dos grandes
15 piaras de númenes, faunos, pelicabros y pati-

---

3 *Engazar*, engarzar. P. VEGA, 2, 13, 3: "De unos
nervios delgados con que están (las muelas) engazadas
dentro de los encajes de las encías." TORR., *Fil. mor.*, 7,
14: "Vienen a forjar una cadena de pecados engazando
un eslabón de hierro con otro mayor para descolgarse en
el profundo."

4 "y los pesares." (Edic. de Zaragoza de 1650 y todas
las posteriores.) "Más mató la cena que sanó Avicena",
dice·el refrán.

5 *Haciendo rechinar* los círculos de la esfena llamados *coluros con el ruedo* del miriñaque de alambres y cintas, que llamaban *guarda-infante*, *empalagando* o ates-
tando.

8 *La jeta* u hocico y el *moño*, que le encimaba como
coroza de pelo la cabeza. Es sátira del vestir, peinarse y
afeitarse de las damas.

11 *En mala moneda*, en cuartos.

15 *Pelicabros*, "*capripedes satyrorum*" (HORACIO) *pa-
tibueyes*, patihendidos.

bueyes. Hervía todo el cielo de manes y lemu-
res y penatillos y otros diosecillos bahunos.
Todos se repantigaron en sillas y las diosas
se rellanaron, y, asestando las jetas a Júpiter con atención reverente, Marte se levantó, 5
sonando a choque de cazos y sartenes, y con
ademanes de la carda, dijo:

—Pesia tu hígado, oh grande Coime, que
pisas el alto claro, abre esa boca y garla:
que parece que sornas.   10

Júpiter, que se vió salpicar de jacarandi-
nas los oídos y estaba, siendo verano y asán-
dose el mundo, con su rayo en la mano haciéndose chispas, cuando fuera mejor hacerse
aire con un abanico, con voz muy corpulenta, 15
dijo:

---

1 "lares y panades y otros diosecillos." (Edic. de
Zaragoza y todas las posteriores.)

2 *Bahuno, bajuno*, con *h*, *como* se hallan por entonces escritas otras voces para nuestra *j* actual, por haber
hasta poco había sonado como en francés la letra *j*, y ser
el tiempo en que comenzaba a sonar como hoy, esto es,
como entonces todavía sonaba la *h* (CEJADOR, *Leng. Cerv.*,
I, 9 y 11).

7 *De la carda*, de la gente del bronce, maleante; del
robar díjose *la carda*.

8 *Pésia*, pese a, en juramentos y exclamaciones.

8 El *hígado* expresa el valor, hombre de hígados, esto
es, que tiene bilis y sabe enojarse.

8 *Coime*, garitero y señor de casa, y *Gran Coime* o
Coime del alto o *de las clareas*, Dios. *Alto claro*, el Cielo.
Garlar, hablar. *Sornar*, dormir; voces todas de germanía
o gente de la carda.

11 *Jacarandina*, voz de la jácara o de los jaques.

—Vusted envaine y llámeme a Mercurio.

El cual, con su varita de jugador de manos y sus zancajos pajaritos y su sombrerillo hecho en horma de hongo, en un santiamén
⁵ y en volandas se le puso delante. Júpiter le dijo:

—Dios virote, dispárate al mundo y tráeme aquí, en un cerrar y abrir de ojos, a la Fortuna asida de los arrapiezos.

¹⁰ Luego, el chisme del olimpo, calzándose dos cernícalos por acicates, se desapareció, que ni fué oído ni visto, con tal velocidad, que verle partir y volver fué una misma acción de la vista. Volvió hecho mozo de ciego y lazarillo,
¹⁵ adestrando a la Fortuna, que con un bordón en la una mano venía tentando y de la otra

---

2 "baraja de jugador." (Ms. del señor Duque de Frías.)

3 *Pajaritos*, por las alas que le pintan en los zancajos o talones.

5 *En volandas* o *volandillas*, corriendo y volando.

7 *Virote* o saeta y mozo soltero, desocupado, maleante con ínfulas de lindo. CERV., *Cel. extrem.*

8 *En un cerrar y abrir de ojos*, en un punto. L. GRAC., *Crit.*, 2, 4: "Toda aquella máquina de viento, en un cerrar y abrir de ojos, se resolvió en nada."

9 Arrapiezos, *piezas* rotas que cuelgan cual si se hubiese tirado y *arrap-ado* del vestido. ZAMORA, *Mon.*, 2, 6: "¿Qué es de los sayones, que la traían agarrada de los arrapiezos?"

10 *Chisme del Olimpo* llama a Mercurio, por ir como recadista con el chisme y cuento.

12 CORR., 560. "*No fué oído ni visto.* (El que desapareció o la cosa que se hizo presto.)" *G. Alf.*, 1, 2, 8.

tiraba de la cuerda que servía de freno a un perrillo.

Traía por chapines una bola, sobre que venía de puntillas, y hecha pepita de una rueda, que la cercaba como a centro, encordelada de hilos y trenzas, y cintas, y cordeles y sogas, que con sus vueltas se tejían y destejían. Detrás venía, como fregona, la Ocasión, gallega de *coramvobis*, muy gótica de facciones, cabeza de contramoño, cholla bañada de calva de espejuelo y en la cumbre de la frente un solo mechón, en que apenas había pelo para un bigote. Era éste más resbaladizo que anguilla, culebreaba deslizándose al resuello de las palabras. Echábasele de ver en las manos que vivía de fregar y barrer y de fregar los arcaduces y de vaciar los que la Fortuna llevaba.

Todos los dioses mostraron mohina de ver a la Fortuna, y algunos dieron señal de asco cuando ella, con chillido desentonado, hablando a tiento, dijo:

—Por tener los ojos acostados y la vista a

9 *De coramvobis*, de autoridad; *gótico* por noble; *contramoño*, por no llevarlo, que la *pintan calva*, con sólo el mechón por donde se la pueda asir: *asir la ocasión por el copete.*

14 "el resuello." (Ms. del señor Duque de Frías.)

17 "y vaciar los arcaduces que la Fortuna." (Edic. de Zaragoza.) "llenaba." (Edic. de Bruselas y la de Sancha.)

buenas noches, no atisbo quién sois los que asistís a este acto; empero, seáis quien fuéredes, con todos hablo, y primero contigo, oh Jove, que acompañas las toses de las nubes 5 con gargajo trisulco. Dime: ¿qué se te antojó ahora de llamarme, habiendo tantos siglos que de mí no te acuerdas? Puede ser que se te haya olvidado a ti y a esotro vulgo de diosecillos lo que yo puedo, y que así he jugado 10 contigo y con ellos como con los hombres.

Júpiter, muy prepotente, la respondió:

—Borracha, tus locuras, tus disparates y maldades son tales, que persuaden a la gente mortal que, pues no te vamos a la mano, que 15 no hay dioses, que el cielo está vacío y que soy un dios de mala muerte. Quéjanse que das a los delitos lo que se debe a los méritos, y los premios de la virtud, al pecado; que encaramas en los tribunales a los que habías de su- 20 bir a la horca, que das las dignidades a quien habías de quitar las orejas y que empobreces y abates a quien debieras enriquecer.

La Fortuna, demudada y colérica, dijo:

—Yo soy cuerda y sé lo que hago, y en to-

---

1 Los ojos inclinados y la vista a oscuras, por ser ciega.

5 Satiriza las frases de los cultos y gongorinos.

16 *De mala muerte*, de ningún valor (vulg.), propiamente del ajusticiado.

das mis acciones ando pie con bola. Tú, que me llamas inconsiderada y borracha, acuérdate que hablaste por boca de ganso en Leda, que te derramaste en lluvia de bolsa por Dánae, que bramaste y fuiste *Inde toro pater* por [5] Europa, que has hecho otras cien mil picardías y locuras, y que todos esos y esas que están contigo han sido avechuchos, hurracas y grajos, cosas que no se dirán de mí. Si hay beneméritos arrinconados y virtuosos sin [10] premios, no toda la culpa es mía: a muchos se los ofrezco que los desprecian, y de su tem-

---

1 *A pie con bola*, al justo, y, además, alude a que *traía por chapines una bola* (G, CASAS, *Seda*, 2, 6: "Si la semilla y morales andan, como dicen, a pie con bola, que se espera que toda la hoja que tuviere será menester." CORR., 506: "*A pie con bola*. (Ir y llegar a la par.)"

3 *Hablar por boca de ganso*, lo que se oye de otro, porque, en chillando uno, chillan todos. PANT., *Vej.*, 1: "Y ha hablado por boca de ganso muchas veces."

3 Habiendo hallado Júpiter a la princesa Leda riberas del Eurotas, mudó a Venus en águila, y mudándose él mismo en cisne perseguido por el águila, fué a echarse en brazos de Leda, la cual, al cabo de nueve meses, puso dos huevos: del uno nacieron Pollux y Elena; del otro, Cástor y Clitemnestra.

4 Convertido Júpiter en lluvia de oro, se introdujo en la torre de bronce donde Dánae estaba encerrada por su padre Acrisio, rey de Argos, y ella concibió así a Perseo.

5 Es frase de *La Eneida*: "luego el padre Eneas, desde su escaño..." Viendo Júpiter a Europa, hija de Agenor, rey de Fenicia, jugar orillas del mar con sus amigas, mudado en toro, se fué despacio a halagarlas, se dejó enguirnaldar y montar de ella, y lanzándose al mar, llegó a Creta.

planza fabricáis mi culpa. Otros, por no alargar la mano a tomar lo que les doy, lo dejan pasar a otros, que me lo arrebatan sin dárselo. Más son los que me hacen fuerza que
5 los que yo hago ricos; más son los que me hurtan lo que les niego que los que tienen lo que les doy. Muchos reciben de mí lo que no saben conservar: piérdenlo ellos y dicen que yo se lo quito. Muchos me acusan por
10 mal dado en otros lo que estuviera peor en ellos. No hay dichoso sin invidia de muchos; no hay desdichado sin desprecio de todos. Esta criada me ha servido perpetuamente. Yo no he dado paso sin ella. Su nombre es la
15 Ocasión. Oídla; aprended a juzgar de una fregona.

Y desatando la taravilla la Ocasión, por no perderse a sí misma, dijo:

—Yo soy una hembra que me ofrezco a to-
20 dos. Muchos me hallan, pocos me gozan. Soy Sansona femenina, que tengo la fuerza en el cabello. Quien sabe asirse a mis crines, sabe

17 *La tarabilla*, la cítola o tarara del molino, metafóricamente, la lengua. CORR., 607: *"Taravilla.* (Llámase así al que parla mucho.)" *Por no perder* la ocasión de hablar.
22 CORR., 168: *"La ocasión asilla por el copete o guedejón.* (Pintaron los antiguos la *ocasión* los pies con alas y puesta sobre una rueda y un cuchillo en la mano, el corte adelante, como que va cortando por donde vuela; todo denota ligereza, y con todo el cabello de la media

defenderse de los corcovos de mi alma. Yo la dispongo, yo la reparto, y de lo que los hombres no saben recoger y gozar me acusan. Tiene repartidas la necedad por los hombres estas infernales cláusulas: 5

"Quién dijera, no pensaba, no miré en ello, no sabía, bien está, qué importa, qué va ni viene, mañana se hará, tiempo hay, no faltará ocasión, descuidéme, yo me entiendo, no soy bobo, déjese deso, yo me lo pasaré, ríase 10 de todo, no lo crea, salir tengo con la mía, no faltará, Dios lo ha de proveer, más días hay que longanizas, donde una puerta se cierra otra se abre, bueno está eso, qué le va a él, paréceme a mí, no es posible, no me diga 15 nada, ya estoy al cabo, ello dirá, ande el mundo, una muerte debo a Dios, bonito soy yo para eso, sí por cierto, diga quien dijere, preso por mil, preso por mil y quinientos, no es posible, todo se me alcanza, mi alma en mi 20 palma, ver veamos, diz que, y pero, y quizás."

Y el tema de los porfiados:

"Dé donde diere."

Estas necedades hacen a los hombres presumidos, perezosos y descuidados. Estas son 25

---

cabeza adelante, echado sobre la frente, y la otra media de atrás, rasa, dando a entender que al punto que llega se ha de asir de la melena, porque en pasándose la *ocasión* no hay por dónde asirla.)"

el hielo en que yo me deslizo, en éstas se tras-
torna la rueda de mi ama y trompica la bola
que la sirve de chapín. Pues si los tontos me
dejan pasar, ¿qué culpa tengo yo de haber
5 pasado? Si a la rueda de mi ama son trope-
zones y barrancos, ¿por qué se quejan de sus
vaivenes? Si saben que es rueda, y que sube y
baja, y que, por esta razón, baja para subir
y sube para bajar, ¿para qué se devanan en
10 ella? El sol se ha parado; la rueda de la Fortuna, nunca. Quien más seguro pensó haberla
fijado el clavo, no hizo otra cosa que alentar
con nuevo peso el vuelo de su torbellino. Su
movimiento digiere las felicidades y miserias,
15 como el del tiempo las vidas del mundo, y el
mundo mismo poco a poco. Esto es verdad,
Júpiter. Responda quien supiere.

La Fortuna, con nuevo aliento, bamboleándose con remedos de veleta y acciones de ba-
20 rrena, dijo:

—La Ocasión ha declarado la ocasión in-
justa de la acusación que se me pone; empero
yo quiero de mi parte satisfacerte a ti, su-

12 *Fijar o echar un clavo a la rueda de la fortuna,*
asegurarla, porque no se vuelva atrás. *Persil.,* 3. -9: "No
hay clavo tan fuerte que pueda detener la rueda de la
fortuna." P. VEGA, 5, 26, 2: "De los que perseveran mucho tiempo en su prosperidad se suele decir que echarán
el clavo a la rueda de la fortuna, que la hacen estar firme."
20 "barranco dijo." (Edic. de Zaragoza y todas las
siguientes.)

premo atronador, y a todos esotros que te
acompañan, sorbedores de ambrosía y néctar, no obstante que en vosotros he tenido,
tengo y tendré imperio, como le tengo en la
canalla más soez del mundo. Y yo espero ver ⁵
vuestro endiosamiento muerto de hambre por
falta de víctimas y de frío, sin que alcancéis
una morcilla por sacrificio, ocupados en sólo
abultar poemas y poblar coplones, gastados
en consonantes y en apodos amorosos, sir- ¹⁰
viendo de munición a los chistes y a las
pullas.

—Malas nuevas tengas de cuanto deseas
—dijo el Sol—, que con tan insolentes palabras blasfemas de nuestro poder. Si me fuera ¹⁵
lícito, pues soy el Sol, te friyera en canicula-
res, y te asara en buchornos, y te desatinara
a modorras.

—Vete a enjugar lodazales —dijo Fortuna—, a madurar pepinos y a proveer de ter- ²⁰
cianas a los médicos y a adestrar las uñas
de los que se espulgan a tus rayos; que ya te
he visto yo guardar vacas y correr tras una
mozuela, que, siendo sol, te dejó a escuras.

1 "atronado." (El Ms.)
9 *Coplones*, citándoos sólo los poetas.
23 "Otros dicen que guardó vacas (Apolo) y que Mercurio, el mismo día que nació, le hurtó dellas, como Homero dice." (VIANA, *Las transformac. de Ovidio*, not. 1,
página 33.)

Acuérdate de que eres padre de un quemado. Cósete la boca, y deja de hablar, y hable quien le toca.

Entonces Júpiter severo pronunció estas
5 razones:

—En muchas de las que tú y esa picarona que te sirve habéis dicho, tenéis razón; empero, para satisfacción de las gentes está decretado irrevocablemente que en el mundo,
10 en un día y en una propia hora, se hallen de repente todos los hombres con lo que cada uno merece. Esto ha de ser: señala hora y día.

La Fortuna respondió:

—Lo que se ha de hacer, ¿de qué sirve di-
15 latarlo? Hágase hoy. Sepamos qué hora es.

El Sol, jefe de relojeros, respondió:

—Hoy son 20 de junio, y la hora, las tres de la tarde y tres cuartos y diez minutos.

—Pues en dando las cuatro —dijo la For-
20 tuna— veréis lo que pasa en la tierra.

---

1 *De un quemado,* Faetón, cuando tomó las riendas del carro del sol.

2 *Coserse la boca,* callar, y aun añaden *a dos cabos,* como cosen los zapateros. S. ABRIL, *Andr.:* "Coseré mi boca."

2 "déjale hablar a quien le toca." (Los impresos todos.)

6 "Fortuna, en muchas cosas de las que tú." (Idem.)

9 "Inviolablemente." (Idem.)

17 De 1635.

Y diciendo y haciendo, empezó a untar el eje de su rueda y encajar manijas, mudar clavos, enredar cuerdas, aflojar unas y estirar otras, cuando el Sol, dando un grito, dijo: [5]

—Las cuatro son, ni más ni menos: que ahora acabo de dorar la cuarta sombra posmeridiana de las narices de los relojes de sol.

En diciendo estas palabras, la Fortuna, [10] como quien toca sinfonía, empezó a desatar su rueda, que, arrebatada en huracanes y vueltas, mezcló en nunca vista confusión todas las cosas del mundo, y dando un grande aullido, dijo: [15]

—Ande la rueda, y coz con ella.

I. En aquel propio instante, yéndose a ojeo de calenturas, paso entre paso un médico en su mula, le cogió la *hora* y se halló de

---

1 CORR., 582: "*Diciendo y haciendo. (Que tan presto como se dice se haga.)*"

16 *Ande la rueda y coz con ella*, es juego de muchachos en rueda, uno fuera, a quien acocean, mientras dan vueltas cogidos de la mano. *Ande la rueda*. GALINDO, 509: "de la fortuna y sus mudanzas."

18 *Paso entre paso, lentamente*. VALDERR., *Ejer. Fer.* 5, dom. 2, cuar.: "Llevaban... las grandes estatuas de los gigantones muy paso entre paso." J. POLO, *Humor.*: "Del corral | paso entre paso se escurre." CÁCER., ps. 1: "Vase paso entre paso, como quien se va paseando por un jardín."

verdugo, perneando sobre un enfermo, diciendo *credo* en lugar de *récipe,* con aforismo escurridizo.

II. Por la misma calle, poco detrás, venía
5 un azotado, con la palabra del verdugo delante chillando y con las mariposas del *sepan
cuantos,* detrás y el susodicho en un borrico,
desnudo de medio arriba, como nadador de
rebenque. Cogióle la *hora,* y, derramando un
10 rocín al alguacil que llevaba y el borrico al
azotado, el rocín se puso debajo del azotado
y el borrico debajo del alguacil, y, mudando
lugares, empezó a recibir los pencazos el que

---

1 *Pernear* suele decirse del ahorcado, menear las piernas. J. Tolosa, *Disc.,* 1, 10: "Vernán a morir de hambre
o a pernear en una horca." Valderr., *Teatr. S. Nic.,* 1:
"Y con ver pernear tantos ahorcados." El *Credo* lo decía
el ahorcado antes de morir, y lo dice el médico, en vez
del *récipe,* con que comenzaban sus recetas, de modo que
este aforismo de ser el médico verdugo de enfermos, que
merece la horca, se le escapa o es escurridizo al cogerle
la *hora de la Fortuna con seso,* que hace parezca y con-
fiese y haga cada cual lo que es y merece.

6   "Con chilladores delante
             Y envaramiento detrás",

que de Escarramán dijo allá nuestro poeta.
9 *Rebenque,* el látigo de azotar, propio del cómitre
en las galeras para azotar a los galeotes.
9 *Derramando,* arrojando. Iba en borrico el azotado,
y el alguacil, en rocín; *la hora* de la Fortuna con seso
trocó las cosas conforme a justicia, pues el alguacil merecía y suele merecer los azotes más que el ajusticiado no
pocas veces.

acompañaba al que los recibía, y el que los recibía a acompañar al que le acompañaba.

III. Atravesaban por otra calle unos chirriones de basura, y, llegando enfrente de una botica, los cogió la *hora*, y empezó a rebosar [5] la basura y salirse de los chirriones y entrarse en la botica, de donde saltaban los botes y redomas, zampándose en los chirriones con un ruido y admiración increíble. Y como se encontraban al salir y al entrar los botes y la [10] basura, se notó que la basura, muy melindrosa, decía a los botes:

—Háganse allá.

Los basureros andaban con escobas y palas traspalando en los chirriones mujeres [15]

---

2 "El escribano se apeó para remediarlo, y sacando la pluma, le cogió la *hora* y se la alargó en remo y empezó a bogar cuando quería escribir." (Edic. de Zaragoza y todas las posteriores.) "Asiéndole por las narices un diablo de uñas largas, le cargó a la espalda, y corriendo, decía: "Ábrase el averno y toquen chirimías, que hoy es "día de gracia; denme plácemes, que traigo un tesoro de "mentiras y un apóstata de la fe; alegría y lluevan plu-"mas, que hay pez gordo en el banquete." (Ms. de Lista.)

6 *Chirrión*, carro que chirría, a propósito para pasos estrechos, que avise de antemano, no vaya otro al encuentro y no puedan volver atrás: tal en los montes de las Bascongadas. *Diál. monter.*, 13: "Con chirrión o carro."

8 *Zampándose*, metiéndose. L. RUEDA, *Despos.*: "Pues zámpese dentro a somorgujo." *Siglo pitag.*, 3: "Y zámpense de golpe en la posada."

afeitadas y gangosos y teñidos, sin poder nadie remediarlo.

IV. Había hecho un bellaco una casa de
grande ostentación con resabios de palacio y
5 portada sobreescrita de grandes genealogías
de piedra. Su dueño era un ladrón que, por
debajo de su oficio, había robado el caudal
con que la había hecho. Estaba dentro y tenía
cédula a la puerta para alquilar tres cuartos.
10 Cogióle la *hora*. ¡Oh, inmenso Dios, quién podrá referir tal portento! Pues, piedra por piedra y ladrillo por ladrillo, se empezó a des-
hacer, y las tejas, unas se iban a unos tejados y otras a otros. Veíanse vigas, puertas y
15 ventanas entrar por diferentes casas, con espanto de los dueños, que la restitución tuvieron a terremoto y a fin del mundo. Iban las
rejas y las celosías buscando sus dueños de
calle en calle. Las armas de la portada par-
20 tieron, como rayos, a restituirse a la monta-

---

2 "Y como se acabase la barredera, llegó Satanás con
una espuerta de putas feas y lagañosas, diciendo: "Aguar-
"den los rufianes, que allá va ese emplasto de ungüentos
"a volverse a sus botes, y pónganles a recaudo, no se re-
"viertan, que es género que se liquida fácilmente." (Ms. de
Lista.)

7 *Por debajo de*, so color, con el disfraz de. LEÓN,
Job, 42: "Un querer debajo de esta color desobligarse de
aquello que." COLOMA, *G. Fland.*, 2: "Sin desmandarse un
hombre a entrar en Francia debajo de ningún pretexto."
18 "tejas y las celosías." (Ms. de Frías.)

ña, a una casa de solar, a quien este maldito había achacado su pícaro nacimiento. Quedó desnudo de paredes y en cueros de edificio, y sólo en una esquina quedó la cédula de alquiler que tenía puesta, tan mudada por la 5 fuerza de la *hora*, que, donde decía: "Quien quisiere alquilar esta casa vacía, entre: que dentro vive su dueño", se leía: "Quien quisiere alquilar este ladrón, que está vacío de su casa, entre sin llamar, pues la casa no lo 10 estorba."

V. Vivía enfrente déste un mohatrero, que prestaba sobre prendas, y viendo afufarse la casa de su vecino, quiso prevenirse, diciendo: 15

—¿Las casas se mudan de los dueños? ¡Mala invención!

Y por presto que quiso ponerse en salvo, cogido de la *hora*, un escritorio, y una colgadura y un bufete de plata, que tenía cau- 20 tivos de intereses argeles, con tanta violen-

---

13   *Afufarse y afufar*, huir o *tomar las afufas. Comed. Florin.*, 5: "Y contento, pues que iba él, quiero afufar, no se arrepienta y vuelva por mí." TORR. NAHARR., 2, 115: "Y se afufan con el caire (y se van con el dinero)." A. SOLÍS, *Poes.*, p. 151: "Quiso afufarse, mas ella | se le agarró de los brazos."
21   *Argel*, de esclavos, esclavitud, de Argel, por los que allí había. COLOM., *Obra poét.*: "Al voluntario Argel agradecido."

cia se desclavaron de las paredes y se des-
asieron, que al irse a salir por la ventana un
tapiz le cogió en el camino y, revolviéndosele
al cuerpo, amortajado en figurones, le arran-
5 có y llevó en el aire más de cien pasos, donde,
desliado, cayó en un tejado, no sin crujido del
costillaje; desde donde, con desesperación, vió
pasar cuanto tenía en busca de sus dueños, y
detrás de todo una ejecutoria, sobre la cual,
10 por dos meses, había prestado a su dueño
doscientos reales, con ribete de cincuenta más.
Esta, ¡oh extraña maravilla!, al pasar, le
dijo:

—Morato, arráez de prendas: si mi amo
15 por mí no puede ser preso por deudas, ¿qué
razón hay para que tú por deudas me tengas
presa?

Y diciendo esto se zampó en un bodegón,
donde el hidalgo estaba disimulando ganas de
20 comer, con el estómago de rebozo, acechando
unas tajadas que so el poder de otras muelas
rechinaban.

---

14 *Arráez*, patrono de barca, etc.; literalmente, cabeza
y jefe. Fué *Morato Raez Maltrapillo* un renegado mur-
ciano, amigo íntimo del rey de Argel Azán, y a sus oficios
debió la vida el grande autor del *Quijote*, que por romper
el cautiverio no hubo empresa aventurada que no tra-
tase de acometer. Véase CEJADOR, *Leng. Cerv.*, II, *Agi
Morato.*

16 "a mí." (Edic. de Zaragoza y todas las siguientes.)

VI.   Un hablador plenario, que de lo que
le sobra de palabras a dos leguas pueden mo-
ler otros diez habladores, estaba anegando en
prosa su barrio, desatada la taravilla en di-
luvios de conversación. Cogióle la *hora* y que- 5
dó tartamudo y tan zancajoso de pronunciación que, a cada letra que pronunciaba, se
ahorcaba en pujos de *be a ba*, y como el pobre padecía, paró la lluvia. Con la retención
empezó a rebosar charla por los ojos y por 10
los oídos.

VII.   Estaban unos senadores votando un
pleito. Uno dellos, de puro maldito, estaba
pensando cómo podría condenar a entrambas
partes. Otro incapaz, que no entendía la jus- 15
ticia de ninguno de los dos litigantes, estaba
determinando su voto por aquellos dos textos
de los idiotas: "Dios se la depare buena" y
"dé donde diere". Otro caduco, que se había
dormido en la relación, discípulo de la mujer 20
de Pilatos en alegar sueño, estaba trazando
a cuál de sus compañeros seguiría senten-
ciando a trochimoche. Otro, que era docto y
virtuoso juez, estaba como vendido al lado de
otro, que estaba como comprado, senador bru- 25

21 "Misit ad eum uxor eius dicens: Nihil tibi et iusto
illi! Multa enim passa sum hodie per visum propter eum."
(MATEO, 27, 19.)

jo untado. Este alegó leyes torcidas, que pudieran arder en un candil, trujo a su voto al dormido y al tonto y al malvado. Y habiendo hecho sentencia, al pronunciarla, los cogió la
5 *hora,* y en lugar de decir: "Fallamos que debemos condenar y condenamos", dijeron:

"Fallamos que debemos condenarnos y nos condenamos."

—Ese sea tu nombre —dijo una voz.

10 Y, al instante, se les volvieron las togas pellejos de culebras, y arremetiendo los unos a los otros, se trataban de monederos falsos de la verdad. Y de tal suerte se repelaron, que las barbas de los unos se vían en las ma-
15 nos de los otros, quedando las caras lampiñas y las uñas barbadas, en señal de que juzgaban con ellas, por lo cual les competía la zalea jurisconsulta.

VIII. Un casamentero estaba emponzo-
20 ñando el juicio de un buen hombre, que, no

---

1 *Untado,* sobornado, del facilitar los despachos como el unto el rodar de la rueda. *Rufián viudo:* "Que no puede chillar (el alguacil), porque está untado." *Quij.,* 1, 22: "Hubiera untado con ellos (los ducados) la pluma del escribano." "Las brujas se untaban para trasportarse al aquelarre." *(Diálog. perros.)*

1 *Torcida,* la mecha del candil. *Poder arder en un candil,* de lo muy eficaz, aludiendo al vino muy generoso, por su mucho alcohol.

9 *Tu nombre,* el de *condenado.*

17 "y para ellas." (Todos los impresos.) Uñas de ladrón.

sabiendo qué se hacer de su sosiego, hacienda
y quietud, trataba de casarse. Proponíale una
picarona, y guisábala con prosa eficaz, di-
ciéndole:

—Señor, de *nobleza* no digo nada, porque, 5
gloria a Dios, a vuesa merced le sobra para
prestar. *Hacienda,* vuesa merced no la ha menester. *Hermosura,* en las mujeres propias
antes se debe huir, por peligro. *Entendimiento,* vuesa merced la ha de gobernar, y no la 10
quiere para letrado. *Condición,* no la tiene.
Los *años que tiene,* son pocos, y decía entre
sí: "por vivir". Lo demás es a pedir de boca.

El pobre hombre estaba furioso, diciendo:

—Demonio, ¿qué será lo demás, si ni es 15
noble, ni rica, ni hermosa ni discreta? Lo que
tiene sólo es lo que no tiene, que es condición.

En esto los cogió la *hora,* cuando el maldito casamentero, sastre de bodas, que hurta,
y miente, y engaña, y remienda, y añade, se 20
halló desposado con la fantasma que pretendía pegar al otro, y hundiéndose a voces sobre: "¿Quién sois vos, qué trujistes vos? No
merecéis descalzarme", se fueron comiendo a
bocados. 25

IX.   Estaba un poeta en un corrillo, leyen-

---

13 CORR., 506: "*A pedir de boca.* (Cuando algo viene
como se desea.)"

do una canción cultísima, tan atestada de la-
tines y tapida de jerigonzas, tan zabucada de
cláusulas, tan cortada de paréntesis, que el
auditorio pudiera comulgar de puro en ayu-
5 nas que estaba. Cogióle la *hora* en la cuarta
estancia, y a la oscuridad de la obra, que era
tanta que no se vía la mano, acudieron lechuzas y murciélagos, y los oyentes, encendiendo
lanternas y candelillas, oían de ronda a la
10 musa, a quien llaman

la enemiga del día,
que el negro manto descoge.

Llegóse uno tanto con un cabo de vela al
poeta, noche de invierno, de las que llaman
15 boca de lobo, que se encendió el papel por en
medio. Dábase el autor a los diablos, de ver

---

2 *Tapida:* en *Z, tapiada. Tapir* es propiamente apre-
tar el tejido en el telar; dícese en Castilla, y *cn-tap-ecer*
en Aragón. F. SILVA, *Celest.*, 18: "Los cencerros de los
mansos tan sordos están en mis oídos, cuanto me los tiene
recalcados y tapidos la memoria de la voz de mi Acais."
Tap-ido, por tupido, dícese en Aragón, como en Castilla.
   2 *Zabucar,* dar empujones y revolver un líquido.
J. POLO, *Univers.:* "Aquí a las dificultades, | que en las
mentes se zabucan, | satisfacen las doctoras | desatándoles
sus dudas."
   4 "quedó en ayunas. Cogióle la *hora.*" (Menos las
belgas, todas las ediciones.)
   8 "morciélagos." *(Z).*
   16 *Como boca de lobo,* de la muy oscura. *Quij.,* 2, 48:
"Quedó la estancia como boca de lobo." (CEJADOR, *Tesor.,*
L, 96.)

quemada su obra, cuando el que la pegó fuego
le dijo:

—Estos versos no pueden ser claros y tener luz si no los queman: más resplandecen
luminaria que canción.   5

X.   Salía de su casa una buscona piramidal, habiendo hecho sudar la gota tan gorda
a su portada, dando paso a un inmenso con-
torno de faldas, y tan abultadas, que pudiera
ir por debajo rellena de ganapanes, como la   10
tarasca. Arrempujaba con el ruedo las dos
aceras de una plazuela. Cogióla la *hora*, y,

---

5   "A este grito acudieron multitud de coplcros a encender sus coplas, y entre ellos iba cierto conductor *(con)*
un mamotreto de ellas, y como lo viese una vieja, gritaba:
"Tate, malandrín, y no las enciendas, que si apagadas
"queman, encendidas han de abrasar el mundo." (Ms. de
Lista.)

6   *Buscón*, estafador y hurtador en germanía. *Oro
viejo*, 1, p. 48: "Y mucho, raterísima buscona, | dechado
universal de aventureras, | espía doble de las faldriqueras."

6   *Piramidal*, que merecía coroza como pirámide.

6   "con espetera de zancajos viejos y barri*(zal)* es de
sobaco." (Ms. de Lista.)

6   D. VEGA, *Parais. S. Buenav.*: "Va allí debajo su-
dando la gota tan gorda y trae brumados los hombros."
Por el gran cerco de sus faldas, debajo de las cuales se
llevaba hurtadas telas de las tiendas, por la portada de
su casa no cabía a duras penas, haciéndola sudar y
trabajar a la portada para darle paso.

12   Con los mismos términos ridiculizó en el año ante-
rior de 1634 aquella moda ingrata y desapacible de las
mujeres el licenciado Luis de Benavente, en el entremés
cantado *El guardainfante* (parte primera). Un alguacil

volviéndose del revés las faldas del guardainfante y arboladas, la sorbieron en campana
vuelta del revés, con faciones de tolva, y des-

dice al alcalde (papel que hacía el regocijadísimo Juan
Rana):

> "Presa os traigo una falduda,
> Porque, entrando por la plaza,
> Hasta que pasó, estuvieron
> Detenidas cien mil almas.

ALCALDE

¿Es muy gorda?

ALGUACIL

Una sardina.

ALCALDE

¿Iba sola?

ALGUACIL

Ella y sus faldas.

ALCALDE

No es mala la añadidura:
Menos ocupa la guarda.

(Sacan atada con una maroma a la FALDUDA, *admírase el
Concejo y espántase el* ALCALDE.)

TODOS *(Cantando.)*

*Por sus condiciones y por sus usos,
Ya no caben las hembras dentro del mundo.*

ALCALDE

Jeso Cristo: ¡ola! ¿Es mujer?

ALGUACIL

Pues ¿qué ha de ser?

cubrióse que, para abultar de caderas, entre
diferentes legajos de arrapiezos que traía,
iba un repostero plegado y la barriga en figu-

ALCALDE

La tarasca,
Que ya sale por el Corpus
Medio sierpe y medio dama.

LA FALDUDA *(Cantando y bailando, le responde.)*

Lo que se usa, señor Alcaldito,
Gracioso y bonito,
Dice el refrancito
Que nunca se excusa;
Y por sólo hacer lo que vemos,
Las hembras traemos,
Aunque reventemos,
Tanta garatusa, tusa, tusa.

ALCALDE

Si por ver lo que se han ensanchado,
El padre o velado,
A ojo cerrado,
Les diera una tunda,
Vive Cristo que el toldo bajaran,
Y aunque regañaran,
Ellas ahorraran
De tanta barahúnda, unda, unda."

Benavente aprovecha, para arrojar todo el ridículo sobre
tales faldas, la circunstancia de armarse con ballenas, aros
de hierro, paja y esparto, disponiendo que los pescadores,
los mozos de mulas y el invierno en cuerpo y alma les
reclamen lo que es suyo. Pero la tiranía de la moda búr-
lase de la sátira de los poetas cuando hasta desoye las
prescripciones de las leyes. Por pregón se mandó en Madrid, a 13 de abril de 1639, que, excepto las mujeres públicas, ninguna pudiera traer guardainfante ni otro vestido
que se le asemejase, pena de perder el traje y, por la pri-

ra de taberna, y al un lado, un medio tapiz.
Y lo más notable fué que se vía un Holofer-
nes degollado, porque la colgadura debía de

mera vez, 20.000 maravedís. Pellicer, en sus *Avisos* de 26
de julio del mismo año, habla de la risa que en aquel día
causó en la Corte ver colgados de los balcones de la cárcel
más de 100 guardainfantes quitados a mujeres. Pero el
mismo Pellicer refiere cómo en 18 de setiembre del año
siguiente de 1640 se alborotó Madrid porque el nuevo Presidente quiso llevar adelante la extinción de aquella moda,
abolida nada menos que por una pragmática.

En una colección de *Romances varios de diversos autores*, que este mismo año de 1640 imprimió en Zaragoza
Pedro Lanaja, se encuentra el siguiente rasgo:

"Guardainfante era, y ya estoy
Tan otro del que me vi,
Que aprender podéis de mí
Lo que va de ayer a hoy.
Hoy risa del pueblo soy,
Ayer fuí todo su vicio,
Pues, frustrado mi ejercicio,
Dicen a mi poca medra:
"Escollo armado de yedra,
Yo te conocí edificio."
    Siempre pienso dónde voy,
Cómo me veo y me vi,
Que ayer maravilla fuí
Y hoy sombra mía no soy.
Galas, vivo ejemplo os doy,
Pues, por salir de mis quicios,
Os muestro en claros indicios
Mi mal, que a todos excede,
Ejemplo de lo que puede
La carrera de los vicios.
    Acuérdome que tenía,
Por gala de tan buen aire,
Valentía en el donaire,
Donaire en la valentía;
Pero ya ha llegado el día

ser de aquella historia. Hundíase la calle a silbos y gritos. Ella aullaba, y, como estaba sumida en dos estados de carcavueso, que

En que estoy tan desvalido,
Que las damas que he servido
Me dicen al fin postrero:
"¡De lo que fuiste primero
"Estás tan desconocido!"
    Aplauso que el mundo da,
Por mi gala merecido,
¿Quién como yo le ha tenido?
¿Quién como yo le tendrá?
Dicha que se pasó ya,
Hoy es de penas abismo,
Y así, deste silogismo
Quedo tan desengañado,
Que, de mí mismo olvidado,
No me acuerdo de mí mismo.
    Pendiente me vi colgado
Junto al lugar más dichoso,
Yo, de ninguno envidioso,
Y de todos envidiado:
Mas ¡ay desdichas del hado,
Cuánto acabas, cuánto puedes!
Pues, araña entre las redes,
Me cuelgan, como de almenas,
En un retrete que apenas
Se divisan las paredes.
    Por mí se puede cantar,
Cuando mis desdichas toco:
"¡Mundo loco, mundo loco:
"Nadie debe en ti fiar!"
En pobre y solo lugar
Me han puesto mis vanidades,
Pues del tiempo las crueldades
Me traen aquestos retiros,
Aquí, donde mis suspiros
Pueblan estas soledades."

3 *Carcabuço dicen*, con *b* y con *cedilla*, el manuscrito de Frías y la edición de *Zaragoza*. Escrita del propio

formaban los espartos del ruedo, que se había erizado, oíanse las voces como de lo profundo de una sima, donde yacía con pinta de carantamaula. Ahogárase en la caterva que
5 concurrió si no sucediera que, viniendo por la calle rebosando narcisos uno con pantorrillas postizas y tres dientes, y dos teñidos y tres calvos con sus cabelleras, los cogió la *hora* de pies a cabeza, y el de las pantorrillas empezó
10 a desangrarse de lana, y sintiendo mal acostadas, por falta de los colchones, las canillas, y queriendo decir: "¿Quién me despierna?", se le desempedró la boca al primer bullicio de la lengua. Los teñidos quedaron con re-
15 quesones por barbas, y no se conocían unos a

modo se ve en *La culta latiniparla* y en otros manuscritos y libros antiguos. El *Diccionario* de la Academia no se acuerda de esta palabra, como ni de otras muchas. He aceptado la ortografía de Terreros porque, significando *carcavueso* lo mismo que *carcavón*, aumentativo de *cárcava*, una zanja u hoyo grande para sepultar muchos muertos juntos o arrojar sus *huesos*, parece que no tiene lugar en esta voz la *z*, cuya letra entra en los aumentativos, se combina de otra manera.

3 *Con pinta de*, que parecía. Pintas son las rayas de los naipes, por las cuales se conocen aun antes de descubrir las figuras. FONS., *Vid. Cr.*, 2, 20: "En la casa del jugador, hasta la hija conoce una primera por la pinta."

4 *Carantamaula*, propiamente carátula o careta figurando una cara muy fea. *Poem. heroico*, 1: "Un hombre tentación, carantamaula, | que no puede enseñarse sino en jaula." LOPE, *Inobed.*, III, p. 550: "Esta es la carantamaula, | que dijeron que es pescado."

otros. A los calvos se les huyeron las cabelleras con los sombreros en grupa, y quedaron melones con bigotes, con una cortesía de *memento homo.*

XI. Era muy favorecido de un señor un [5] criado suyo. Este le engañaba hasta el sueño, y a éste, un criado que tenía, y a este criado, un mozo suyo, y a este mozo, un amigo, y a este amigo, su amiga, y a ésta, el diablo. Pues cógelos la *hora,* y el diablo, que estaba, al pa- [10] recer, tan lejos del señor, revístese en la puta; la puta, en su amigo; el amigo, en el mozo; el mozo, en el criado; el criado, en el amo; el amo, en el señor. Y como el demonio llegó a él destilado por puta y rufián, y mozo [15] de mozo de criado de señor, endemoniado por pasadizo y hecho un infierno, embistió con su siervo; éste, con su criado; el criado, con su

---

2 *En grupa,* atrás, como montar *en* o *a la grupa* de la cabalgadura, donde va la *grupera.*

4 "Los polvos del miércoles corvillo. Estábase afeitando a una mujer casada y rica." (Edic. de Zaragoza y siguientes, menos las de Bruselas.) Por la inclinación al "Humiliate capita vestra Deo", del miércoles de Ceniza o *corvillo* (HITA, mi edición, 1172).

11 *Tan lejos,* en la retahila que acaba de contar. Este párrafo es de lo más ingenioso y salado que se ha escrito.

11 *Revestirse* en. A. PÉREZ, *Dom. 3 cuar.,* f. 505: "Como demonios revestidos en un cuerpo humano." Idem, folio 134: "Hablándola por boca de una serpiente y revistiéndose en ella."

mozo; el mozo, con su amigo; el amigo, con su amiga; ésta, con todos, y chocando los arcaduces del diablo unos con otros, se hicieron pedazos, se deshizo la sarta de embustes, 5 y Satanás, que enflautado en la cotorrera se paseaba sin ser sentido, rezumándose de mano en mano, los cobró a todos de contado.

XII. Estábase afeitando una mujer casada y rica. Cubría con hopalandas de solimán 10 unas arrugas jaspeadas de pecas. Jalbegaba, como puerta de alojería, lo rancio de la tez. Estábase guisando las cejas con humo, como chorizos. Acompañaba lo mortecino de sus labios con munición de lanternas a poder de ce- 15 rillas. Iluminábase de vergüenza postiza con dedadas de salserilla de color. Asistíala como asesor de cachivaches una dueña, calavera confitada en untos. Estaba de rodillas sobre

---

5 *Enflautado*, metido como en flauta, por lo charlatana que era la *cotorrera* o mujer que anda de cotorro en cotorro y lo parla todo, como la *cotorra*.

7 En todas las impresiones españolas que he manejado falta este capítulo de "El criado favorecido y el amo".

9 *Hopalandas*, propiamente vestiduras largas.

10 *Jalbegar* y *jalbiego* dícese, en Extremadura, de *enjalbegar*, de *ex-albicare*, encalar las paredes.

11 *Aloja*, bebida de agua, miel y especias.

15 *Cerilla*, unto, como cera, para afeite (*Celestina*, mi edición), así como *sals-er-illa*.

18 Del achaque de martirizar su rostro las dueñas con mil suertes de menjurges y mudas se burló varias veces

sus chapines, con un moñazo imperial en las
dos manos, y a su lado una doncellita, plati-
canta de botes, con unas costillas de borrenas,
para que su ama lanaplenase las concavida-
des que le resultaban de un par de jibas que 5
la trompicaban el talle. Estándose, pues, la
tal señora dando pesadumbre y asco a su es-
pejo, cogida de la *hora*, se confundió en ma-

---

el autor del *Quijote*. En la comedia *La casa de los celos*
dirige a Angélica estas razones la Dueña:

> "¿Cuándo, señora, veremos
> El fin de nuestros caminos?
> ¿Cuándo de estos desatinos
> A buen acuerdo saldremos?
> ¿Cuándo me veré ¡ay de mí!
> Con mi almohadilla sentada
> En estrado y descansada,
> Como algún tiempo me vi?
> ¿Cuándo de mis redomillas
> Veré los blancos afeites,
> Las *unturas*, los aceites,
> Las adobadas pasillas?
> ¿Cuándo me daré un buen rato
> En reposo y sin sospecha,
> *Que traigo esta cara hecha
> Una suela de zapato?*"

1 Sobre sus chapines, para dar a entender lo altos
que eran y de tantos corchos.

3 *Costillas de borrenas*, almohadillas, como en los borrenes de la silla de cabalgar; *lana-plenar*, como *terra-
plenar. Borrenas* se decía, como *borrenes*. P. ESPIN., *Elog.
retr.:* "Con silla de borrenas." EUG. SALAZ., *Cart.*, p. 32, 37.

4. Así dice el manuscrito de Frías, y así debía decir.
En la primera edición de Zaragoza imprimieron *aplanase,*
y de aquí todas.

notadas, y, dándose con el solimán en los cabellos, y con el humo en los dientes, y con la cerilla en las cejas, y con la color en todas las mejillas, y encajándose el moño en las quija-
5 das, y atacándose las borrenas al revés, quedó cana y cisco y Antón Pintado y Antón Colorado, y barbada de rizos, y hecha abrojo, con cuatro corcovas, vuelta visión y cochino de San Antón. La dueña, entendiendo que se
10 había vuelto loca, echó a correr con los andularios de *requiem* en las manos. La muchacha se desmayó, como si viera al diablo. Ella salió tras la dueña, hecha un infierno, chorreando pantasmas. Al ruido salió el marido,
15 y viéndola, creyó que eran espíritus que se le habían revestido, y partió de carrera a llamar quien la conjurase.

XIII. Un gran señor fué a visitar la cárcel de su Corte, porque le dijeron servía de

---

4 "la frente, y encajándose." (Los impresos.) Y es mejor lección.

6 Juego de muchachos, pesado y poco limpio, que aun se conserva en algunos pueblos.

8 *Visión*, fantasmón, por lo fea y risible.

11 *Andularios*, vestidura larga. QUEVEDO, *O. de C.*: "Asiéndole de los andularios."

11 "la muerte en las manos." (Edic. de Zaragoza y siguientes.)

14 *Pantasma* se dice todavía por fantasma.

16 *Persil.*, 1, 2: "Cuando revistiéndosele a Transila el mismo espíritu que tuvo al tiempo que se vió en el mismo acto y ocasión que su padre contaba."

heredad y bolsa a los que la tenían a cargo,
que de los delitos hacían mercancía y de los
delincuentes tienda, trocando los ladrones en
oro y los homicidas en buena moneda. Mandó
que sacasen a visita los encarcelados, y halló 5
que los habían preso por los delitos que habían cometido y que los tenían presos por los
que su codicia cometía con ellos. Supo que a
los unos contaban lo que habían hurtado y
podido hurtar, y a otros, lo que tenían y po- 10
dían tener, y que duraba la causa todo el
tiempo que duraba el caudal, y que, precisa-
mente, el día del postrero maravedí era el día
del castigo, y que los prendían por el mal que
habían hecho, y los justiciaban porque ya no 15
tenían. Saliéronse a visitar dos, que habían
de ahorcar otro día. Al uno, porque le había
perdonado la parte, le tenían como libre; al
otro, por hurtos ahorcaban, habiendo tres
años que estaba preso, en los cuales le habían 20
comido los hurtos y su hacienda y la de su
padre y su mujer, en quien tenía dos hijos.
Cogió la *hora* al gran señor en esta visita,
y, demudado de color, dijo:

—A éste que libráis porque perdonó la par- 25
te, ahorcaréis mañana. Porque, si esto se

---

15 *Porque ya no tenían.* Todo esto lo pintó Mateo Alemán en su *Guzmán de Alfarache*, 2, 3, 7.

hace, es instituir mercado público de vidas y
hacer que por el dinero del concierto con que
se compra el perdón sea mercancía la vida del
marido para la mujer, y la del hijo para el
5 padre, y la del padre para el hijo, y, en pu-
niéndose los perdones de muertes en venta,
las vidas de todos están en almoneda pública, y el dinero inhibe en la justicia el escarmiento, por ser muy fácil de persuadir a las
10 partes que les serán más útil mil escudos o
quinientos que un ahorcado. Dos partes hay
en todas las culpas públicas: la ofendida y la
justicia. Y es tan conveniente que ésta casti-
gue lo que le pertenece como que aquélla per-
15 done lo que le toca. Este ladrón, que después
de tres años de prisión queréis ahorcar, echa-
réis a galeras. Porque, como tres años ha estuviera justamente ahorcado, hoy será injus-
ticia muy cruel, pues será ahorcar con el que
20 pecó a su padre, a sus hijos y a su mujer, que
son inocentes, a quien habéis vosotros comido y hurtado con la dilación las haciendas.

Acuérdome del cuento del que, enfadado de
que los ratones le roían papelillos y mendru-
25 gos de pan, y cortezas de queso y los zapatos
viejos, trujo gatos que le cazasen los ratones;
y viendo que los gatos se comían los ratones
y juntamente un día le sacaban la carne de
la olla, otro se la desensartaban del asador,

que ya le cogían una paloma, ya una pierna
de carnero, mató los gatos, y dijo: "Vuelvan
los ratones." Aplicad vosotros este chiste,
pues, como gatazos, en lugar de limpiar la
república, cazáis y corréis los ladrones ra- 5
toncillos, que cortan una bolsa, agarran un
pañizuelo, quitan una capa y corren un sombrero, y juntamente os engullís el reino, ro-
báis las haciendas y asoláis las familias. Infames, ratones quiero, y no gatos.   10

Diciendo esto, mandó soltar todos los presos y prender todos los ministros de la cárcel.
Armóse una herrería y confusión espantosa.
Trocaban unos con otros quejas y alaridos.
Los que tenían los grillos y las cadenas se las 15
echaban a los que se las mandaron echar y se
las echaron.

XIV. Iban diferentes mujeres por la calle,
las unas a pie. Y aunque algunas dellas se
tomaban ya de los años, iban gorjeándose de 20

---

5 "coméis los ladrones." (Edic. de Zaragoza y posteriores.)
13 *Herrería*, dícese del repiquetear de broqueles y espadas y de cualquier estruendosa batahola. *Amante lib.:*
"Por ver en qué paraba aquella grande herrería que sonaba." *Señ. Cornel.:* "Estuvo atento y no sintió palabra
alguna: la herrería era a la sorda."
20 *Se tomaban ya de los años*, como se toma de he-
rrumbre o moho una cosa.
20 *Gorjearse*, hablar de gorja, haciendo ostentación y
regodeándose. ZAMORA, *Monarq.. 3 Visit.:* "Se estaba en
la cama gorjeando con su alma."

andadura y desviviéndose de ponleví y en-
aguas. Otras iban embolsadas en coches, desantañándose de navidades, con melindres y
manoteado de cortinas. Otras, tocadas de gor-
5 goritas y vestidas de *noli me tangere,* iban
en figura de camarines, en una alhacena de
cristal, con resabios de hornos de vidrio, ro-
manadas por dos moros, o, cuando mejor, por
dos pícaros. Llevan las tales transparentes
10 los ojos, en muy estrecha vecindad con las
nalgas del mozo delantero, y las narices mo-
lestadas del zumo de sus pies, que, como no
pasa por escarpines, se perfuma de Fre-

---

1 "desvaneciéndose de ponleví y naguas." (Edic. de
Zaragoza y posteriores.) *Ponleví,* del fr. *pont levis,* puente
levadizo, por la curva de la suela y el hueco entre la
punta del calzado y el tacón, forma francesa que se daba
al calzado, tacón de madera muy alto, derribado hacia adelante y disminuyendo por su parte semicircular desde el
arranque hasta abajo.

3 Palabra compuesta por Quevedo del adverbio de
tiempo muy remoto *antaño.*

4 "Otras en palanquillas tocadas de adentro y reca-
tadas de afuera, eclipsaban el ojo para ser eclipsadas y
eclipsar, que los eclipses son su fuerte." (Ms. de Lista.)

5 *Gorgoritas* son los quiebros que, especialmente en
el canto, se hacen con la voz en la garganta.

5 "vestidos de *noli me tangere.*" (Ms. de Frías.) *No-
limetangere,* llagas del rostro propiamente, que, tocadas,
se empeoran: alude a la frase de Cristo resucitado a la
Magdalena.

8 *Romanar,* pesar con romana, aquí llevadas en peso
de manera parecida en la litera.

13 *Escarpines,* paño o tela debajo del calzado, que re-
coge el sudor.

genal. Unas y otras iban reciennaciéndose,
arrulladas de galas y con niña postiza, ca-
llando la vieja, como la caca, pasando a la
arismética de los ojos los ataúdes por las cunas. Cogiólas la *hora*, y, topándolas Estofle- 5

---

1 *Fregenal*, olor a cuero y tenería, pos los famosos
que en Fregenal de la Sierra se curtían, y por lo mismo
dice Quevedo (*jác.* 5): "Del cardo de Fregenal | mucha
penca se pregona | y le gastan las espaldas | más que en-
saladas y ollas." El rebenque y azote se hacía de dos tiras
pespuntadas de cuero duro, y por parecerse a la penca
del cardo y estar hecho de cuero de Fregenal dice esto
Quevedo.

1 *Reciennaciéndose*, desantañándose, dándose por muy
niñas.

2 *Niña postiza*, la muñeca con que las niñas juegan.

4 "perspectiva o arismética." (Los impresos.) Quiere
decir que las que se hacían niñas con juguetes y muñecas,
callaban la muerte, que esto es *la vieja*, como callan las
niñas la caca, y hacían que los ojos que las miraban calcu-
lasen y contasen por cunas (haciendo pasar) los que eran
ataúdes, esto es, las literas en que iban; a los que miraban a las niñas viejas de dentro, parecían cunas, siendo
ataúdes.

5 *Estoflerino*, latinizado el nombre Juan *Stoffler* o
Stoeffler, célebre astrónomo suavo, que nació en Justingen
por los años de 1452. Continuó las efemérides de Regio-
montano (Muller) desde 1482. En 1499 presentó unas
nuevas, calculadas para los veinte años siguientes, al Senado de Ulma, que le dieron grande reputación. Publicó
otras para 1524, anunciando que, por efecto de la conjunción de los grandes planetas, habría el 20 de febrero una
inundación tan grande que trastornaría la superficie del
globo. Grande terror produjo esto y pusilanimidad en las
gentes, que buscaron asilo en las altas montañas y prepa-
raron barcas para salvarse con su familia. El mes de febrero llegó, y fué, a pesar de la conjunción, muy seco:
Stoffler se apresuró a explicar las causas que desconcerta-

rino y Magino y Origano y Argolo, con sus
efemérides desenvainadas, embistieron con
ellas a ponerlas todas las fechas de sus vidas, con día, mes y año, hora, minutos y se-
5 gundos. Decían con voces descompuestas:

---

ron sus predicciones y sus cálculos continuaron siendo
muy buscados. Murió en Viena el año de 1531.

1 *Magino. Maxino* dice el original manuscrito. *Máximo*,
la edición de Zaragoza y todas las posteriores, hasta la de
Sancha, en que se lee *Maximio*. Obras de este célebre astrónomo: *Ephemerides coelestium motuum* Io. Antonii
Magini, *patavini, ab anno 1598 usque ad annum 1610,
secundum Copernici observationes accuratissime supputatae et correctae; ad longitudinem inclitae Venetiarum
urbis. Venetiis, apud Damianum Zenarium, 1599.—Tabulae secundorum mobilium coelestium. Authore* Io. Antonio
Magino, *patavino, philosophiae, ac mathematicarum pro-
fessore. Cum privilegiis. Venetiis, M.D.LXXXV. Ex of-
ficina Damiani Zenari.* El afamado matemático paduano
Juan Antonio *Magín* murió el año de 1617.

1 De Origano: *Annorum priorum 30 incipientium ab
anno Christi 1595, et desinentium in annum 1624.* Ephemerides Brandenburgicae *coelestium motuum et temporum:
summa diligentia in luminaribus calculo duplici Tychonico
et Prutenico, in reliquis planetis Prutenico seu Copernica-
co elaboratae,* a Davide Origano *glacense germano, mathe-
matico in Academia electorali Brandenburgica profesore
publico et ordinario. Typis exscripsia Joannes Eichorn.
Anno 1609. Apud Davidem Reichardum bibliopolam ste-
tinensem.*

1 Andrés *Argoli* nació en el reino de Nápoles en 1570.
Dedicado a la Filosofía y a la Medicina con aprovecha-
miento singular, no se libró de caer en los sueños de los
astrólogos. Perseguido por sus émulos, se retrajo a Venecia. El Senado le acogió favorablemente, le proveyó de
instrumentos para sus observaciones y le nombró matemático de la Universidad de Padua, y en 1640, caballero de
San Marcos. Murió en 1653. Escribió: *De diebus criticis,*

—Demonios, reconocé vuestra fecha, como vuestra sentencia. Cuarenta y dos años tienes, dos meses, cinco días, seis horas, nueve minutos y veinte segundos.

¡Oh, inmenso Dios, quién podrá decir el desaforado zurrido que se levantó! No se oía otra cosa que "mentises; no hay tal; no he cumplido quince; ¡Jesús! ¿Quién tal dice? Aun no he entrado en diez y ocho; en trece estoy; ayer nací; no tengo ningún año; miente el tiempo".

Y una, a quien Origano estaba sobreescri-

Primi movilis tabulae, Observaciones sobrd ol cometa de 1653, y, por último, las Efemérides.

Andreae Argoli à Talliacozzo. Novae coelestium motuum Ephemerides. Ad longitudinem Almae Urbis. Ab anno 1620 ad 1640 ex ejusdem Auctoris tabulis supputatae, quae congruunt Danicis, Rodulphinis, et Tychonis Brahae è Coelo deductis observationibus. Romae. Ex Typographia Guillelmi Facctiotti. M.DC.XXIX. — Andreae Argoli Medici, Philosophi, ac in celeberrimo Patavino Gymnasia mathematicas profitentis, Ephemerides annorum L iuxta Tychonis hypotheses, et accurate è Coelo deductas observationes. Ab anno 1630 ad annum 1680. Cum plivilegiis. Venetiis, 1638.

Hemos puesto Argolo en el texto, en vez de Argolio, que dicen los ejemplares de La Hora de todos, manuscritos e impresos.

6 Zurr-ido, posverbal participal de zurrir, el sonar bronco. AVIL., Ep., 34: "Mirando como ya es todo pasado y los que ve están ya olvidados y todo se haya pasado así como agua que corría con zurrido." También zurri-o. LASO OROP., Lucano, p. 108: "No es aún apagada la tempestad, sino anda debajo las aguas con sordo zurrío."

biendo como escritura: "Fué fecha y otorga-
da esta mujer el año de 1578", viendo ella
que se le averiguaban sesenta y siete años,
entigrecida y enserpentada, dijo:

5   —Yo no he nacido, legalizador de la muerte; aun no me han salido los dientes.

—Antigualla, mamotreto de siglos, no salen sobre raigones; tente a la fecha.

—No conozco fecha.

10   Y arremetiendo el uno al otro, se confundió todo en una resistencia espantosa.

XV.   Estaba un potentado, después de comer, arrullando su desvanecimiento con lisonjas arpadas en los picos de sus criados. Oíase
15   el rugir de las tripas galopines, que en la
cocina de su barriga no se podían averiguar
con la carnicería que había devorado. Estaba
espumando en salivas, por la boca, los hervo-

---

2   Dejó de primera intención el amanuense de Quevedo
la fecha en blanco, y la llenó después con tinta más negra,
fijando el año que corresponde al en que se pensaba pu-
blicar el libro, propósito que desbarató la prolija enfermedad y muerte de don Francisco. Esta pequeña circunstancia del manuscrito es de gran momento para fijar la
cronología.
3   "Escribió Quevedo este libro año de 1645." (Nota
absurda de la edición de Bruselas.)
8   Sobre raigones no salen los dientes.
14   "bestiales del sitio de sus criados. Oíase." (Ms. de
Frías.) Arpadas, lisonjas quebradas, cortadas, como los
gorjeos y quiebros de aves.
15   Galopín, mozo de cocina.

res de las azumbres, todo el *coramvobis* iluminado de panarras, con arreboles de brindis. A cada disparate y necedad que decía, se desatinaban en los encarecimientos y alabanzas los circunstantes. Unos decían: "¡Admirable discurso!" Otros: "No hay más que decir. ¡Grandes y preciosísimas palabras!" Y un lisonjero, que procuraba pujar a los otros la adulación, mintiendo de puntillas, dijo:

—Oyéndote ha desfallecido pasmada la admiración y la dotrina.

El tal señor, encantusado y dando dos ronquidos, parleros del ahito, con promesas de vómito, derramó con zollipo estas palabras:

—Afligido me tiene la pérdida de las dos naves mías.

En oyéndolo, se afilaron los lisonjeros de embeleco, y, revistiéndoseles la mesma mentira, dijeron unos que "antes la pérdida le

---

1 *El coram vobis*, la cara, iluminada de simplicidades.
8 *Pujar*, subir como en almoneda.
12 *En-cant-usar*, engañar como con encant-os. L. RUEDA, 1, 110: "Creo que algún bellaco y embaidor me la'ncantusado."
14 *Zollipo*, o sollipo o zolipo, de sollar e hipo, es el hipo (ROSAL). LAG., *Diosc.*, 2, 117: "Sana los sollipos y torcijones de vientre." *Zollipar* es bostezar. HOROZCO, *Canc.*, p. 157: "¿Qué zollipas?—Tengo temor que las tripas | se me sequen de vacías."
17 *Se afilaron de embeleco*, sutilizaron y aguzaron su mentira o embeleco.

había sido de autoridad y a pedir de boca,
y que por útil debiera haber deseádola, pues
le ocasionaba causa justa para romper con
los amigos y vecinos que le habían robado,
5 y que por dos les tomaría ducientos y que
esto él se obligaba a disponerlo." Salpicó el
detestable adulador este enredo de ejemplos.

Otros dijeron "había sido la pérdida glorio-
so suceso y lleno de majestad, porque aquél
10 era gran príncipe, que tenía más que perder,
y que en eso se conocía su grandeza, y no
en gañar y adquirir, que es mendiguez propia de piratas y ladrones". Y añadió que
"aquesta pérdida había de ser su remedio".
15 Y luego empezó a granizarle de aforismos y
autores, ensartando a Tácito y a Salustio, a
Polibio y Tucídides, embutiendo las grandes
pérdidas de los romanos y griegos y otra
gran cáfila de dislates. Y como el glotonazo
20 no buscaba sino disculpas de su flojedad, ale-
gró la pérdida con el engaño. No hiciera más
el diablo.

---

7 Cuadro copiado del natural con verdad prodigiosa.
La real cámara de Felipe IV, el Conde-Duque, en 1635 y
en 1640, y todos los suyos, no pueden estar retratados con
pincel más valiente.

12 *Gañar* dijose como ganar, de donde *gañ-án*, el obre-
ro que gaña o gana con su trabajo. *Bibl. Ferr. Gen.*, 47,
32: "Que varones de gañado son." En Aragón. *guañar*
por ganar (BLANCAS, *Com. comitiis*). S. BADAJ., 2, p. 74:
"No espera, soltá el gañado."

En esto, a persuasión de las crudezas, por
el mal despacho de la digestión, disparó un
regüeldo. No le hubieron oído, cuando los
malvados lisonjeros, hincando con suma ve-
neración la rodilla, por hacerle creer había ⁵
estornudado, dijeron: "Dios le ayude." Pues
cógele la *hora*, y, revestido de furias infernales, aullando, dijo:

—Infames, pues me queréis hacer encreyentes que es estornudo el regüeldo, estando ¹⁰
mi boca a los umbrales de mis narices, ¿qué
haréis de lo que ni veo ni güelo?

Y dándose de manotadas en las orejas y
mosqueándose de mentiras arremetió con ellos
y los derramó a coces de su palacio, diciendo: ¹⁵

4 "por hacerle creer había estornudado, le saludaron
con la frase acostumbrada. Pues cógele la *hora*." (Edic. de
Zaragoza y siguientes.)

6 *Dios le ayude*, o *¡Jesús!*, fórmula al ver estornu-
dar a otro, por haberse creído que podría escapársele el
alma, cuando ésta no era más que el aliento. (CEJADOR,
Tesoro, N, 17.)

9 *Encreyentes* dicen las ediciones. L. RUEDA, 1, 20:
"Pues le he hecho encreyente a este animalazo qu'esta
caratula es el rostro de Diego Sánchez." TORR., *Fil. mor.*,
24, 6: "Queriendo hacer encreyentes a los ojos, como si
aquello fuese verdadero." Nótese, con todo, que puede
ser adverbial la forma plural, o rutinaria, por el *en justos
y en creyentes*, pues encreyentes se repite en Quevedo.
Rom. 69: "No me has de hacer encreyentes | que pueden
volar mis zancas." *C. de c.*: "No me lo harás encreyentes
cuantos aran y cavan."

14 *Mosqueándose de*, librarse de, zafarse de, como sa-
cudiendo las moscas. J. SAL., c. 7: "Y el mismo Papa

—Príncipes, si me cogen acatarrado, me destruyen. Por un sentido que me dejaron libre se perdieron: no hay cosa como oler.

XVI. Los codiciosos, escarmentados, se apartaron de los tramposos, y los tramposos, por no pagar de balde el embuste, se embistieron unos a otros, disimulándose en las palabras y dándose un baño exterior de simplicidad. Decíanse el un embustero al otro:

—Señor mío, escarmentado de tratar con tramposos, que me tienen destruído, vengo a que, pues sabéis mi puntualidad, me prestéis tres mil reales en vellón, de que os daré letra acetada a dos meses, que se pagará en plata, en persona tan abonada que es como tenerlos en la bolsa, y que no es menester más de llegar y contar.

Y era éste en quien daba la letra la misma trampa. Mas el tramposo, que oía al otro tramposo que le abonaba al tercer tramposo, disimulando el conocerlos, y adargándose del trampantojo, con lamentación ponderada le dijo que él andaba a buscar cuatro mil reales sobre prenda que valía ocho, y que a ese efec-

---

al mismo P. Méndez le mosqueó de Roma..., ofendido de sus extravagancias." QUEVED., *Entret.:* "Empezó a mosquearse de él."

1 El acatarrado pierde bastante el olfato, y el oler su regüeldo le valió.

to había salido de su casa. Andaban chocando los unos con los otros con cadenas de alquimia, hipócritas del oro, y letras falsas acetadas, y con fiadores falidos y escrituras falsas, y hipotecas ajenas, y plata que habían 5 pedido prestada para un banquete, y migajas de pies de tazas de vidrio, y claveques con apellido de diamantes. Era admirable la prosa que gastaban. Uno decía:

—Yo profeso verdad, y se ha de hallar en 10 mí, si se perdiere. No profeso sino pan por pan y vino por vino. Antes moriré de hambre, pegada la boca a la pared, que hacer ruindad. No quiero sino crédito. No hay tal como poder traer la cara descubierta. Esto me 15 enseñaron mis padres.

Respondía el otro tramposo:

—No hay cosa como la puntualidad. Sí por sí y no por no. Por malos medios no quiero

1 *Chocando*, metáfora del tocar las cadenas, etc., en la piedra de toque, para aquilatarlas.

6 *Migajas de*, pedacillos de vidrio.

7 *Claveque*, piedra semejante al diamante, pero de poco valor.

11 A. Pérez, *Viern. 2 cuar.*, f. 480: "¿Por qué no les hablábades claro, pan por pan y vino por vino?"

13 *Pegar la boca a la pared*, resolverse a callar la necesidad que se padece, por grande que sea.

15 Corr., 547: "*La cara descubierta.* (Que puede parecer sin correrse de nada feo: puede parecer la cara descubierta, puedo ir la cara descubierta.)"

19 Cácer., ps. 17: "Buen trato, liso y con mucha llaneza, sí por sí, no por no."

hacienda. Toda mi vida he tenido esta condición. No quiero tener que restituir; lo que
importa es el alma. No haría una trampa por
los haberes del mundo. Más quiero mi con-
5 ciencia que cuanto tiene la tierra.

En esto estaban las ratoneras vivas, arre-
bozando de cláusulas justificadas las inten-
ciones cardas, cuando los cogió de medio a
medio la *hora,* y, creyéndose los unos tram-
10 posos a los otros, se destruyeron. El de la cadena de alquimia la daba por la letra falsa,
y el de los diamantes claveques tomaba por
ellos la plata prestada. Los tres partieron al
contraste. El otro a verificar la letra y ase-
15 gurarla y perder la mitad, porque se la paga-
sen antes que se averiguase el cadenón de
hierro viejo. Llegó volando a la casa del hombre en cuyo nombre estaba acetada, el cual
le dijo que aquella letra no era suya ni cono-
20 cía tal hombre, y envióle noramala. El se salió, letra entre piernas, diciendo:

---

8 *Cardas,* propias de la *carda* u oficio de ladrón. *De
medio a medio,* enteramente.
14 *Contraste,* platero que tiene el oficio de contrastar
el oro y plata. ZABAL., *Día* f., 1, 18: "Que valen mucho
más, como consta por la fe del contraste."
20 *Enviarle noramala,* con cajas destempladas, despedir malamente.
21 *Letra entre piernas,* de la frase *rabo entre piernas,*
avergonzado y como perro huído.

—¡Oh, ladrón! ¡Cuál me la habías pegado si la cadena no fuera de trozos de jeringa!

El de los claveques decía, estando vendiendo la plata a un platero sin hechura y por menos del peso: ⁵

—¡Bien se la pegué con mendrugos de vidrio!

En esto llegó el dueño, y conociendo su plata, que andaba dando cosetadas en el peso, llamó a un alguacil y hizo prender al tramposo ¹⁰ por ladrón. Empelazgáronse. Al ruido salió el de los diamantes falsos dando gritos. El que vendía la plata, dijo:

—Ese infame me la vendió.

El otro decía: ¹⁵

—Miente; que ése me la ha hurtado.

El platero decía:

---

1 *Pegársela*, engañarle, *darle una pega, darle la pega*, de la pega de la bota.
4 "con inmensa marbolla." (Edic. de Zaragoza y todas las posteriores.) En vez de *marbolla* quisieron tal vez decir *barbulla*.
9 *Cosetada*, propiamente carrera en el *cos-o*, luego empujón. En este segundo sentido úsase en Extremadura. *Cuent. de c.:* "Fuese tras él dando cosetadas." De aquí *coset-ear*. L. ARIZ, *Hist. Avila*, f. 38: "Coseteando por el coso."
11 "Empelotáronse." (Desde la edición de Zaragoza, todas.) *Autos s.* XVI, 3, 335: "Ansí por nuesos pecados | al osario de Sigüenza | hemos d'ir empelazgados." De *pelazga*, contienda, de *pelaza, pelea*, pelo. *Trag. Polic.*, 7: "Y esta pelazga nos tienen agora guardada."

—Ese maulero me traía chinas por diamantes.

El dueño de la plata requería que los pren-
diesen a entrambos. El escribano decía que a
5 todos tres hasta que se averiguase. El alguacil,
poniéndose la vara en la boca y asiendo a los
dos tramposos con las dos manos, y el escribano de la capa al dueño de la plata, después
de haberse desgarrado las jetas unos a otros,
10 con gran séquito de pícaros fueron entregados
en la cárcel al guardajoyas del verdugo.

XVII. En Dinamarca había un señor de
una isla poblada con cinco lugares. Estaba
muy pobre, más por la ansia de ser más rico
15 que por lo que le faltaba. Castigó el cielo a los
vecinos y naturales desta isla con inclinación
casi universal a ser arbitristas. En este nombre hay mucha diferencia en los manuscritos:
en unos se lee *arbitristes;* en otros, *arbatris-*
20 *tes,* y en los más, *armachismes.* Cada uno en-
miende la lección como mejor le pareciere a
sus acontecimientos. Por esta causa, esta tierra era habitada de tantas plagas como per-

1 *Maul-ero,* el que anda en maulas o engaños. SOLÍS,
El amor, j. 2: "Aquí hay maula."
10 "los gatos, unos con otros, con grande séquito."
(Edic. de Zaragoza, y de allí todas.)
11 *Al verdugo,* que es *guardajoyas de,* como en *el traidor de Galalón (Quij.),* para hacer resaltar más el cali-
ficativo.

sonas. Todos los circunvecinos se guardaban
de las gentes desta isla como de pestes andantes, pues de sólo el contagio del aire que
pasado por ella los tocaba, se les consumían
los caudales, se les secaban las haciendas, se ⁵
les desacreditaba el dinero y se les asuraba la
negociación. Era tan inmensa la arbitrería
que producía aquella tierra, que los niños, en
naciendo, decían *arbitrio* por decir *taita*. Era
una población de laberintos, porque las mu- ¹⁰
jeres con sus maridos, los padres con los hijos, los hijos con los padres y los vecinos unos
con otros, andaban a daca mis arbitrios y
toma los tuyos, y todos se tomaban del arbitrio como del vino. ¹⁵

Pues este buen señor, en las partes de
allende, convencido de la cudicia, que es uno
de los peores demonios que esgrimen cizaña
en el mundo, mandó tocar a arbitrios. Juntá-

---

6 *Asurarse*, abrasarse, aquí perturbarse, echarse a
perder. TORR., *Fil. mor.*, 25, 4: "Se asuran los niños,
como las ollas, con el calor demasiado."

9 *Taita*, voz de niños llamando al padre. J. PIN.,
Agr., 21, 8: "Lo primero que los niños aprenden decir
para con los padres es taita, y lo que primero saben decir
a las madres es mama." Véase CEJADOR, *Tesoro*, A, 43.

13 *Andar a daca y toma*, en dares y tomares. CORR.,
505: "A daca y toma. (Andar a trocar; trueco de muchachos, que no se fían, y truecan dando y tomando;
dícese de los interesados y desconfiados en tratar siempre
con resguardo.)" *Tomarse del vino*, emborracharse.

ronse legiones de arbitrianos en el teatro del
palacio, empapeladas las pretinas y asaeteadas
de legajos de discursos las aberturas de los
sayos. Díjoles su necesidad, pidióles el reme-
5 dio. Todos a un tiempo echando mano a sus
discursos, y con cuadernos en ristre, embistieron en *turba multa*, y, ahogándose unos
en otros por cuál llegaría antes, nevaron cuatro bufetes de cartapeles. Sosegó el runrún
10 que tenían, y empezó a leer el primer arbitrio,
Decía así:

"Arbitrio para tener inmensa cantidad de
oro y plata sin pedirla ni tomarla a nadie."

—Durillo se me hace —dijo el señor—. Se-
15 gundo:

"Para tener inmensas riquezas en un día,
quitando a todos cuanto tienen y enriquecién-
dolos con quitárselo."

—La primera parte de quitar a todos, me
20 agrada; la segunda, de enriquecerlos quitán-
doselo, tengo por dudosa; más allá se aven-
gan. Tercero:

"Arbitrio fácil y gustoso y justificado para

---

1 "patio de palacio." (Edic. de Zaragoza, y de allí
todas.)
8 "con otros sobre cuál llegaría primero, nevaron."
(Idem, íd.)
9 *Cartapel*, escrito largo para fijar bandos y edictos
y cualquier papel grande de mucha letra muy metida.

tener gran suma de millones, en que los que
los han de pagar no lo han de sentir; antes
han de creer que se los dan."

—Me place, dejando esta persuasión por
cuenta del arbitrista —dijo el señor—. Cuar- 5
to arbitrio:

"Ofrece hacer que lo que falta sobre, sin
añadir nada ni alterar cosa alguna, y sin queja de nadie."

—Arbitrio tan bienquisto no puede ser ver- 10
dadero. Quinto:

"En que se ofrece cuanto se desea. Hase de
tomar y quitar y pedir a todos y todos se darán a los diablos."

—Este arbitrio, con lo endemoniado, ase- 15
gura lo platicable.

Animado con la aprobación, el autor dijo:
—Y añado que los que le cobraren serán
consuelo para los que le han de padecer.

19 Recuérdense los impertinentes *advertimientos al
Príncipe* que de aquellas calendas se ven impresos; tén-
gase en cuenta el fin principal y de importancia suma a
que tiraba el castellano Lipsio; no se pierda jamás de
vista que le era forzoso remedar y traducir aquí los desati-
nos de los áulicos y curanderos políticos, y entonces no
nos parecerán menos ridículos e ingeniosos que los que
había dejado por modelos el rey de los escritores españoles: los arbitristas de Dinamarca. Por lo bien dibu-
jados, rivalizan con don Quijote, deseando aconsejen al
Monarca junte en la Corte, y en un día señalado, a cuantos caballeros andantes vayan por la Península, que tal
podría venir entre ellos que sólo bastase a destruir toda

—¿Quién fuiste tú, que tal dijiste?

Alza Dios su ira y emborrúllanse en remolinos furiosos los arbitristas, chasqueando barbulla, llamándole de borracho y perro. De-
5 cíanle:

—Bergante, ¿propusiera Satanás el consuelo en los cobradores, siendo ellos la enfermedad de todos los remedios?

Llamábanse de hidearbitristas, contradiciéndose los arbitrios los unos a los otros, y
10 cada uno sólo aprobaba el suyo. Pues estando encendidos en esta brega, entraron de repente muchos criados, dando voces, desatinados,

---

la potestad del turco. En lo extravagante se igualan casi al arbitrista del Hospital de la Resurrección, en Valladolid, proponiendo se mande a todos los vasallos de Su Majestad ayunar una vez en el mes a pan y agua, reduciendo a dinero el gasto de aquel día para que, con provecho de sus cuerpos y de sus almas, tuviesen el lauro de desempeñar en veinte años las cargas del Tesoro: ocurrencias felicísimas y muy difíciles de superar.

El autor de *El Diablo Cojuelo* queda muy inferior a Cervantes y Quevedo burlándose de estos abejarucos políticos. Los arbitristas no fueron una plaga del reinado de los Felipes: abundaron en todos los siglos.

2 CORR., 510: *"Alza, Dios, tu ira.* (Dícese de una persona, cuando se refiere que se enojó mucho; dando a entender que se arrebató demasiado.)" Sobre *em-borrull-arse*, en CEJADOR, *Tesoro*, B.

4 *Barbulla*, posv. de barbull-ar, bullicio, parloteo. GUEVARA, *Men. Corte*, 12: "Son tantas las barbullas, tráfagos y mentiras."

9 "como hideputas." (Las impresiones de Zaragoza y siguientes.)

que se abrasaba el palacio por tres partes, y
que el aire era grande. Coge la *hora* en este
susto al señor y a los arbitristas. El humo era
grande y crecía por instantes. No sabía el
pobre señor qué hacerse. Los arbitristas le ⁵
dijeron se estuviese quedo, que ellos lo reme-
diarían en un instante. Y saliendo del teatro
a borbotones, los unos agarraron de cuanto
había en palacio, y, arrojando por las ventanas los camarines y la recámara, hicieron pe- ¹⁰
dazos cuantas cosas tenía de precio. Los otros,
con picos, derribaron una torre. Otros, diciendo que el fuego en respirando se moría,
deshicieron gran parte de los tejados, arrui-
nando los techos y asolándolo todo. Y ninguno ¹⁵
de los arbitristas acudió a matar el fuego y
todos atendieron a matar la casa y cuanto
había en ella. Salió el señor, viendo el humo

18 "1634, miércoles 29 de noviembre.—Por descuido de
unos mozos se encendió el fuego en lo accesorio de las
caballerizas del Rey, y, sin poderlo remediar, se quema-
ron cuarenta y dos caballos de coches, con la casa en
que estaban, que es distante de la principal de los caballos regalados.
"1640.—Por Carnestolendas se prendió fuego en el cuarto principal del Retiro, que cae hacia San Jerónimo, y,
sin poderlo remediar, se quemó mucho, con *dos torres*
principales y la mayor parte del cuarto que mira a Madrid, y por librar las alhajas, que eran entonces muy
ricas, *se quebraron y maltrataron muchas y de mucho
precio.* Volvióse a reformar todo con diligencia. El pueblo, que de accidentes saca conjeturas, juntó los tres de

casi aplacado, y halló que los vasallos y gente
popular y la justicia habían ya apagado el
fuego. Y vió que los arbitristas daban tras los
cimientos y que le habían derribado su casa
⁵ y hecho pedazos cuanto tenía, y, desatinado
con la maldad y hecho una sierpe, decía:

—Infames, vosotros sois el fuego. Todos
vuestros arbitrios son desta manera. Más qui-
siera, y me fuera más barato, haberme que-
¹⁰ mado, que haberos creído. Todos vuestros remedios son desta suerte: derribar toda una
casa, porque no se caiga un rincón. Llamáis
defender la hacienda echarla en la calle y so-
correr el rematar. Dais a comer a los prínci-
¹⁵ pes sus pies, y sus manos y sus miembros, y
decís que le sustentáis, cuando le hacéis que
se coma a bocados a sí propio. Si la cabeza

---

estos años, diciendo que en el uno había dado en agua;
en el otro, en aire, y en éste, en fuego; que sólo faltaba
que diese en tierra, y que así dió con la caída del Conde-
Duque, que presto sucedió. Fué el daño de medio millón.
Reparóse tan presto, que por Pascua de Resurrección estaba acabado." (LEÓN PINELO, *Historia de Madrid*, Ms.)
Retocada *La Hora de todos* en 1645, pudo muy bien
aludir Quevedo a ambos acontecimientos. Los que Pinelo
refiere en agua y en aire son el de haberse roto la noche
de San Juan de 1639 un estanque del Retiro, más alto que
la cámara real, que pudo poner al Monarca en grave
riesgo, y haber al año siguiente un furioso torbellino de
viento desbaratado el teatro, maravilloso en luces, toldos,
máquinas y tramoyas, levantado sobre barcas en el estanque grande de aquel sitio.

se come todo su cuerpo, quedará cáncer de sí misma, y no persona. Perros: el fuego venía con harta razón a quemarme a mí porque os junté y os consiento. Y como me vió en poder de arbitristas, cesó y me dió por quemado. El [5] más piadoso arbitrista es el fuego: él se ataja con el agua; vosotros crecéis con ella y con todos los elementos y contra todos. El Anticristo ha de ser arbitrista. A todos os he de quemar vivos y guardar vuestra ceniza para [10] hacer della cernada y colar las manchas de todas las repúblicas. Los príncipes pueden ser pobres; mas, en tratando con arbitristas para dejar de ser pobres, dejan de ser príncipes.

XVIII. Las alcahuetas y las chillonas es- [15] taban juntas en parlamento nefando. Hablaban muy bellacamente en ausencia de las bolsas y roían al dinero los zancajos. La más antigua de las alcahuetas, mal asistida de dientes y mamona de pronunciación, table- [20] teando con las encías, dijo:

—El mundo está para dar un estallido. Mirad qué gentil dádiva. El tiempo hace ham-

9 "ha de quemar." (Desde la impresión de Zaragoza, todas.)

18 *Roerle los zancajos,* hablar de él mal por detrás, como gozquejo que ladra y a los zancajos se tira. CÁCER., ps. 100: "Aquellos que andaban royendo los zancajos: "Detrahentem secreto proximo suo."

20 *Tablet-ear,* hacer ruido como con tabletas.

bre. Todo está en un tris. Las ferias y los
aguinaldos días ha que pudren. Las albricias
contadlas con los muertos. El dinero está tan
trocado, que no se conoce: con los premios se
5 ha desvanecido, como ruin en honra. Un real
de a ocho se enseña a dos cuartos como un
elefante. De los doblones se dice lo que de los
Infantes de Aragón:

¿Qué se hicieron?

1 CORR., 522: "*En un tris.* (Denota suma brevedad,
como la de un golpe; tómase del sonido de una cosa que
se quiebra, como de vidrio o barro, y significa también
el punto de peligro en que estuvo algo para caerse o que-
brarse: estuvo en un tris, no faltó un tris, no faltó sino
un tris.)"
4 La vuelta y demasía que se pagaba en los cambios,
según se hacían éstos en oro, plata o calderilla, por la
baja que sufrió en aquellos tiempos la moneda de cobre.
9 Quevedo, en *El Chitón de las taravillas*, escribió
que al comenzar el año de 1630 se hablaba del doblón y
del real de a ocho como de los difuntos, y se decía: "El oro
que pudre, la plata que Dios tenga." Aquí, en 1636, se
acuerda de ellos como Jorge Manrique se acordaba de
los sucesos de su juventud en la copla XVI:

"¿Qué se hizo el rey don Juan?
Los Infantes de Aragón,
¿Qué se hicieron?"

De modo que, habiendo tocado a gloria nuestro escri-
tor en el primer discurso, abrigando la esperanza de que
habían desaparecido para siempre los males ocasionados
al reino por las desacertadas leyes del trueco de la plata,
tuvo que refrenar su gozo cuando vió, transcurridos seis
años, que el Gobierno era impotente para restaurar la
Hacienda de España, cancerada desde los tiempos de
Felipe II.

Yo daré hace los papeles de *toma*. Item: *fíe
vuesa merced de mi palabra,* es mataperros;
libranza, es gozque mortecino. Mancebito de
piernas con guedejas y sienes con ligas, son
ganas de comer y un ayuno barbiponiente. Hi-   5
jas, lo que conviene es tengamos y tengamos,
y encomendaros al contante y al antemano.
Yo administro unos hombres a medio podrir,
entre vivos y muertos, que traen bienaliñada
pantasma y tratan de que los herede su ape-   10
tito, y pagan en buena moneda lo roñoso de
su estantigua. Niñas, la codicia quita el asco.
Cerrad los ojos y tapad las narices, como
quien toma purga. Beber lo amargo por el
provecho, es medicina. Haced cuenta que que-   15
máis franjas viejas para sacarlas el oro, o
que chupáis huesos para sacar la medula. Yo
tengo para cada una de vosotras media docena de carroños, amantes pasas, arrugados,
que gargajean mejicanos. Yo no quiero ter-   20

---

2 *Mataperros,* la bola y morcilla y zarazas con que
se les mata.

7 "No fiéis la tajada al gato, que os ha de pagar con
arañazos. Y si gustan del pescado, se les indigesta después
el bolso y se van de hartadizos, echando ventosas."
(Ms. de Lista.)

9 "viejos y muertos." (Los impresos todos.)

10 *Pantasma,* la figura, la persona del viejo podrido,
pero que tenga dinero, por lo que luego los llama *estan-
tiguas,* y *carroños,* de *carroña* o esqueleto mondo, comido
de grajos.

20 *Mejicanos,* doblones de oro mejicano, *unto mejicano.*

cera parte; con un porte moderado que se me pague estoy contenta, para conservar esta negra honra, de que me he preciado toda mi vida.

5   Acabó de mamullar estas razones, y, juntando la nariz con la barbilla, a manera de garra, las hizo un gesto de la impresión del grifo. Una de las pidonas y tomascas, arrebatiña en naguas, moño rapante, la respondió:

—Agüela, endilgadora de refocilos, engarzadora de cuerpos, eslabonadora de gentes, enflautadora de personas, tejedora de caras, has de advertir que somos muy mozas para vendernos a la pu barbada y a los cazasiglos.

---

1 "una parte moderada." (Los impresos.)

4 "Y no lo hago de codicia, sino de generosa, que, por haberlo sido, desportillé mi honra a golpe de dragón y a son de calderilla: no la abolléis vosotras tan pobremente, que alhaja mal apreciada deja de serlo." (Ms. de Lista.)

5 *Mam-ullar*, pronunciar como *mam-ando*, por falta de dientes.

8 "tomasas." (Constantemente se ha impreso.) Ambas voces pueden subsistir como formadas del verbo *tomar* por el genio suelto y desenfadado del autor de *La Hora de todos*.

13 "tejedora de caras, has de advertir", etc. (Edición de Zaragoza.)

15 "pobre barbada" (edición de Zaragoza, 1650); "pobre barbada" (la de Bruselas y todas las posteriores).

15 "que años aflojan y no dan provecho". (Ms. de Lista.) *Cazasiglos*, los muy viejos.

Gasta esa munición en dueñas, que son ma-
yas de los difuntos y mariposas del *aquí yace*.
Tía, la sangre que bulle, más quiere tararira
que dineros y gusto que dádivas. Toma otro
oficio; que los coches se han alzado a mayores [5]
con la coroza, y espero verlos tirar pepinazos
por alcahuetes.

No hubo la buscona acabado estas palabras
cuando a todas las cogió la *hora,* y, entrando
una bocanada de acreedores, embistieron con [10]
ellas. Uno, por el alquiler de la casa las em-
bargaba los trastos y la cama; otro, porque
eran suyos desde las almohadas a la guita-
rra, las asía de los vestidos por los alquileres
y asía de todo. Y de palabra en palabra, el uno [15]
al otro se empujaron las caras con los pu-
ños cerrados. Hundía la vecindad a gritos un
ropero por unos guardainfantes. Las mance-
bitas de la sonsaca formaban una capilla de
chillidos, diciendo que qué término era aquél [20]

---

1 *Maya,* la moza que hace de reina en la fiesta tra-
dicional de mayo; aquí significa que es la más moza y
reina de los difuntos, que está para morir. LOPE, *Maya*, II,
p. 41: "Hoy el Alma ha de ser Maya, | grande fiesta
quiero hacer, | puesto que el Mayo se vaya."

2 *Mariposas,* que andan en torno ya de la muerte,
por ser muy viejas.

3 *Tararira,* alegría bulliciosa. QUEV., *Poem. her.*, 1:
"Inspirad tarariras y chaconas." Q. BENAV., 1, 311: "¡Ta-
rarira! ¡con qué pie | he salido esta mañana!"

19 *De la sonsaca,* que viven de sonsacar.

y que para ésta y para aquélla, y como creo
en Dios, y bonitas somos nosotras, y lo del
negro, a quien apelan las venganzas de las
andorras. La maldita vieja se santiguaba a
⁵ manotadas, y no cesaba de clamar: "¡Jesús
y en Jesús!" cuando a la tabaola entró el amigo de la una de las busconas, y, sacando la
espada, sin prólogo de razonamiento, embistió con los cobradores, llamándolos pícaros y
¹⁰ ladrones. Sacaron las espadas y, tirándose
unos a otros, hicieron pedazos cuanto había
en la casa. Las busconas, a las ventanas, des-
gañitándose, pregonaban el *que se matan* y
¿no hay justicia? Al ruido subió un alguacil
¹⁵ con todos sus arrabales, con el *favor al Rey,*
ténganse a la justicia.

Emburujáronse todos en la escalera; salie-

---

4 *Andorras,* andariegas. *Lo del negro* del sermón, del
que, después de mucho trabajar, no saca provecho, porque
se lo llevan la vieja, el rufián, etc. O acaso sencillamente
indica que trabajan y afanan como negros. Así: *No so-*
mos negros y *Trabajar como un negro, Tratarle como a*
un negro. CORR., 612: *Tratóle como a negro, como a zapa-*
to viejo.

5 "mi Jesús! cuando." (Todos los impresos.)

6 *Tabaola* también se decía por metátesis de *batahola,*
barullo.

16 "Y como viera tanta carne y tuviera hambre, se
arrojó a las tablas para hartarse de piltrafas." (Ms. de
Lista.)

17 "Embarulláronse." (El Ms. de Frías.) "Enmarañá-
ronse todos." (Los impresos.)

ron a la calle, unos heridos y otros desgarrados. El rufián, abierta la media cabeza y la otra media, a lo que sospecho, no bien cerrada, sin capa y sombrero, se fué a una iglesia. El alguacil entró en la casa y, en viendo a la 5 buena vieja, embistió con ella, diciendo:

—¿Aquí estás, bellaca, después de desterrada tres veces? Tú tienes la culpa de todo.

Y asiéndola y a las demás todas, y embargando lo que hallaron, las llevaron en racimo 10 a la cárcel, desnudas y remesadas, acompañadas del *vayan las pícaras*, pronunciado por toda la vecindad.

XIX. Un letrado bien frondoso de mejillas, de aquellos que, con barba negra y bigotes de buces, traen la boca con sotana y manteo, estaba en una pieza atestada de cuerpos tan sin alma como el suyo. Revolvía menos los autores que las partes. Tan preciado de rica librería, siendo idiota, que se puede decir 20 que en los libros no sabe lo que se tiene. Había adquirido fama por lo sonoro de la voz, lo eficaz de los gestos, la inmensa corriente de las palabras en que anegaba a los otros abogados. No cabían en su estudio los liti- 25

---

16 *De buces*, como de bruces, de cabeza, cabeza abajo, QUEV., *Rom*. 83: "Dió con él, de un empellón, | de buces detrás de un banco."

gantes de pies, cada uno en su proceso como
en su palo, en aquel peralvillo de las bolsas.
El salpicaba de leyes a todos. No se le oía otra
cosa sino:

5   —Ya estoy al cabo; bien visto lo tengo; su
justicia de vuesa merced no es dubitable; ley
hay en propios términos; no es tan claro el
día; éste no es pleito, es caso juzgado; todo
derecho habla en nuestro favor; no tiene mu-
10 chos lances; buenos jueces tenemos; no alega
el contrario cosa de provecho; lo actuado está
lleno de nulidades; es fuerza que se revoque
la sentencia dada; déjese vuesa merced gobernar.

15   Y con esto, a unos ordenaba peticiones; a
otros, querellas; a otros, interrogatorios; a
otros, protestas; a otros, súplicas, y a otros,
requerimientos. Andaban al retortero los Bár-
tulos, los Baldos, los Abades, los Surdos, los
20 Farinacios, los Tuscos, los Cujacios, los Fa-

---

2 En 1476 crearon los reyes católicos don Fernando
y doña Isabel un severo tribunal, llamado la Santa Hermandad, para perseguir, juzgar y castigar los delitos
cometidos en despoblado, y a 7 de julio de 1486 le dieron
Ordenanzas. Según estas leyes, eran asaetados los mal-
hechores, atados a un palo, quedando allí expuestos los
cadáveres para escarmiento, pena que frecuentemente se
ejecutaba en *Peralvillo*, lugar inmediato a Ciudad Real,
camino de Toledo. Así como los ladrones tenían su fin
en *Peralvillo*, las bolsas lo tenían en el estudio de aquel
letrado garduña.

bros, los Ancharanos, el señor presidente Co-
varrubias, Chasaneo, Oldrado, Mascardo, y
tras la ley del reino, Montalvo y Gregorio
López, y otros inumerables, burrajeados de
párrafos, con sus dos corcovas de la *ce* abre- 5
viatura, y de la *efe* preñada con grande prole
de números, y su *ibi* a las ancas. La nota de
la petición pedía dineros; el platicante, la pitanza de escribirla; el procurador, la de pre-
sentarla; el escribano de la cámara, la de su 10
oficio; el relator, la de su relación. En estos
dacas, los cogió la *hora*, cuando los pleiteantes dijeron a una voz:

—Señor licenciado: en los pleitos, lo más
barato es la *parte contraria*, porque ella pide 15
lo que pretende que la den, y lo pide a su costa, y vuesa merced, por la defensa, pide y
cobra a la nuestra; el procurador, lo que le
dan; el escribano y el relator, lo que le pagan.

4 Hay pocas obras de Quevedo tan plagadas de pensamientos y rasgos de otras suyas como *La Hora de todos*.
Casi íntegro se encuentra el presente párrafo en la *Visita
de los chistes*, y allí, por tanto, hallará el lector noticia
de los más de estos autores de Derecho.

4 *Burrajear, borrajear*, escribir mal, como haciendo
borrajos o *burrajos*, que son las agujas u hojas secas y
caídas del pino. *Orlando*, 2: "Y a las chafarrinadas de la
aurora | burrajeaban nubes y collados."

5 La *C* para significar *Código*, y las *ff*, *Digesto*.

8 "pasante pedía la pitanza." (Edic. de Zaragoza y
las posteriores.)

10 "cámara." (Idem íd.)

El contrario aguarda la sentencia de vista y
revista, y vuesa merced y sus secuaces sen-
tencian para sí sin apelación. En el pleito podrá ser que nos condenen o nos absuelvan, y
5 en seguirle no podemos dejar de ser condenados cinco veces cada día. Al cabo, nosotros
podemos tener justicia; mas no dinero. Todos
esos autores, textos y decisiones y consejos no
harán que no sea abominable necedad gastar
10 lo que tengo por alcanzar lo que otro tiene y
puede ser que no alcance. Más queremos una
parte contraria que cinco. Cuando nosotros
ganemos el pleito, el pleito nos ha perdido a
nosotros. Los letrados defienden a los litigan-
15 tes en los pleitos como los pilotos en las borrascas los navíos, sacándoles cuanto tienen
en el cuerpo, para que, si Dios fuere servido,
lleguen vacíos y despojados a la orilla. Señor
mío: el mejor jurisconsulto es la concordia,
20 que nos da lo que vuesa merced nos quita.
Todos, corriendo, nos vamos a concertar con
nuestros contrarios. A vuesa merced le vacan
las rentas y tributos que tiene situados sobre
nuestra terquedad y porfía. Y cuando por la
25 conveniencia perdamos cuanto pretendemos,
ganamos cuanto vuesa merced pierde. Vuesa

22 "valen las rentas." (Edic. de Zaragoza y las posteriores.)

merced ponga cédula de alquiler en sus textos; que buenos pareceres los dan con más
comodidad las cantoneras. Y pues ha vivido
de revolver caldos, acomódese a cocinero y
profese de cucharón.

XX. Los taberneros, de quien, cuando más
encarecen el vino, no se puede decir que lo
suben a las nubes, antes que bajan las nubes
al vino, según le llueven, gente más pedigüeña
del agua que los labradores, aguadores de
cuero, que desmienten con el piezgo los cántaros, estaban con un grande auditorio de la-
cayos, esportilleros y mozos de sillas y algunos escuderos, bebiendo de rebozo seis o siete
dellos en maridaje de mozas gallegas, haciendo sed bailando, para bailar bebiendo. Dá-
banse de rato en rato grandes cimbronazos
de vino. Andaba la taza de mano en mano,
sobre los dos dedos, en figura de gavilán. Uno
de ellos, que reconoció el pantano mezclado,
dijo: "¡Rico vino!" a un picarazo a quien
brindó. El otro, que, por lo aguanoso, espe-
raba antes pescar en la copa ranas que soplar mosquitos, dijo:

8 *Subir a las nubes,* encarecer mucho.
9 *Llover, como factitivo,* hacer que se llueva y moje.
17 *Cimbronazo,* cintarazo. ZABALETA, *Día f. Trap.:*
"Dejó asegurar al esgrimidor bailarín y dióle un cimbronazo, que casi le dejó sin sentidos."

—Este es, verdaderamente, rico vino, y no otros vinos pobretones, que no llueve Dios sobre cosa suya.

El tabernero, sentido de los remoquetes,
5 dijo:

—Beban y callen los borrachos.

—Beban y naden, ha de decir —replicó un escudero.

Pues cógelos a todos la *hora*, y, amotina-
10 dos, tirándole las tazas y jarros, le decían:

—Diluvio de la sed, ¿por qué llamas borrachos a los anegados? ¿Vendes por azumbres lo que llueves a cántaros y llamas zorras a los que haces patos? Más son menester fiel-
15 tros y botas de baqueta para beber en tu casa que para caminar en invierno, infame falsificador de las viñas.

El tabernero, convencido de Neptuno, diciendo: "¡Agua, Dios, agua!", con el pellejo
20 en brazos, se subió a una ventana y empezó a gritar, derramando el vino:

—Agua va, que vacío.

Y los que iban por la calle, respondían:

—Aguarda, fregona de las uvas.

---

2 "nosotros pobretones." (Los impresos todos.)
4 *Remoquete*, pulla, como *remoque*. CÁCER., ps. 68: "De esto escarnecen, chiflan de mí y me dicen sus remoquetes." CERV., *Gall. esp.*, 2: "Que me habló con remoques y acedía."

XXI. Estaba un enjambre de treinta y dos pretendientes de un mismo oficio aguardando al señor que había de proveerle. Cada uno hallaba en sí tantos méritos como faltas en todos los demás. Estábanse santiguando 5 mentalmente unos de otros. Cada uno decía entre sí que eran locos y desvergonzados los otros en pretender lo que merecía él solo. Mirábanse con un odio infernal, tenían los corazones rellenos de víboras, preveníanse 10 afrentas y infamias para calumniarse, mostraban los semblantes aciagos y las coyunturas azogadas de reverencias y sumisiones. A cada movimiento de la puerta se estremecían de acatamientos, bamboleándose con alferecía 15 solícita. Tenían ajadas las caras con la frecuencia de gestos meritorios, flechados de obediencia, con las espaldas en jiba, entre pisarse el ranzal y pelícanos. No pasaba paje a quien no llamasen *mi rey,* frunciendo las je- 20 tas en requiebros. Pasó el secretario con andadura de flecha. Aquí fué ella, que, desapareciéndose de estatura y gandujando sus cuerpos en cincos de guarismo, le sitiaron de adoración en cuclillas. El, con un "perdonen 25

23 *Gandujar, encorvar,* en forma de S. *Rom.* 68: "Formando con las narices | el gandujado de caca."

vuesas mercedes, que voy de prisa", trotado
en la pronunciación, se entró con miradura
de novia. Pidió el señor la caja. Oyóse una
voz que dijo:

5 —Venga el servicio.

—Yo soy —dijo uno de los pretendientes.
Otro:

—Ya entro.
Otro:

10 —Aquí estoy.

Apretábanse con la puerta hasta sacarse
zumo. El pobre señor, que supo la tabaola que
le aguardaba de plegarias, y columbró a los
malditos pretendientes terciando contra él los
15 memoriales enherbolados, no sabía qué se hacer de sus orejas. Dábase a los demonios entre sí mismo, diciendo que el tener que dar
era la cosa mejor del mundo, si no hubiera
quien lo pretendiera, y que las mercedes, para
20 no ser persecución del que las hace, habían
de ser recibidas y no solicitadas. Los quebran-

---

1 Desatinadamente imprimieron *trocado* en la edición
de Zaragoza y hasta hoy lo han reproducido todas; pero
en la de Bruselas y en el manuscrito original se lee,
como no podía menos de leerse, *trotado*, esto es, corrido.

15 Esto es, inficionados, emponzoñados. En la edición
primera, y de allí en todas, se estampó *enarbolados*, levan-
tados en alto. Una y otra lección son buenas, pero sigo
el original.

tahuesos, que veían se dilataba su despacho, se carcomían, considerando que el oficio era uno y ellos muchos. Atollábaseles la arismética en decir:

—Un oficio entre treinta y dos, ¿a cómo ⁵ les cabe?

Y restaban:

—Recibir uno y pagar treinta y dos, no puede ser.

Y todos se hacían el *uno* y encajaban a los ¹⁰ otros en el *no puede ser.* El señor decía:

—Fuerza es que yo deje uno premiado y treinta y uno quejosos.

Mas, al fin, se determinó, por limpiarse dellos, a que entrasen. Dióse un baño de piedra ¹⁵ mármol y revistióse en estatua para mesurarse de audiencia. Embocáronse en manada y rebaño. Y viendo empezaban a quererle informar en bulla, les dijo:

—El oficio es uno, vosotros muchos: yo de- ²⁰ seo dar a uno el oficio y dejaros contentos.

Estando diciendo esto, los cogió la *hora,* y el señor, haciendo a uno la merced, empezó a ensartarlos a todos en futura sucesión de futuras sucesiones perdurables, que nunca se ²⁵

---

1 *Quebrantahuesos,* además de ave de rapiña, es el molesto e importuno.
21 "a todos." (Los impresos.)
23 "al uno." (Ms. original.)

acaban. Los pobres futurados empezaron a
desearse la muerte, invocar garrotillos, pleu-
rites, pestes, tabardillos, muertes repentinas,
apoplejías, disenterías y puñaladas. Y no ha-
5 biendo un instante que lo dijo, les parecía a
los futuros sucesores que habían vivido ya
sus antecesores diez Matusalenes en retahila.
Y siendo así que el décimo reculaba en su
futura en quinientos años venideros, todos
10 acetaron la posmuerte de su antecedente;
sólo el treinta y uno, que halló hecha bien la
cuenta, que llegaba su plazo horas con horas
con la fin del mundo, allende del Antecristo,
dijo:

15   —Yo vengo a poseer entre las cañitas y el

---

1 Sobre este desatino del gobierno de Felipe III y
Felipe IV discurrió con novedad Quevedo en los *Anales
de quince días*, pág. 213 de la edición de Rivadeneyra.

1 "fistulados empezaron." (Los impresos.)

7 "en retahila, y siendo así que el décimo regulaba
su futura a quinientos años venideros. Todos aceptaron
la postmuerte." (Edic. de Zaragoza.) La de Sancha estro-
peó más el período diciendo *acertaron* en vez de *aceptaron*, y todas hasta hoy lo han reproducido.

13 "ras con ras con la fin del mundo." (Todos los
impresos.)

15 En 1660 había publicado la de Bruselas lo suprimido, estampando *canitas* en lugar de *cañitas*. Sancha lo
enmendó, sustituyendo de propia autoridad *cenizas*, y
ocioso es repetir que todas las publicaciones que han
venido después han dicho lo mismo. Quevedo alude a
la especie, que entonces corría entre el vulgo y ha llegado
hasta nosotros, de que uno de los tormentos con que el
Antecristo estrechará a los que no le sigan ha de ser

fuego. ¡Bien haré yo mi oficio quemado! El día del juicio, ¿quién hará que me paguen mis gajes las calaveras? Por mí, viva muchos años el treinta futuro, que, cuando a él llegue la tanda, estará el mundo dando arcadas. 5

El señor los dejó sobreviviéndose y trasmatándose unos a otros, y se fué podrido de ver que se arrempujaban las edades hacia el *saeculum per ignem* y que pretendían emparejar con *saecula saeculorum*. El que pescó 10 el oficio estaba atónito viéndose con tan larga retahíla de herederos. Fuese tomándose el pulso y propuniendo de no cenar y guardarse de soles. Los demás se miraban como venenos

---

introducir astillas de caña entre las uñas de los dedos: especie que provino de los árabes. Luis del Mármol copió en la *Historia del rebelión de los moriscos* un jofor o pronóstico del año 1567, donde algo de aquella especie se encuentra: "El mundo se ha de acabar... Cuando parecieren en esta generación estas maldades, sujetarlos ha Dios poderoso a gente peor que ellos, que les dará a gustas cruelísimos tormentos, y enviará Dios sobre ellos quien no se compadezca del menor ni haga cortesía al mayor. Les tomarán sus haciendas..., hacerlos hɑn sus cativos, matarάnlos..., los atormentarán *hasta hacerles echar la leche que mamaron por las puntas de las uñas de los dedos*." (Lib. III, cap. 3.)

3 "Por mí viva muchos años el treinta futuro." (Edición de Zaragoza y las primeras del siglo XVIII.)

8 "edades. El que pescó el oficio", etc. (Edic. de Zaragoza.)

9 *Saeculum per ignem*, del himno *Dies irae*, el día del juicio; el *saecula saeculorum*, por los siglos de los siglos, es la eternidad.

eslabonados, y, anatematizándose las vidas,
se iban levantando achaques, y añadiéndose
años, y amenazándose de ataúdes, y zahirién-
dose la buena disposición, y enfermando de
5 la salud de sus precedentes y dándose a médicos como a perros.

XXII. Unos hombres, que piden prestado,
a imitación del día que pasó para no volver,
discípulos de las arañas en cazar la mosca,
10 se estaban en la cama al anochecer, por tener
las carnes a letra vista. Habían gastado entre
todos, en oblea, tinta y pluma y papel, ocho
reales, que habían juntado a escote, y todo
lo consumieron en billetes, bacinicas de de-
15 manda, con nota rematada y cláusulas de extrema necesidad, "por ser negocio de honra,
en que les iba la vida"; con el fiador, de que
"se volvería con toda brevedad, que sería
echarlos una S y un clavo". Y por si faltaba
20 el dinero, remataban con la plegaria, que es
las mil y quinientas de la bribia, diciendo

---

11 *A letra vista*, por no tener vestidos.
14 *Bucinica*, bacín o bandeja chica para pedir.
19 *Una S y un clavo*, es-clavo. B. ALCÁZAR, 5: "Púso-
me en el alma el clavo | su dulce nombre y la S | porque
ninguno pudiese | saber de quién soy esclavo." Era la *S* y
un clavo enlazado a ella la cifra del nombre *esclavo*, con
que se les herraba.
21 *Las mil y quinientas* doblas, el último recurso. (*Los
Sueños*, mi edición, t. I.)
21 *La bribia*, la vida de los bribones.

que, si no se hallasen con algún contante, se
sirviesen de enviar una prenda, que los buscarían sobre ella, y se guardaría como los ojos
de la cara, con su contera de que: "Perdone
el atrevimiento", y "que no se avergonzaran   5
a otra persona". Habían, pues, flechado cien
papeles déstos, rociando de estafa todo el
lugar. Llevábalos un compañero panza al trote, insigne clamista, que, con una barba de
cola de pescado y una capa larga, pintaba en   10
platicante de médico. Quedó el nido de em-
prestillones haciendo la cuenta de cuánto dinero traería, y sobre si serían seiscientos o

---

2 *Los buscarían sobre ella.* Se sobrentiende los dineros.

4 *Contera,* añadidura final, como ella lo es del bastón,
y así es el estribillo PATÓN, *Eloc.,* 81: "Acaban sus coplas en el final, que dicen estribillo o contera." ZAMORA,
Mon., 3, 86, 1: "Pero sea la contera deste discurso el
emperador Juan Conuno."

7 "de estafeta a todo el lugar." (Desde la edición de
Zaragoza hasta hoy, todas.)

8 *Panza al trote,* del que siempre anda comiendo a
costa ajena, donde puede meterse de gorra y de ordinario
tiene hambre.

9 *Clamista,* que echa soflamas.

10 *Pintaba en,* tenía pinta de, tener señal de, tomado
de los dados y naipes. D. VEGA, *Fer. 4 Dom. 3 cuar.:* "Estos falsos maestros son fulleros y malos jugadores del
dado, que la Escritura, de que juegan, la arman y la
sacan a su gusto, haciéndola que pinte a su propósito."

12 *Emprestillón,* el que pide prestado a cada paso, de
emprestillar; hoy en Chile *empretillar,* de *emprestar.*

cuatrocientos reales, armaron una zalagarda
del diablo. Llegaron a reñir y a desmentirse
sobre lo que se había de hacer de lo que pi-
llasen. Y tanto se enfurecieron, que saltaron
5 de las camas, con tal dieta de camisas las partes bajas, que era más fácil darse de azotes
que de sopapos. Entró en este punto la estafeta de los enredos, con tufo de "no hay, no
tengo, Dios los provea". Traía las dos manos
10 descubiertas, sin codo manco: señal de des-
embarazo. Víanse las dos barajas de billetes.
Quedáronse transidos viendo que su fábrica
pintaba en solas respuestas de retorno, y con
prosa falida de voz, dijeron:

15 —¿Qué tenemos?

—Que no tienen —respondió el sacatrapos—; entreténganse vustedes en leer, ya que
no pueden contar.

---

1 *Zalagarda del diablo*, gran escaramuza, riña, propiamente emboscada. S. HOROZCO, *Canc.*, p. 162: "Que
podéis creer los dos | que en esto no hay zalagarda." Su
etimología en CEJADOR, *Tesoro*, Silb. 235.

2 *Desmentirse*, decirse *mentís* uno a otro.

14 "salida de voz." (Desde la edición de Zaragoza
hasta hoy, todas.) *Falido*, fallido, caído, frustrado. A. PÉ-
REZ, *Juev. I Cuar.*, f. 40: "Con los verdaderamente falidos y menesterosos."

16 *Sacatrapos*, propiamente tirabuzón para sacar los
tacos del arma de fuego; el sonsacador en el Alto Aragón
y en el texto. *Vid. del Pícaro*, pte. 2: "Que son hoy de los
traperos | los más diestros sacatrapos."

Empezaron a abrir billetes. El primero decía:

"No he sentido en mi vida cosa tanta como no poder servir a vuesa merced con esta niñería." 5

—Pues socorriérame y lo sintiera más.

El segundo:

"Señor mío: si ayer recibiera su papel de vuesa merced, le pudiera servir con mil gustos." 10

—¡Válgate el diablo por *ayer*, que te andas cada día tras los embestidores!

El tercero:

"El tiempo está de manera..."

—¡Oh, maldito caballero almanac! ¿Piden- 15 te dinero y das pronóstico?

El cuarto:

"No siente vuesa merced tanto su necesidad como yo no poder socorrerla."

—¿Quién te lo dijo, demonio? ¿Profeta te 20 haces, miserable? ¿Cuando te piden adivinas?

—No hay más que leer —dijeron todos.

Y alzando un zurrido infernal, dijeron:

—Ya es de noche: desquitémonos de lo gas- 25

---

24 *Zurrido*, posverbal participial de *zurrir*, sonar desapaciblemente. AVILA, *Ep.*, 34: "Y todo se haya pasado así, como agua que corría con zurrido."

tado royendo las obleas de los sellos, a falta
de cena, y juntemos estos billetes con otros
dos cahices que tenemos, y véndanse a un
confitero, que, por lo menos, dará por ellos
5 cuatro reales para amortajar especias, y encorozar confites, y hacer mantellinas al azúcar de las pellas y calzar los bizcochos.

—Esto de pedir prestado —decía bostezan-
do el andadero—, diez años ha que murió sú-
10 pito; ya no hay qué prestar sino paciencia.
Por no ver los gestos y garambainas que hacen con las caras los embestidos, puede uno
darles lo que les pide, y, hecha la cuenta, se
gasta más en secretaría y trotes que se cobra.
15 Caballeros de la arrebatiña, no hay sino ojo
avizor.

En esto estaban los pescadores de papel,
cuando los cogió la *hora,* y dijo el más des-
embainado de persona:
20   —Mucho se nos hacen de rogar los bienes

---

6 *Encorozar,* por la coroza o cucurucho, aquí el de
papel, en que venden los confites.
10 *Súpito* es vulgar, de repente.
11 *Garambainas,* gestos, rasgos o adornos demasiados.
CALDER., *Cuál es may. perf.,* j. 3: "Que sepa hacer unas
garambainas del pelo."
15 *Ojo avizor,* ojo alerta, ojo, abrid el ojo, atención.
LOPE, t. II, 425: "Ojo al capricho." CABRERA, p. 590:
"Velad y estad ojo alerta." *G. Alf.,* 1, 2, 1: "Ojo, pues;
¿quién otro tal?" CERV., *Cárc. Sevilla:* "El ojo avi-
zor | todo el hombre tenga."

ajenos, y, si aguardamos a que se nos vengan
a casa, pereceremos en la calle. No es buena
ganzúa la oratoria, y la prosa se entra por
los oídos y no por las faltriqueras. Dar
audiencia al que pide cuartos es dar al diablo. 5
Más fácil es tomar que pedir. Cuando todos
guardan, no hay que aguardar. Lo que conviene es hurtar de boga arrancada y con
consideración: quiero decir, considerando que
se ha de hurtar de suerte que haya hurto 10
para el que acusa, para el que escribe, para
el que prende, para el que procura, para el
que aboga, para el que solicita, para el que
relata y para el que juzga, y que sobre algo;
porque donde el hurto se acaba, el verdugo 15
empieza. Amigos, si nos desterraren es mejor
que si nos enterrasen. Los pregones, por un
oído se entran y por otro se salen. Si nos
sacan a la vergüenza, es saca que no *escuece,*

---

8 *De boga arrancada,* con todo el ímpetu, como la ga-
lera que corre al impulso más violento de todos los remos. A. PÉREZ, *Viern. I Cuar.,* f. 87: "No queda curado
un dolor por haberse mitigado algún tiempo si de hecho
no salió de boga arrancada." Idem, p. 131: "No descepa
Dios ni saca de boga arrancada los malos de su Iglesia."
REBULLOSA, *Teatro,* p. 367: "El arte de navegar en llevar
los remos de las mejillas a boga arrancada, por rematar
más presto."

19 *Saca que no escuece,* alude a gastos, contribucio-
nes, etc. F. AGUADO, *Crist.,* 16, 8: "Que constase líqui-
damente de la entrada y del recibo de la saca y del
gasto."

y yo no sé quien tiene la vergüenza adonde
nos han de sacar. Si nos azotaren, a quien
dan no escoge, y, por lo menos, oye un hombre
alabar sus carnes, y en apeándose un jubón,
5 cubre otro. En el tormento no tenemos riesgo
los mentirosos, pues toda su tema es que
digan la verdad, y, con *hágome sastre*, se asegura la persona. Ir a galeras es servir al Rey
y volverse lampiños: los galeotes son candi-
10 les, que sirven a falta de velas. Si nos ahor-
can, que es el *finibus terrae*, tal día hizo un
año, y, por lo menos, no hay ahorcado que no
honre a sus padres, diciendo los ignorantes
que los deshonran, pues no se oye otra cosa,
15 aunque el ahorcado sea un pícaro, sino que es
muy bien nacido y hijo de buenos padres. Y
aunque no sea sino por morirse uno dejando
de la agalla a la botica y al médico, no le está

---

4 *Jubón*, paliza. *Estebanillo*, 2: "Temiendo no me
cogiesen en la trampa y me diesen un jubón sin costura."
7 "nosotros jamás la decimos. Con *hágome*." Edición
de Zaragoza y todas las posteriores. De sastres es mentir
y ser pillos.
9 *Lampiños* por rasurarles el pelo.
18 *De la agalla*, sin nada, burlados, que ya no tengan
que ganar con el vivo. Díjose del quedar como el pez preso
por el anzuelo, de la agalla. "*Quedar de la agalla colgado.*
(Por quedar sin nada y sin lo que se pretendía.)" (CO-
RREAS, p. 592.) QUEV., *Poem. her.*, 1: "Quieren dejar al
mundo de la agalla."

mal la enfermedad de esparto. Caballeros, no
hay sino manos a la obra.

No lo hubo dicho, cuando, revolviéndose las
sábanas de las camas al cuerpo y engulliéndose el candil en el balsopeto, se descolgaron ⁵
por una manta a la calle desde una ventana
y partieron como rayos a sofaldar cofres y
retozar pestillos y manosear faltriqueras.

XXIII. La imperial Italia, a quien sólo
quedó lo augusto del nombre, viendo gastada ¹⁰
su Monarquía en pedazos, con que añadieron
tan diferentes Príncipes sus dominios, y ocupada su jurisdición en remendar señoríos,
poco antes desarrapados; desengañada de
que, si pudo con dicha quitar ella sola a todos ¹⁵
lo que poseían, había sido fácil quitarla a ella
todos lo que sola les había quitado; hallándose pobre y sumamente ligera, por haber
dejado el peso de tantas provincias, dió en

---

1 *Enfermedad de esparto,* el colgarle el verdugo del
palo con cuerda, ahorcándole.
2 *Manos a la obra,* animando al trabajo.
5 *Balsopeto* o *falsopeto,* farseto, faltriquera falsa contra ladrones de bolsas (ROSAL). *Lazarillo,* 2; *G. Alfar.,*
1, 2, 3.
7 *So-faldar,* alzar las faldas, levantar por debajo, descubrir. Usase en la ribera del Duero. *Musa* 6, r. 30: "Sofaldé cerraduras y candados."
8 *Retozar,* en la edición de Zaragoza y posteriores,
menos la de Bruselas, *retocar.*

volatín, y, por falta de suelo, andaba en la
maroma, con admiración de todo el mundo.
Fijó los ejes de su cuerda en Roma y en
Saboya. Eran auditorio y aplauso España del
5 un lado y Francia del otro. Estaban cuidado-
sos estos dos grandes Reyes, aguardando
hacia dónde se inclinaba en las mudanzas y
vueltas que hacía, para si por descuido caye-
se, recogerla cada una. Italia, advertida de
10 la prevención del auditorio, para tenerse firme y pasear segura tan estrecha senda, tomó
por bastón la señoría de Venecia en los brazos, y equilibrando sus movimientos, hacía
saltos y vueltas maravillosas, unas veces fin-
15 giendo caer hacia España, otras hacia Francia; teniendo por entretenimiento la ansia
con que una y otra extendían los brazos a
recogerla, y siendo fiesta a todos la burla
que, restituyéndose en su firmeza, les hacía.
20 Pues estando entretenidos en esto, cógelos la
hora, y el Rey de Francia, desconfiado de su
arrebatiña, para que diese zaparrazo a su

---

1 *Volatín*, alude además a la ligereza de los italianos
y a los saltimbanquis que de Italia venían.

9 "uno." (La impresión de Zaragoza y todas las siguientes.)

12 *Bastón* con que el acróbata guarda el equilibrio,
teniéndolo entre las manos, cogido por sus extremos.

22 "zapatazo." (Edición de Zaragoza y siguientes impresiones.) *Zap-arr-azo*, como *zap-ada*, *zapu-ada* en Astu-

lado, empezó a falsear el asiento del eje de la maroma, que estaba afirmado en Saboya. El Monarca de España, que lo entendió, le añadía por puntales el Estado de Milán y el reino de Nápoles y a Sicilia. Italia, que andaba volando, echó de ver que el bastón de Venecia, que, trayéndole en las manos, la servía de equilibrio, por otra parte la tenía crucificada, le arrojó, y, asiéndose a la maroma con las manos, dijo:

—Basta de volatín, que mal podré volar si los que me miran desean que caiga y quien me bilanza y contrapesa, me crucifica.

Y con sospecha de los puntales de Saboya, se pasó a los de Roma, diciendo:

—Pues todos me quieren prender, Iglesia me llamo, donde, si cayere, habrá quien me absuelva.

El Rey de Francia se fué llegando a Roma con piel de cardenal, por no ser conocido; empero el Rey de España, que penetró la maula

---

rias y *sap-ada* en Maragatería, *zap-ot-azo* en Aragón, es la caída de bruces, como la del *sapo* o *zapo* (CEJADOR, *Tesoro, Silb.*, 213).

13 "balanza." (Todos los impresos.) Balancear la balanza, trayéndola con nuevos pesos arriba y abajo.

16 *Iglesia me llamo.* CORR., 1: "A Iglesia me llamo. (El que huye de la ley del Rey)", por el derecho de asilo de las iglesias, a las que se acogían los perseguidos por la justicia. *Estebanillo*, c. 5: "Sin valerme antana ni defensa de motilones ni aquello de iglesia me llamo."

de disfrazar el monsiur en monseñor, hacién-
dole al pasar cortesía, le obligó a que, quitán-
dose el capello, descubriese lo calvino de su
cabeza.

5   XXIV. El caballo de Nápoles, a quien
algunos han hurtado la cebada, otros ayudado
a comer la paja, algunos le han hecho rocín,
otros posta azotándole, otros yegua, viendo
que en poder del Duque de Osuna, incompa-
10   rable virey, invencible capitán general, juntó pareja con el famoso y leal caballo que es
timbre de sus armas, y que le enjaezó con las
granas de las dos mahonas de Venecia y con
el tesoro de la nave de Brindis; que le hizo
15   caballo marino con tantas y tan gloriosas batallas navales, que le dió verde en Chipre y
de beber en el Tenedo, cuando se trujo a las

---

4   Falta este último párrafo en la edición de Zaragoza, y no ha sido impreso nunca en España. Hállase
en la de Bruselas.
13   Sobre estas hazañas del de Osuna véase la relación de Quevedo en el *Mundo caduco y desvarios de la
edad*, págs. 182, etc., de Rivadeneyra, t. 23: "y en Zara,
lo que les fué de mayor daño, les tomó (a los venecianos) las mahonas y en ellas todas las mercancías de Le-
vante." Esto pasaba el año 1617. Despechados y aver-
gonzados los venecianos por las hazañas del Duque de
Osuna, forjaron la supuesta conjuración de 1618 para
hacer odioso el nombre español ante toda Europa, su-
pliendo, como buenos mercaderes, la falta de arrojo y
valor con la astucia, la calumnia y la intriga.
17   *Tenedos*, isla de la Natolia, célebre por sus vinos,
sobre la costa de Adin-Zic, al sudeste de Lemnos y cer-
cana al estrecho de Gallípoli.

ancas la nave poderosa de la Sultana y de
Salónique, para que le almohazase al capitán
de aquellas galeras con su capitana, por lo
cual Neptuno le reconoció por su primogé-
nito, el que produjo en competencia de Mi- 5
nerva; acordábase que el grande Girón le
había hecho gastar por herraduras las medias
lunas del turco, y que con ellas fueron sus
coces sacamuelas de los leones venecianos en
la prodigiosa batalla sobre Raguza, donde, 10
con quince velas, les desbarató ochenta, obli-
gándolos a retirarse vergonzosamente, con
pérdida de muchas galeras y galeazas, y de
la mayor y mejor parte de la gente. Cuando
se acordaba destos triunfos, se vía sin manta 15
y con mataduras y muermo, que le procedía
de plumas de gallina que le echaban en el
pesebre. Víase ocupado en tirar un coche
quien fué tan áspero, que nunca supieron,
con ser buenos bridones, los franceses tenerse 20
encima dél, habiéndolo intentado muchas veces. Ocasionóle el miserable estado en que se
vía tal tristeza y desesperación, que, enfure-

---

2 Esto es, *desde Salónica* o Thesalónica, antigua y
famosa ciudad de la Turquía europea, capital de la Ma-
cedonia, con un buen puerto y muchos fuertes.

2 *Para que se almorzase al capitán* imprimieron en
Zaragoza, y este desatino ha venido, sin excepción, reproduciéndose hasta hoy, con más el de concluir el período
en *Minerva*, dejando colgado el sentido.

cido y relinchando clarines y resollando fuego, quiso ser caballo de Troya, y, a corcovos
y manotadas, asolar la ciudad. Al ruido entraron los sexos de Nápoles, y, arrojándole
5 una toga en la cara, le taparon los ojos, y con
halagos, hablándole calabrés cerrado, le pusieron maneotas y cabestro. Y estándole atan-
do a un aldabón del establo, cógelos la *hora,*
y dos de los sexos dijeron que convenía y era
10 más barato dar a Roma de una vez el caballo
que cada año una hacanea con dote, y quitarse

---

3 No será impertinente copiar aquí lo que acerca de
este caballo escribe Pandolfo Colenucio en su *Historia del
reino de Nápoles,* lib. 4, cap. 14. Refiriendo cómo el rey
de Alemaña, Conrado, tomó por fuerza de armas la ciudad en 1253, derribó sus muros y asoló muchos palacios
de próceres rebeldes, "fué —dice— después a la iglesia
mayor, y en medio de la plaza della estaba un *caballo
de bronce* sin freno, estatua antigua guardada allí para
ornamento y por ventura por armas de la ciudad. Conrado le hizo poner sobre las riendas estos dos versos es-
culpidos:

Hactenus effrenis, domini nunc paret habenis:
Rex domat hunc aequus Parthenopensis equum".

8 Aquí hubo de cortar la censura o el que preparó la
edición de Zaragoza, suprimiendo lo que sigue hasta el
fin, y estropeando un capítulo como éste, de tal importancia política.
11 El reino de Nápoles fué desde lo antiguo feudo de
la Iglesia, y tenían sus Reyes que recibir la investidura
de los romanos Pontífices, que los consideraban como cen-
satarios. A Carlos de Anjou y a su mujer Beatriz les
impuso el Papa Clemente IV, cuando en 1265 los coronó
reyes de Sicilia, un tributo de 48.000 ducados cada un

de ruidos, pues, según le miraban, se podía temer que le matasen de ojo los nepotes. A esto, demudados, respondieron los otros que el Rey de España le aseguraba de tal enfermedad con tres castillos, que le tenía puestos 5 en la frente por texón, y que primero le cortarían las piernas que verle servir de mula y escondido en hopalandas. Los dos replicaron que parecía lenguaje de herejes no querer ser papistas, y que ninguna silla le podía 10 estar tan bien como la de San Pedro. A esto dijeron coléricos los demás que, para que los herejes no hiciesen al Pontífice perder los estribos en aquella silla, convenía que sólo el Rey de España se sirviese deste caballo. Unos 15 decían *bonete;* otros, *corona*, y de una palabra en otra, se envedijaron de suerte, que si no entra el electo del pueblo, se hacen pedazos. El cual, sabiendo dellos la ocasión de la pendencia, les dijo: 20

—Este caballo, con ser desbocado, ha tenido muchos amos, y las más veces se ha ido él por su pie que dejándose llevar del ranzal. Lo que

año para la Sede apostólica. En el Códice H. 50 de la Biblioteca Nacional hay noticia de haberse presentado al Papa el embajador de España, Conde de Castro, miércoles 29 de junio de 1611, con acompañamiento de 500 de a caballo para hacer el feudo acostumbrado en el día de San Pedro por el reino de Nápoles, entregando la hacanea blanca y una póliza de 7.000 escudos.

conviene es guardarle con cuidado, que anda
en Italia mucha gente de a pie que busca ba-
gaje, y cuatreros con botas y espuelas, y el
gitano trueca borricas que le ha hurtado otras
5 veces, y ahora tiene puerta falsa a la estala y
no conviene que le almohace ningún mozo de
caballos francés, que le hacen cosquillas en
lugar de limpiarle, y tanto ojo con los monsiures, que se visten manteo y sotana para
10 echarle la pierna encima.

XXV. Estaban ahorcando dos rufianes
por media docena de muertes: el uno estaba
ya hecho badajo de la *ene* de palo, el otro aca-
baba de sentarse en el poyo donde se pone a
15 caballo el jinete de gaznates. Entre la multi-

---

5   Esto es, al puerto.
12   Era anejo del oficio de *rufián* el robo, el encubrir
ladrones, lo alcahuete, valentón, espadachín de alquiler y
asesino. Reuníanse en cofradías, sin que pudiesen las
justicias exterminar estos desalmados, cuya vida y costumbres retrató prodigiosamente Cervantes en la gallarda
novela de *Rinconete y Cortadillo*, de donde trasladó algunos buenos rasgos a la comedia de *El Rufián dichoso*. El
licenciado Cristóbal de Chaves escribió en 1598 una *Relación de la cárcel de Sevilla*, curiosísima por las noticias
que da acerca de los rufos o germanes y de su lengua
y crímenes, que no bastaban a extirpar los más bravos
castigos. "Hay semana de diez y ocho azotados y ahorcados, y en galeras, de cincuenta en cincuenta, y si todo
se apurase, no creo habría nadie sin pena y castigo." (*Biblioteca Colombina*, Aa. 141, 4, fol. 155.)
13   *Ene de palo*, la horca. QUEV., *Jácara* 2: "Murió en
la ene de palo."

tud de gente que los miraba, pasando en alcance de unos tabardillos, se pararon dos médicos, y viéndolos, empezaron a llorar como unas criaturas, y con tantas lágrimas, que unos tratantes que estaban junto a ellos los preguntaron si eran sus hijos los ajusticiados. A lo cual respondieron que no los conocían, empero que sus lágrimas eran de ver morir dos hombres sin pagar nada a la facultad. En esto los cogió a todos la *hora*, y columbrando el ahorcado a los médicos, dijo:

—¡Ah, señores dotores! Aquí tienen vuestedes lugar, si son servidos, pues por los que han muerto merecen el mío, y por lo que saben despachar, el del verdugo. Algún entierro ha de haber sin galeno, y también presume de aforismo el esparto. En lo que tienen encima, y en los malos pasos, sus mulas de vuestedes son escaleras de la horca de pelo negro. Tiempo es de verdades. Si yo hubiera usado de receta, como de daga, no estuviera aquí, aunque hubiera asesinado a cuantos me ven. Una docena de misas les pido, pues les es fácil acomodarlas en uno de los infinitos codicillos a que dan prisa.

XXVI. El gran Duque de Moscovia, fatigado con las guerras y robos de los tártaros, y con frecuentes invasiones de los turcos, se vió obligado a imponer nuevos tributos en sus

estados y señoríos. Juntó sus favorecidos y
criados, ministros y consejeros y el pueblo de
su Corte, y díjoles:

—Ya los constaba de la necesidad extrema
5 en que le tenían los gastos de sus ejércitos
para defenderlos de la invidia de sus vecinos
y enemigos, y que no podían las repúblicas y
monarquías mantenerse sin tributos, que
siempre eran justificados los forzosos y sua-
10 ves, pues se convierten en la defensa de los
que los pagan, redimiendo la paz y la hacienda y las vidas de todos aquella pequeña y casi
insensible porción que da cada uno al repar-
timiento, bienquisto por igual y moderado;
15 que él los juntaba para su mesmo negocio;
que le respondiesen como en remedio y comodidad propia.

Hablaron primero los allegados y ministros, diciendo que la propuesta era tan santa
20 y ajustada, que ella se era respuesta y con-
cesión; que todo era debido a la necesidad
del Príncipe y defensa de la Patria; que así
podía arbitrar conforme a su gusto en imponer todos y cualesquier tributos que fuese
25 servido a sus vasallos, pues cuanto diesen pagaban a su útil y descanso, y que cuanto mayores fuesen las cargas, mostraría más la

___

25   "se pagaban." (Ms. original.)

grande satisfación que tenía de su lealtad,
honrándolos con ella. Oyólos con gusto el Duque, mas no sin sospecha, y así, mandó que
el pueblo le respondiese por sí. El cual, en
tanto que razonaban los magistrados, había ₅
susurrádose en conferencia callada. Eligieron uno que hablase por ellos conforme al
sentir de todos. Este, saliendo a lugar des-
embarazado, dijo:

—Muy poderoso señor: vuestros buenos ₁₀
vasallos por mí os besan con suma reverencia
la mano por el cuidado que mostráis de su
amparo y defensa, y, como pueblo que en
vuestra sujeción nació y vive con amor here-
dado, confiesan que son vuestros a toda vues- ₁₅
tra voluntad, con ciega obediencia, y os hacen
recuerdo que su blasón es haberlo mostrado
así en todo el tiempo de vuestro imperio, que
Dios prospere. Conocen que su protección es
vuestro cuidado y que esa congoja os baja de ₂₀
príncipe soberano de todos y en todo, a padre
de cada uno: amor y benignidad que inesti-
mablemente aprecian. Saben las urgentes y
nuevas ocasiones que os acrecientan gastos
inexcusables, que por ellos y por vos no po- ₂₅
déis evitar, y entienden que por vuestra pobreza no los podéis atender. Yo, en nombre
de todos, os ofrezco, sin exceptar algo, cuanto
todos tienen; empero pongo a vuestro celo

dos cosas en consideración: la una, que si
tomáis todo lo que tienen vuestros vasallos,
agotaréis el manantial que perpetuamente ha
de socorreros a vos y a vuestra sucesión; y
5 si vos, señor, los acabáis, hacéis lo que teméis
que hagan vuestros enemigos, tanto más en
vuestro daño, cuanto en ello, es dudosa la ruina, y, en vos, cierta; y quien os aconseja que
os asoléis porque no os asuelen, antes es mu-
10 nición de vuestros contrarios que consejero
vuestro. Acordaos del labrador a quien Júpiter, según Isopo, concedió una pájara, que
para su alimento le ponía cada día un güevo
de oro. El cual, vencido de la codicia, se per-
15 suadió a que ave que cada día le daba un
huevo de oro, tenía ricas minas de aquel
metal en el cuerpo, y que era mejor tomár-
selo todo de una vez que recibirlo continuamente poco a poco y como Dios lo había dis-
20 puesto. Mató la pájara, y quedó sin ella y sin
el huevo de oro. Señor, no hagáis verdad esta
que fué fábula en el filósofo; que os haréis
fábula de vuestro pueblo. Ser príncipe de
pueblo pobre más es ser pobre y pobreza que
25 príncipe. El que enriquece los súbditos tiene
tantos tesoros como vasallos; el que los em-
pobrece, otros tantos hospitales y tantos te-

1 "hoy." (Edic. de Zaragoza y todas las demás.)

mores como hombres y menos hombres que
enemigos y miedos. La riqueza se puede dejar cuando se quiere; la pobreza, no. Aquélla
pocas veces se quiere dejar; ésta, siempre.
La otra es que debéis considerar que vuestra 5
ultimada necesidad presente nace de dos causas: la una, de lo mucho que os han robado y
usurpado los que os asisten; la otra, de las
obligaciones que hoy se os añaden. No hay
duda que aquélla es la primera; si es también 10
la mayor, a vos os toca el averiguarlo. Repar-
tid, pues, vuestro socorro como mejor os pareciere entre restituciones de los usurpado-
res y tributos de los vasallos, y sólo podrá
quejarse quien os fuere traidor.   15

En estas palabras los cogió la *hora*, y el
Duque, levantándose en pie, dijo:

—Denme lo que me falta de lo que tenía,
los que me lo han quitado, y páguenme lo demás que hubiere menester mis pueblos. Y 20
porque no se dilate, todos vosotros y los vuestros, que desde lejos, con la esponja de la intercesión, me habéis chupado el patrimonio
y tesoro, quedaréis solamente con lo que trujistes a mi servicio, descontados los sueldos. 25

Fué tan grande y tan universal el gozo de
los inferiores, viendo la justa y piadosa resolución del Duque, que, aclamándole Augusto,
y los más de rodillas, dijeron:

—Queremos, en agradecimiento, después de servir con lo que nos repartieres, pagar otro tanto más, y que esta parte quede por servicio perpetuo para todas las veces que
5 cobrares lo que te tomaren; de que resultará que los codiciosos aún tendrán escrúpulo de recibir lo que les dieres.

XXVII. Un fullero, con más flores que mayo en la baraja y más gatos que enero en
10 las uñas, estaba jugando con un tramposo sobre tantos, persuadido de que se pierde más largo que con el dinero delante. Concedíale la trocada y la derecha, y la derecha, como la quería, porque, retirando las cartas,
15 la derecha se la volvía zurda y la trocada se

8 *Flores* entre tahures eran las señales en las cartas y demás fullerías que se hacían con los naipes, por darles buen fruto y ser delicadas mañas de ingenio. *Entrem. del siglo XVII*, p. 291: "Los jardines del naipe los plantamos | a medias, yo ganando, otros perdiendo: | todo cuanto yo gano con mis flores | lloran ellos con ojos infelices; | y así en estos jardines excelentes | mías las flores son, suyas las fuentes." NAVARRETE, *Casa juego*, f. 63: "A cuya voz acuden los de la flor y la estafa." Así, *descornar la flor*, o *entrevar* o *entender la flor*, era descubrir al jugador la fullería o flor.

9 *Gatos*, bolsas de piel de gato, como todavía en Segovia. *Haber gato encerrado* es haber buena bolsa escondida.

13 *Trocada*, la del revés, la contraria. GRACIÁN, *Critic.*, 2, 13: "Todo cuanto miraba le parecía andar al revés, todo a la trocada, lo de arriba abajo." *Entrem. s. XVII*, p. 602: "Plegue a Dios no suceda la trocada."

la cobraba con premio. Las suertes del fullero eran unos Apeles en pintar, y las del tramposo boqueaban de tabardillo a puras pintas;
las suertes del maullón siempre eran veinte
y cuatro, con licencia del cabildo de Sevilla; 5
las del tramposo se andaban tras el medio-
día, sin pasar de la una. Pues cógelos la *hora*,
y contando el fullero los tantos, dijo:

—Vuesa merced me debe dos mil reales.

El tramposo respondió, después de haber- 10
los vuelto a contar, como si pensara pagarlos:

—Señor mío: a su ramillete de vuesa merced le falta mi flor, que es perder y no pagar.
Vuesa merced se la añada, y no tendrá que
invidiar a Daraja. Haga vuesa merced cuen- 15
ta que ha jugado con un saúco, cuya flor es
ahorcar bolsas; lo que aquí se ha perdido es
el tiempo, que tampoco lo cobrará vuesa merced como yo.

XXVIII. Los holandeses, que por merced 20
del mar pisan la tierra en unos andrajos de
suelo que la hurtan por detrás de unos mon-

---

4 *Maullón* es el gato que maulla mucho. Aplícase
aquí al fullero, por lo que trabaja con las uñas y por la
algazara que mueve para marear a su compañero.
15 La historia de Ozmin y Daraja, a quienes favoreció la reina Isabel, cuéntase en *Guzmán de Alfarache*,
l. I, c. 8.
16 Alude a la especie muy valida entre el vulgo de
que fué un saúco de donde se ahorcó Judas.

tones de arena que llaman diques, rebeldes a
Dios en la fe y a su Rey en el vasallaje, ama-
sando su discordia en un comercio político,
después de haberse con el robo constituído en
5 libertad y soberanía delincuente, y crecido en
territorio por la traición bien armada y atenta, y adquirido con prósperos sucesos opinión
belicosa y caudal opulento, presumiendo de
hijos primogénitos del Océano, y persuadidos
10 a que el mar, que les dió la tierra que cubría
para habitación, no les negaría la que le ro-
deaba, se determinaron, escondiéndole en naves y poblándole de cosarios, a pellizcar y roer
por diferentes partes el occidente y el oriente.
15 Van por oro y plata a nuestras flotas, como
nuestras flotas van por él a las Indias. Tienen
por ahorro y atajo tomarlo de quien lo trae
y no sacarlo de quien lo cría. Dales más barato los millones el descuido de un general o el
0 descamino de una borrasca que las minas.
Para esto los ha sido aplauso, confederación
y socorro la invidia que todos los reyes de
Europa tienen a la suprema grandeza de la
Monarquía de España. Animados, pues, con
25 tan numerosa asistencia, han establecido trá-

---

1 "fugitivos a Dios" (edición de Zaragoza); "fugitivos y rebeldes a Dios" (la de Bruselas).
3 "público, después." (La de Bruselas.)

fago en la India de Portugal, introduciendo
en el Japón su comercic, y, cayendo y levantando con porfía providente, se han apoderado de la mejor parte del Brasil, donde, no sólo
tienen el mando y el palo, como dicen, sino 5
el tabaco y el azúcar, cuyos ingenios, si no
los hacen doctos, los hacen ricos, dejándonos
sin ellos rudos y amargos. En este paraje,
que es garganta de las dos Indias, asisten
tarascas con hambre peligrosa de flotas y na- 10
ves, dando qué pensar a Lima y Potosí (por
afirmar la geografía), que pueden, paso entre
paso, sin mojarse los pies, ir a rondar aquellos cerros, cuando, enfadados de navegar, no
quieran resbalarse por el río de la Plata o 15
irse, en forma de cáncer, mordiendo la costa
por Buenos Aires, y fortificarse trampanto-
jos del pasaje. Estábase muy despacio aquel
senado de hambrones del mundo sobre un
globo terrestre y una carta de marear, con 20
un compás, brincando climas y puertos y es-
cogiendo provincias ajenas, y el Príncipe de
Orange, con unas tijeras en la mano, para
encaminar el corte en el mapa por el rumbo
que determinase su albedrío. En esta acción 25

15 "quieran." (Ms. original.)
17 "a las Canarias." (Idem íd.)
20 "navegar." (Edición de Zaragoza y todas las
demás.)

los cogió la *hora,* y tomándole un viejo, ya
quebrantado de sus años, las tijeras, dijo:

—Los glotones de provincias siempre han
muerto de ahito: no hay peor repleción que
⁵ la de dominios. Los romanos, desde el pequeño círculo de un surco, que no cabía medio
celemín de siembra, se engulleron todas sus
vecindades, y, derramando su codicia, pusieron a todo el mundo debajo del yugo de su
¹⁰ primer arado. Y como sea cierto que quien
se vierte se desperdicia tanto como se extien-
de, luego que tuvieron mucho que perder empezaron a perder mucho; porque la ambición
llega para adquirir más allá de donde alcanza
¹⁵ la fuerza para conservar. En tanto que fueron
pobres, conquistaron a los ricos; los cuales,
haciéndolos ricos y quedando pobres con las
mismas costumbres de la pobreza, pegándoles
las del oro y las de los deleites, los destruye-
²⁰ ron, y con las riquezas que les dieron tomaron de ellos venganza. Calaveras son que nos
amonestan los asirios, los griegos y los romanos: más nos convienen los cadáveres de sus
monarquías por escarmiento que por imita-
²⁵ ción. Cuanto más quisiéremos encaramar
nuestro poco peso, y llegarle en la romana del
poder a la gran carga que se quiere contrastar, tanto menos valor tendremos, y cuanto
más le retiráremos en ella, nuestra pequeña

porción sola contrastará los inmensos quinta-
les que equilibra, y si a nuestra última línea
los retiráremos, uno nuestro valdrá mil. Tra-
jano Bocalino apuntó este secreto en el peso
de su *Piedra del parangón*, verificándose en 5
la monarquía de España, de quien pretendemos quitar peso, que, juntándole al nuestro,
nos le desminuía con el aumento. Hacernos libres de sujetos fué prodigio; conservar este
prodigio es ocupación para que nos habemos 10
menester todos. Francia y Ingalaterra, que
nos han ayudado a limar a España de su señorío la parte con que las era formidable vecino,
por la propia razón no consentirán que nos
aumentemos en señorío que puedan temer. La 15
segur que se añade con todo lo que corta del
árbol, nadie la tendrá por instrumento, sino
por estorbo. Consentirnos han en tanto que
tuviéremos necesidad dellos y, en presumiendo de que ellos la tienen de nosotros, atende- 20
rán a nuestra mortificación y ruina. El que
al pobre que dió limosna le ve rico, o cobra

---

8 *Rispose Lorenzo (Medici), che la sua stadera era
giusta, ma che non l'aggravavano napolitani, et milanesi
tanto distratti dalla forza della Spagna, et pieni di popoli,
che con tanta mala volontà sopportavano il dominio delle
nationi straniere; et le Indie vuote d'habitatori. Ma che
la devotione, et la moltitudine de i sudditi, la fecondità
et l'unione de i stati erano il grave peso che la facevano
traboccare.* (*Pietra del paragone politico,* di Traiano Boc-
calini.)

dél o le pide. Nada adquirimos de nuevo que
no quieran para sí los príncipes que nos lo
ven adquirir, y por vecino, al paso que desprecian al que pierde, temen al que gana, y
5 nosotros, desparramándonos, somos estrata-
gema del Rey de España contra nosotros,
pues cuando él, por dividirnos y enflaquecer-
nos, dejara perder adrede las tierras que le
tomamos, era treta y no pérdida, y nunca
10 más fácilmente podrá quitarnos lo que tenemos que cuando más nos hubiere dejado tomar de lo que tiene tan lejos de sí como de
nosotros. Con el Brasil, antes se desangra y
despuebla Holanda que se crece. Ladrones
15 somos: basta no restituir lo hurtado sin hurtar siempre, ejercicio con que antes se llega
a la horca que al trono.

El Príncipe de Orange, enfadado, y cobran-
do las tijeras, dijo:

20 —Si Roma se perdió, Venecia se conserva,
y fué cicatera de lugares al principio, como
nosotros. La horca que dices, más se usa en
los desdichados que en los ladrones, y en el
mundo, el ladrón grande condena al chico.
25 Quien corta bolsas, siempre es ladrón; quien

---

14 "A los ladrones bástales no restituir lo hurtado sin
hurtar." (Edic. de Zaragoza y siguientes.)
21. *Cicatero* es cortador de *cicas* o bolsas, un género
de ladrones.

hurta provincias y reinos, siempre fué rey.
El derecho de los monarcas se abrevia en *viva
quien vence.* Engendrarse los unos de la corrupción de los otros es natural, y no violento: causa es quien se corrompe de quien se
engendra. El cadáver no se queja de los gusanos que le comen, porque él los cría; cada
uno mire que no se corrompa, porque será
padre de sus gusanos. Todo se acaba, y más
presto lo poco que lo mucho. Cuando nos ¹⁰
tenga miedo quien nos tuvo lástima, tendremos lástima a quien nos tuvo miedo, que es
buen trueque. Seamos, si podemos, lo que son
los que fueron lo que somos. Todo lo que has
apuntado es bueno no lo sepan el Rey de In- ¹⁵
galaterra y Francia, y acuérdalo delante, que
al empezar es estorbo lo que en el mayor aumento es consejo.

Y diciendo y haciendo, echó la tijera a
diestro y a siniestro, trasquilando costas y ²⁰
golfos, y de las cercenaduras del mundo se
fabricó una corona y se erigió en majestad
de cartón.

XXIX. El gran Duque de Florencia, que,
por cuatro letras más o menos del título de ²⁵
gran es malquisto de todos los otros potentados, estaba cerrado en un camarín con un
criado, de quien fiaba la comunicación más
reservada. Conferían la grandeza de sus ciu-

dades y la hermosura de su Estado, el comercio de Ligorna y las vitorias de sus galeras. Pasaron al grande esplendor con que su sangre se había mezclado con todos los monarcas y reyes de Europa en los repetidos casamientos con Francia, pues, por la línea materna, eran sus descendientes los Reyes Católicos, el Cristianísimo y el de la Gran Bretaña. En este cómputo los cogió la *hora*, y, arrebatado della el criado, dijo:

—Señor: vuesa alteza de ciudadano vino a príncipe: *Memento homo.* En tanto que se trató como potentado, fué el más rico; hoy, que se trata como suegro de reyes y yerno de emperador, *pulvis es*, y si le alcanza la dicha de suegro con Francia y las maldiciones de casamentero, *in pulverem reverteris.* El Estado es fertilísimo; las ciudades, opulentas; los puertos, ricos; las galeras, fortunadas; los parentescos, grandes; el dominio, por todas razones real; empero ahora he visto en él notables manchas, que le desaliñan y desautorizan, y son éstas: la memoria que conservan los vasallos de que fueron compañeros; la república de Luca, que cayó de medio a

1 "hermosura de sus ciudades y la grandeza de su estado, el comercio de Liorna." (Edic. de Zaragoza y las posteriores.)

20 "estas." (Idem, íd.)

medio de todo; los presidios de Toscana, que el Rey de España tiene, y el *gran* sobre *Duque*, por la emulación de los vecinos.

El Duque, que en algunas cosas destas no había reparado, dijo: ⁵

—¿Qué modo tendré para sacarme estas manchas?

Replicó el criado:

—Sacarlas según están reconcentradas, es imposible sin cortar el pedazo, y es mal re- ¹⁰ medio, porque es mejor andar manchado que roto. Y si las manchas que digo se sacan con el pedazo, no le quedará pedazo a vuesa alteza, y vuesa alteza quedará hecho pedazos; éstas son manchas de tal calidad, que se lim- ¹⁵ pian con meterse más adentro y no con sacarse. Use vuesa alteza de la saliva en ayunas para esto y vaya chupando para sí poco a poco. Y lo que gasta en dotes de reinas, gástelo en tapar los oídos a los atentos, por- ²⁰ que no le sientan chupar.

XXX. Un alquimista hecho pizcas, que parecía se había distilado sus carnes y calcinado sus vestidos, estaba engarrafado de un miserable a la puerta de uno que vendía car- ²⁵ bón. Decíale:

—Yo soy filósofo espagírico, alquimista:

---

1 "nació de medio a medio." (Edic. de Zaragoza y las posteriores.)

con la gracia de Dios he alcanzado el secreto
de la piedra filosofal, medicina de vida y trasmutación trascendente, infinitamente multi-
plicable; con cuyos polvos haciendo proyec-
ción, vuelvo en oro de más quilates y virtud
que el natural el azogue, el hierro, el plomo,
el estaño y la plata. Hago oro de yerbas, de
las cáscaras de güevos, de cabellos, de sangre humana, de la orina y de la basura: esto
en pocos días y con menos costa. No oso des-
cubrirme a nadie, porque si se supiese, los
príncipes me engullirían en una cárcel, para
ahorrar los viajes de las Indias y poder dar
dos higas a las minas y al Oriente. Sé que
vuesa merced es persona cuerda, principal y
virtuosa, y he determinado fiarle secreto tan
importante y admirable: con que en pocos
días no sabrá qué hacer de los millones.

Oíale el mezquino con una atención canina
y lacerada, y tan encendido en codicia con la
turbamulta de millones, que le tecleaban los
dedos en ademán de contar. Habíale crecido
tanto el ojo, que no le cabía en la cara. Tenía
ya entre sí condenadas a barras de oro las
sartenes, asadores y calderos y candiles. Pre-

---

5 "vuelvo en oro." (Edic. de Zaragoza y las posteriores, menos la de Bruselas.)
11 "lo supiesen los príncipes." (Todos los impresos.)
18 "hacerse." (Edic. de Zaragoza y todas las demás.)

guntóle que cuánto sería menester para hacer
la obra. El alquimista dijo que casi nada:
que con solos seiscientos reales había para
orecer y platificar todo el universo mundo y
que lo más se había de gastar en alambiques [5]
y crisoles; porque el elixir que era el alma
vivificante del oro no costaba nada y era cosa
que se hallaba de balde en todas partes, y
que no se había de gastar un cuarto en carbón, porque con cal y estiércol lo sublimaba [10]
y digería y separaba, y retificaba y circula-
ba; que aquello no era hablar, sino que delante dél y en su casa lo haría, y que sólo le
encargaba el secreto. Estaba oyendo este embuste el carbonero, dado a los demonios de [15]
que había dicho no había de gastar carbón.
Pues cógelos la *hora*, y, embistiendo, afeitado
con cisco y oliendo a pastillas de diablo, con
el alquimista, le dijo:

—Vagamundo, pícaro, sollastre, ¿para qué [20]
estás dando papilla de oro a ese buen hombre?

El alquimista, revestido de furias, respon-

---

4 "enorecer." (Ms. original.)
20 *Sollastre* es pícaro de cocina. *Guzm. Alf.*, 1, 2, 5:
"Parecióle mejor, sacándome de aquel oficio a sollastre
o pícaro de cocina." Díjose de *sollar*, o sea soplar. Co-
RREAS, 108: "El herrero de Arganda, él se lo suella y él
se lo macha y él se lo saca a vender a la plaza. (Suella es
sopla con el fuelle.)" Usase en Asturias. HERN. NÚÑEZ:
"Sorbe y solla, que más hay en la olla." Viene de *sufflare*.

dió que mentía, y entre el mentís y un sopapo
que le dió el carbonero, no cupiera un cabello. Armóse una pelaza entre los dos, de suerte que, a cachetes, el alquimista estaba hecho
5 alambique de sangre de narices. No los podía
despartir el miserable, que del miedo del tufo
y de la tizne no se osaba meter en medio. Andaban tan mezclados, que ya no se sabía cuál
era el carbonero ni quién había pegado la
10 tizne al otro. La gente que pasaba los des-
partió. Quedaron tales, que parecían bolas de
lámpara o que venían de visitarse con tijeras
de despavilar. Decía el carbonero:

—Oro dice el pringón que hará de la basura
15 y del hierro viejo, ¡y está vestido de torcidas
de candiles y fardado de *daca la maza!* Yo
conozco a éstos, porque a otro vecino mío en-
gañó otro tragamallas, y en solo carbón le
hizo gastar en dos meses, en mi casa, mil
20 ducados, diciendo que haría oro, y sólo hizo
humo y ceniza, y, al cabo, le robó cuanto
tenía.

—Pero —replicó el alquimista— yo haré
lo que digo, y pues tú haces oro y plata del
25 carbón y de los cantazos que vendes por tizos,
y de la tierra y basura con que lo polvoreas

3 "peleona" (todos los impresos) ; "pelarza" (Ms. original.) *Pel-aza* y *pel-arza*, del pel-arse al reñir.
12 "afeitarse con tijeras." (Los impresos.)

y de las maulas de la romana, ¿por qué yo,
con la *Arte magna*, con Arnaldo, Géber y
Avicena, Morieno, Roger, Hermes, Theofras-
to, Vlstadio, Evónymo, Crollio, Libavio y la
Tabla smaragdina de Hermes, no he de hacer 5
oro?

El carbonero replicó, todo engrifado:

—Porque todos esos autores te hacen a ti
loco, y tú, a quien te cree, pobre. Y yo vendo
el carbón, y tú le quemas; por lo cual, yo 10
le hago plata y oro y tú hollín. Y la piedra
filosofal verdadera es comprar barato y vender caro, y váyanse noramala todos esos Fu-
lanos y Zutanos que nombras, que yo de mejor
jor gana gastara mi carbón en quemarte em- 15
papelado con sus obras que en venderle. Y
vuesa merced haga cuenta que hoy ha nacido
su dinero, y, si quiere tener más, el trato es
garañón de la moneda, que empreña al doblón y le hace parir otro cada mes. Y si está 20
enfadado con sus talegos, vacielos en una ne-
cesaria, y, cuando se arrepienta, los sacará
con más facilidad y más limpieza que de los
fuelles y hornillos deste maldito, que, siendo
mina de arrapiezos, se hace Indias de hoz y 25
de coz y amaga de Potosí.

XXXI.   Venían tres franceses por las mon-
carretoncillo de amolar tijeras y cuchillos por
tañas de Vizcaya a España: el uno con un

babador; el otro, con dos corcovas de fuelles
y ratoneras, y el tercero, con un cajón de
peines y alfileres. Topólos en lo más agrio de
una cuesta descansando un español que pasaba a Francia a pie, con su capa al hombro.
Sentáronse a descansar a la sombra de unos
árboles. Trabaron conversación. Oíanse teji-
dos el *hui monsiur* con el *pesia tal* y el *per
ma fue* con el *voto a cristo*. Preguntado por
ellos el español dónde iba, respondió que a
Francia, huyendo, por no dar en manos de la
justicia, que le perseguía por algunas tra-
vesuras; que de allí pasaría a Flandes a des-
enojar los jueces y desquitar su opinión, sir-
viendo a su Rey; porque los españoles no sabían servir a otra persona en saliendo de su
tierra. Preguntado cómo no llevaba oficio ni
ejercicio para sustentarse en camino tan largo, dijo que el oficio de los españoles era la
guerra, y que los hombres de bien, pobres,
pedían prestado o limosna para caminar, y
los ruines lo hurtaban, como los que lo son
en todas las naciones, y añadió que se admiraba del trabajo con que ellos caminaban desde Francia por tierras extrañas y partes tan
ásperas y montuosas, con mercancía, a riesgo

---

9 "Voto a tal" (los impresos); "Voto a xpo" (el
original).
18 "un tan largo camino." (Los impresos.)

de dar en manos de salteadores. Pidióles refiriesen qué ocasión los echaba de su tierra y qué ganancia se podían prometer de aquellos trastos con que venían brumados, espantando con la visión mulas y rocines y dando qué 5 pensar a los caminantes desde lejos. El amolador, que hablaba el castellano menos zabucado de gabacho, dijo:

—Nosotros somos gentilhombres malcontentos del Rey de Francia; hémonos perdido 10 en los rumores, y yo he perdido más por haber hecho tres viajes a España, donde, con este carretoncillo y esta muela sola, he mascado a Castilla mucho y grande número de *pistolas,* que vosotros llamáis doblones. 15

Acedósele al español todo el gesto, y dijo:

—Arrebócese su sanar de lamparones el Rey de Francia si sufre por malcontentos *mercan fuelles y peines y alfileres y amoladores.*

Replicó el del carretón: 20

—Vosotros debéis mirar a los amoladores de tijeras como a flota terrestre, con que vamos amolando y aguzando más vuestras barras de oro que vuestros cuchillos. Mirad bien

---

7 *Zabucar,* dar topetazos y empujones y revolver un líquido de la misma manera, mezclar. *Entrem. s. XVII,* 24: "Dame aquesos brazos, reina de mis ojos, | que es justo que en ellos me zabuque todo." JAC. POLO, *Univers.:* "Aquí las dificultades, | que en las mentes se zabucan, | satisfacen las doctoras | desatándoles sus dudas."

a la cara a ese cantarillo quebrado, que se
orina con estangurria, que él nos ahorra, para
traer la plata, de la tabaola del Océano y de
los peligros de una borrasca, y con una rueda,
5 de velas y pilotos. Y con este edificio de cuatro trancas y esta piedra de amolar, y con
los peines y alfileres derramados por todos
los reinos, aguzamos, peinamos y sangramos
poco a poco las venas de las Indias. Y habéis
10 de persuadiros que no es el menor miembro
del Tesoro de Francia el que cazan las ratoneras y el que soplan los fuelles.

—Voto a Dios —dijo el español—, que sin
saber yo eso, echaba de ver que con los fuelles
15 nos llevábades el dinero en el aire, y que las
ratoneras, antes llenaban vuestros gatos que
disminuían nuestros ratones. Y he advertido
que, después que vosotros vendéis fuelles, se
gasta más carbón y se cuecen menos las ollas,
20 y que después que vendéis ratoneras, nos
comemos de ratoneras y de ratones, y que
después que amoláis cuchillos, se nos toman
y se nos gastan, y se nos mellan y se nos
embotan las herramientas, y que, amolando
25 cuchillos, los gastáis y echáis a perder, para
que siempre tengamos necesidad de compra-

13   "tal, dijo." (Los impresos.)
16   *Gatos*, bolsas.
24   "todas." (Los impresos.)

ros los que vendéis. Y ahora veo que los franceses sois los piojos que comen a España por
todas partes, y que venís a ella en figura de
bocas abiertas, con dientes de peines y muelas de aguzar, y creo que su comezón no se ⁵
remedia con rascarse, sino que antes crece,
haciéndose pedazos con sus propios dedos. Yo
espero en Dios he de volver presto y he de
advertir que no tiene otro remedio su comezón sino espulgarse de vosotros y condenaros ¹⁰
a muerte de uñas. Pues, ¿qué diré de los peines, pues con ellos nos habéis introducido las
calvas, porque tuviésemos algo de Calvino
sobre nuestras cabezas? Yo haré que España
sepa estimar sus ratones y su caspa y su ¹⁵
moho, para que vais a los infiernos a gastar
fuelles y ratoneras.

En esto los cogió la *hora*, y desatinándole
la cólera, dijo:

—Los demonios me están retentando de ²⁰
mataros a puñaladas y abernardarme y hacer
Roncesvalles estos montes.

Los bugres, viéndole demudado y colérico,

22 Esto es, convertirme en un Bernardo del Carpio y
hacer otra de Roncesvalles, victoria que le atribuyen los
antiguos cantares.

23 En francés, *bougre*. Vale, según su propia signifi-
cación, *sodomita;* pero sin idea semejante y aun sin saber
lo que significa, aplícase por desprecio esta palabra, en
castellano, a cualquier extranjero.

se levantaron con un zurrido monsiur, hablando galalones, pronunciando el *mondiu* en tropa y la palabra *coquin*. En mal punto la dijeron, que el español, arrancando la daga 5 y arremetiendo al amolador, le obligó a soltar el carretoncillo, el cual, con el golpe, empezó a rodar por aquellas peñas abajo, haciéndose andrajos. En tanto, por un lado de las ratoneras, le tiró un fuelle; mas, embis- 10 tiendo con él a puñaladas, se los hizo flautas y astillas las ratoneras. El de los peines y alfileres, dejando el cajón en el suelo, tomó pedrisco. Empezaron todos tres contra el pobre español y él contra todos tres a descor- 15 tezarse a pedradas: munición que a todos sobra en aquel sitio, aun para tropezar. De miedo de la daga, tiraban los gabachos desde lejos. El español, que se reparaba con la capa, dió un puntapié al cajón de alfileres, el 20 cual, a tres calabazadas que rodando se dió en unas peñas, empezó a sembrar peines y

---

2 Los libros de caballería y las historias de Carlomagno y Morgante hacen señalada memoria del conde *Galalón* de Maganza, por cuya traición cuentan que murieron los doce Pares de Francia.

4 "de la daga." (Los impresos.)

17 *Gabacho*, apodo que a los franceses daban los españoles fronterizos, por sus *gaves* o ríos entre cañadas del Pirineo, y después se corrió al resto de España; encierra sentido despectivo y hasta el de cobarde aplicado a un español.

alfileres, y viéndole disparar púas de azófar,
hecho erizo de madera, dijo:

—Ya empiezo a servir a mi Rey.

Y viendo llegar pasajeros de a mula que
los despartieron, les pidió le diesen fe de [5]
aquella vitoria que a fuer de espulgo había tenido contra las comezones de España. Riéron-
se los caminantes sabida la causa, y, llevándo-
se al español a las ancas de una mula, dejaron
a los franceses ocupados en dar tapabocas a [10]
los fuelles y bizmar las ratoneras, y remendar
el carretón, y buscar los alfileres, que se habían sembrado por aquellos cerros. El español,
desde lejos, yendo caminando, les dijo a gritos:

—Gabachos, si son malcontentos en su tie- [15]
rra, agradézcanme el no dejar de ser quien
son en la mía.

XXXII. La serenísima república de Venecia, que, por su gran seso y prudencia, en el
cuerpo de Europa hace oficio de cerebro, [20]
miembro donde reside la corte del juicio, se
juntó en la grande sala a consejo pleno. Estaba aquel consistorio encordado de diferen-

---

4 "a pasajeros de a mula." (Los impresos.)

10 *Dar tapaboca*, frase de esgrima, dando en la boca
con el botón. *Quijote*, 2, 19: "Un tapaboca de la çapatilla
de la espada del Licenciado." Idem, 2, 32: "Si Reynaldos
de Montalván huviera oydo estas razones al hombrecito,
tapaboca le huviera dado que no hablara más en tres
años."

tes voces, graves y leves, en viejos y en mozos; unos doctos por las noticias, otros por
las experiencias: instrumento tan bien tem-
plado y de tan rara armonía, que, al són
5 suyo, hacen mudanzas todos los señores del
mundo. El Dux, príncipe coronado de aquella poderosa libertad, estaba en solio eminente
con tres consejeros por banda; de la una
parte, un *capo* de cuarenta; de la otra, dos.
10 Asistían próximos los secretarios que cuentan
las boletas, y en sus lugares, en pie, los ministros que las llevan. El silencio desapare-
cía a los oídos de tan grande concurso, exce-
diendo de tal manera al de un lugar desierto,
15 que se persuadían los ojos era auditorio de
escultura: tan sin voz estaban los achaques
en los ancianos y el orgullo en los mancebos.
Rompiendo esta atención, dijo:
—La malicia introduce la discordia, y la
20 disimulación hace bienquisto al que siembra
la cizaña del propio que la padece. A nosotros
nos ha dado la paz y las vitorias la guerra
que habemos ocasionado a los amigos, no la
que hemos hecho a los contrarios. Seremos
25 libres en tanto que ocupáremos a los demás
en cautivarse. Nuestra luz nace de la disen-

---

11 "dos ministros." (Los impresos.)
19 "en el mundo, y la astucia conserva al mundo en
discordia, y la disimulación", etc. (ldem.)

sión; somos discípulos de la centella, que nace
de la contienda del pedernal y del eslabón.
Cuanto más se aporrean y más se descala-
bran los monarcas, más nos encendemos en
resplandores. Italia, después que falleció, es ⁵
a la manera de una doncella rica y hermosa,
que, por haber muerto sus padres, quedó en
poder de tutores y testamentarios, con deseo
de casarse; empero los testamentarios, como
cada uno se le ha quedado con un pedazo, por ¹⁰
no restituirla su dote y quedarse con lo que
tienen en su poder, unos se la niegan y afean
al Rey de España, que la pretende; otros, al
Rey de Francia, que la pide, poniendo en los
maridos las faltas que estudian en sí. Estos ¹⁵
tutores tramposos son los potentados, y entre
ellos no se puede negar que nosotros no la
hemos arrebatado grande parte de su patrimonio. Hoy aprietan la dificultad por casarse con ella estos dos pretensores. Del Rey de ²⁰
Francia nos hemos valido para trampear esta
novia al Rey Católico, que, por la vecindad
de Milán y Nápoles, la hace señas y registra
desde sus ventanas las suyas. El Rey Cristianísimo, que, por estar lejos, no la podía ²⁵
rondar ni ver, y se valía de papeles, hoy, con
las tercerías de Saboya y Mantua y Parma,

---

5 "el imperio." (Los impresos.)

y llegándose a Piñarol, la acecha y galantea,
nos obliga a que se la trampeemos a él. Esto
es fácil, porque los franceses con menos trabajo se arrojan que se traen; con su furia,
echan a los otros, y con su condición, a sí
mismos. Empero conviene que se disponga
esta zancadilla de suerte que, haciendo efec-
tos de divorcio, cobremos caricias de casa-
menteros. Derramada tiene la atención el Rey
Cristianísimo y delincuente la codicia en Lorena, y peligrosas en Alemania las armas,
pobres sus vasallos. Tiene desacreditada la
seguridad en el mundo, por esto, temorosos
en Italia los confidentes. Entradas son que no
apurarán nuestra sutileza para lograrlas, pues
su propio ruido disimulará nuestros pasos.
No hemos menester gastar sospecha en los
que se han fiado de él, que sus arrepenti-
mientos nos la ahorran. Lo que me parece es
que, con alentarle a que prosiga en los hervores de su ambicioso y crédulo desvanecimiento, conquistaremos al Rey de los franceses
con Luis XIII. El esfuerzo último se ha de
poner en conservar y crecer en su gracia a
su privado. Este, que le quita cuanto se añade, le disminuye al paso que crece. Mientras
el vasallo fuere señor de su Rey, y el Rey

---

26   "a sí." (Los impresos.)

vasallo de su criado, aquél será aborrecido por
traidor, y éste despreciado por vil. Para decir *muera el Rey* en público, no sólo sin castigo, sino con premio, se consigue con decir
viva el privado. No sé si le fué más aciago a 5
su padre Francisco Revellac, que a él Richeleu; lo que sé es que entre los dos le han dejado huérfano: aquél, sin padre; éste, sin
madre. Dure Armando, que es como la enfermedad, que durando acaba u se acaba. Por 10
muy importante juzgo el pensar sobre la
sucesión del Rey Cristianísimo, la cual no se
espera en descendientes, antes que vuelva a
su hermano, cuyo natural da buenas promesas a nuestro acecho. Es fuego que podremos 15
derramar a soplos, y de tal condición, que se
atiza a sí mismo; hombre quejoso del bien
que recibe, por lo que tiene desobligado al
Rey de España y atesorada discordia, que podremos encaminar como nos convenga. Fran- 20
cia está sospechosa con la descendencia real
que el privado se achaca con genealogías compradas, y temerosa de ver agotados todos los
cargos en su familia y todas las fuerzas en

---

6   Asesinó *Ravaillac*, en 14 de mayo de 1610, al mag-
no Enrico de Francia, y pereció en 27 de aquel mes entre
suplicios que los jueces imaginaron proporcionados al
crimen.
21 "invención de la." (Todos los impresos.)

poder de sus cómplices. Esles recuerdo Mo-
moranci degollado y tantos grandes señores
y ministros o en destierro o en desprecio. Sos-
pechan que en la sucesión ha de haber rebatiña y no herencia. Las cosas de Alemania
no admiten cura con el Palatino desposeído,
y con el de Lorena, y los desinios del Duque
de Sajonia, y los protestantes por el imperio
contra la Casa de Austria. Italia está, al parecer, imposibilitada de paz por los presidios
que los franceses tienen en ella. Al Rey de
España sobran ocupaciones y gastos con los
olandeses, que en Flandes le han tomado lo
que tenía y le quieren tomar lo que tiene;
que se han apoderado en la mejor y mayor
parte del Brasil del palo, tabaco y azúcar,
con que se aseguran flota; que se han forti-
ficado en una isla de las de barlovento. Jún-
tase a esto el cuidado de mantener al Emperador la oposición a los franceses por el Estado de Milán. Nosotros, como las pesas en
el reloj de faltriquera, hemos de mover cada
hora y cada punto estas manos, sin ser vistos
ni oídos, derramando el ruido a los otros, sin
cesar ni volver atrás. Nuestra razón de estado es vidriero, que, con el soplo, da las for-
mas y hechuras a las cosas, y de lo que sem-

---

13   "Olanda le han tomado." (Todos los impresos.)

bramos en la tierra a fuerza de fuego, fabri-
camos hielo.

En esto, los cogió la *hora,* que, apoderán-
dose del capricho de un republicón de los
Capidiechi, le hizo razonar en esta manera: 5

—Venecia es el mismo Pilatos. Pruébolo.
Condenó al Justo y lavó sus manos: *ergo.*
Pilatos soltó a Barrabás, que era la sedición,
y aprisionó a la paz, que era Jesús: *igitur.*
Pilatos, constante, digo pertinaz, dijo: "Lo 10
que escribí, escribí": *tenet consequentia.* Pilatos entregó la salud y la paz del mundo a
los alborotadores para que la crucificasen, *non
potest negari.*

Alborotóse todo el consistorio en voces. El 15
Dux, con acuerdo de muchos y de los semblantes de todos, mandó poner en prisiones
al republicón y que se averiguase bien su genealogía, que, sin duda, por alguna parte decendía de alguno que decendía de otro, que 20
tenía amistad con alguno que era conocido
de alguno que procedía de quien tuviese algo
de español.

---

2   Lo que sigue hasta concluir el capítulo no se incluyó en la primera edición de Zaragoza, 1650. Hállase en
la de Bruselas, 1660, con estas variantes: "de un capricho de un republicón de los *de Capiduchi...* Pruébolo. *Pilatos, por razón de estado,* condenó al Justo... Pilatos,
constante y *pertinaz...* para que *le* crucificasen..., *descen-
día* de alguno que *dependía* de otro."

XXXIII.   Juntó el preclaro e ilustrísimo
Dux de Génova todo aquel excelentísimo Senado para oír al Embajador del Rey Cristianísimo, el cual razonó desta manera:

5   —Serenísima República: el Rey, mi señor,
que siempre ha tenido las libertades de Italia
en igual precio que la majestad de su corona,
asistiendo a su conservación con todo su po-
derío, celoso de vuestra paz, sin pretender
10 otro aumento que el de los Príncipes que en
ella, en división concorde, poseen la mejor y
más hermosa parte del mundo, hoy me manda que, en su nombre, os haga recuerdo de
que, como muy obediente hijo de la Iglesia
15 romana y seguro vecino de todos los potentados, desea justificar sus acciones en vuestros oídos y desempeñar para con todos su
afecto y benevolencia. Mejor sabéis vosotros
lo que padecéis que nosotros lo que oímos y
20 vemos desde lejos. Muchos años han pasado
por vosotros en guerras continuadas, intro-
ducidas por las desavenencias del Duque de
Saboya, cuyos confines siempre os fueron sos-
pechosos y molestos, a los cuales se opuso el
25 Rey Católico con nombre de árbitro. Habéis
visto los campos anegados en sangre y horri-

25   Así que entró en Italia, en el verano de 1633, el
infante cardenal don Fernando, deseó con grandes veras,
para el sosiego de aquel hermoso territorio, componer las

bles con cuerpos muertos; las ciudades, aso-
ladas por sitios y por asaltos; el país, robado
por los alojamientos; en vuestras tierras los
alemanes, gente feroz, número a quien acompaña en las almas la herejía; en los cuerpos, 5
la hambre y la peste. No hallará vuestra advertencia culpado al Rey, mi señor, en alguna de estas calamidades, pues solamente ha
asistido al socorro de la parte más flaca, no
con intento de que, venciendo, se aumentase, 10
sino de que, defendiéndose, no dejase aumentar al contrario, para que el derecho de cada
uno quedase sin ofensa y justificado, y el
Monferrato, que ha sido vientre destas disen-
siones, no fuese premio de alguna codicia. Con 15
este fin ha sustentado grandes ejércitos, y
alguna vez acompañádolos en persona, venciendo las fortificaciones del invierno en los
Alpes, por abrir la puerta a vuestros socorros,
volviendo triunfante con sólo este útil. Hoy, 20
que parece estar furioso el mundo y que vuestra asistencia le ha solicitado odios poderosos en todas partes, se promete que esta sere-

---

diferencias que había entre el Duque de Saboya y la República de Génova, y teniendo orden y poder del Rey de
España, su hermano, se erigió medianero entre ambas
partes y las concertó con maravilloso tino y extraordina-
ria prudencia en julio del año siguiente de 1634.

14 "defensiones." (Edic. de Zaragoza y españolas del
siglo XVII.)

nísima República le tendrá por tan buen amigo en sus puertos como al Rey de España,
cuando, con mantener con los dos neutralidad, mostrará que conoce el santo celo del
5 Rey, mi señor, y la justificación de sus armas.

El Dux, viendo que el monsiur había dado
fin a su propuesta, respondió:

—Damos gracias a Dios que, en asistir con
amor y reverencia al Rey Cristianísimo, no
10 tenemos qué ofrecer sino la continuación de
lo que hasta el día de hoy se ha hecho. Hemos
oído en vuestras palabras lo que hemos visto:
fácil es persuadir a los testigos. Y si bien
pudiera turbar nuestra confianza el haber
15 abrigado vuestro Rey, con los socorros de la
Digera, las discordias con que la alteza de
Saboya pretendió destruir o molestar esta
República, que, a no socorrerla el Rey Católico, se viera en confusión, y asimismo pudie-
20 ra escarmentarla el haber apoderádose las
armas francesas de Susa y Piñarol y el Casal,
en Italia, a imitación del que, en achaque de
meter paz en una pendencia, se va con las
capas de los que riñen; acrecentando con ho-
25 rror esta sospecha el haber la Majestad Cris-

6   "monsiur." (Ms. original.)
16   *Aldiguera* estampa la edición de Zaragoza: así es-
tropearon los castellanos el título de Francisco de Bonne,
duque de *Lesdiguieres.*

tianísima hecho al Duque de Lorena la vecindad del humo, que le echó de su casa llorando; empero nosotros, no reparando en los
semblantes destas acciones, somos y seremos
siempre los más, afectos a su corona. Esto ⁵
cuanto dieren lugar las grandes obligaciones
que esta señoría y todos sus particulares tienen y conocen al Monarca de las Españas, en
cuyo poder estamos defendidos, con cuya
grandeza ricos, en cuya verdad y religión ¹⁰
descansamos seguros. Y así, para resolver el
punto de la neutralidad que se nos pide, es
justo se llamen a este consejo todos los repú-
blicos, en cuyo caudal está la negociación.

Pareció bien al embajador y al Senado. Fué ¹⁵
persona grave a llamarlos, con orden les dijese a qué fin, y que viniesen luego. Fué el dipu-
tado, y llegando a Banchi, donde los halló
juntos, les dió su embajada y la razón della.
En esto los cogió a todos la *hora*, y demudán- ²⁰
dose los nobilísimos ginoveses, dijeron al
magnífico que respondiese al serenísimo Dux
que:

"Habiendo entendido la propuesta del Rey

---

2 "al dueño de su casa." (Edic. de Sancha.)
18 Léese *Banqui* en la impresión de Zaragoza y en todas las posteriores. ¿Dictaría tal vez Quevedo *Acqui*, fuerte ciudad del Monferrato, en la ribera del Bormia, célebre
por sus aguas hirvientes? ¿O *Voutry*, o *Bardi*, o *Bagni*?

de Francia, y queriendo ir a obedecer su man-
dato, se les habían pegado de suerte los asientos de España, que no se podían levantar.
Y que fueran con los asientos arrastrando;
5 mas no era posible arrancarlos, por estar cla-
vados en Nápoles y Sicilia y remachados con
los juros de España. Que advertían a su se-
renidad que el Rey de Francia caminaba como
galeote, con las espaldas vueltas hacia donde
10 quiere ir derecho, tirando para sí, y que abra
los ojos, que aquella Majestad ha sido inqui-
sidor contra herejes y hoy es hereje contra
inquisidores."

Volvió el magnífico y dió en alta voz esta
15 respuesta. Quedó monsiur amostazado y confuso, con bullicio mal atacado, arrebañando
una capa de estatura de mantellina, con cuello de garnacha. El Dux, por alargarle la
saña, le dijo:

20 —Decid al Rey Cristianísimo que ya que
esta República no puede servirle en lo que
pide, le ofrece, si prosiguiere en venir a Italia, un aniversario perpetuo en altar de alma
por los franceses que, muriendo, acompaña-
25 ren a los que hicieron cimenterio el bosque
de Pavía, empedrándole de calaveras, y de

9 "con las espaldas vueltas." (Las impresiones españolas todas.)
14 "Volvió el magnífico", etc. (Idem.)

hacer a su Majestad la costa todo el tiempo
que estuviere preso en el Estado de Milán,
y desde luego le ofrecemos para su rescate
cien mil ducados, y vos llevaos esa historia
del Emperador Carlos V para entreteneros en 5
el camino, y servirá de itinerario a vuestro
gran Rey.

El monsiur, ciego de cólera, dijo:

—Vosotros habéis hablado como buenos y
leales vasallos del Rey Católico, a quien los 10
propios asientos que me niegan la neutralidad han hecho gallegos de allende y ultra-
marinos.

XXXIV. Los alemanes, herejes y protestantes, en quienes son tantas las herejías 15
como los hombres, que se gastan en alimen-
tar la tiranía de los suecos, las traiciones del
Duque de Sajonia, Marqués de Brandenburg
y Landtgrave de Hessen; hallándose corrom-
pidos de mal francés, trataron de curarse de 20
una vez, viendo que los sudores de tantos trabajos no habían aprovechado, ni las unciones
que con ungüento de azogue los dieron en la
estufa de Nortlingen, ni las copiosas sangrías,

---

24 Dióse la memorable batalla de *Nortling* miércoles
6 de septiembre de 1634. Ganáronla el Rey de Hungría,
las tropas españolas mandadas por el cardenal infante don
Fernando de Austria y las de la Liga católica, por el
Duque Carlos de Lorena, contra las aguerridas y vete-

usque ad animi deliquium, de tantas rotas.
Juntaron todos los mejores médicos racionales y espagíricos que hallaron, y, haciéndoles
relación de sus achaques, les dieron reme-
5 dio eficaz. Algunos fueron de parecer que la
medicina era purgarlos de todos los humores
franceses que tenían en los huesos. Otros,
afirmando que el mal estaba en las cabezas,
ordenaron evacuaciones, descargándolas de
10 opiniones crasas con el tetrágono de Hipócra-
tes, tan celebrado de Galeno, a que corresponde el tabaco en humo en la forma. Otros,
supersticiosos y dados a las artes secretas,
afirmaron que lo que padecían no era enfer-
15 medades naturales, sino demonios que los
agitaban, y que, como endemoniados, nece-
sitaban de exorcismos y conjuros. En esta
discordia estudiosa estaban cuando los cogió
la *hora,* y, alzando la voz, un médico de Pra-
20 ga, dijo:

—Los alemanes no tienen en su enfermedad remedio, porque sus dolencias y achaques

---

ranas del Rey de Suecia, a cuyo frente se hallaban los
valerosos capitanes duque Bernardo de Weymar, Gustavo
Horren, Gratz y Duque de Witenberg. El Rey de Suecia
había muerto dos años antes, el 16 de noviembre de 1632,
en la batalla de Lutzen.
    3 Llamábanse *espagíricos* los médicos que se valían
de la Química y de preparaciones de minerales para cu-
rar a los enfermos.

solamente se curan con la *dieta,* y en tanto
que estuvieren abiertas las tabernas de Lutero y Calvino, y ellos tuvieron gaznates y sed
y no se abstuvieren de los bodegones y bur-
deles de Francia, no tendrán la *dieta* de que ⁵
necesitan.

XXXV. El Gran Señor, que así se llama el
Emperador de los turcos, monarca, por los
embustes de Mahoma, en la mayor grandeza
unida que se conoce, mandó juntar todos los ¹⁰
cadís, capitanes, beyes y visires de su Puerta,

---

1 Juega del vocablo donosamente Quevedo, por significar la voz *dieta* la abstinencia de alimentos que se
hace en orden a la salud, y, al propio tiempo, la Asamblea de los Círculos del Imperio y Estados de Polonia,
para determinar acerca de los negocios públicos.

11 "reyes y visires." (Los impresos.)

(*Cadí* llaman los árabes al juez de causas civiles, y conoce en Africa de las de religión. Cervantes introduce en
la jornada segunda de la comedia *La Gran Sultana* al
Gran Cadí, advirtiendo que es juez obispo de los turcos,
y le hace decir:

"De las sentencias que doy
No hay apelación alguna."

Bey equivale a *señor*, y se da el nombre de beyes (escrí-
bese Begh o Bek) a los gobernadores de ciertos territorios
o ciudades marítimas de Turquía. Es el *Gran Visir* primer ministro de Guerra y Estado en la Corte otomana,
empleo que instituyó Amurates en 1370. Preside a otros
seis Visires inferiores, y llevan el peso de los negocios.
Apellidanse *Morabitos* (religiosos) los sabios, santones y
ermitaños que hacen profesión la virtud y la sabiduría.
Los *bajaes* son oficiales que ejercen el mando de una pro-
vincia.)

que llama excelsa, y con ellos todos los morabitos y personas de cargos preeminentes, capitanes generales y bajaes, todos, o la mayor
parte, renegados; y asimismo los esclavos
5 cristianos que en perpetuo cautiverio padecen muerte viva en las torres de Constantinopla, sin esperanza de rescate, por la pre-
sunción de aquella soberbia majestad, que
tiene por indecente el precio por esclavos y
10 por plebeya la celestial virtud de la miseri-
cordia. Fué por esto grande el concurso y
mayor la suspensión de todos viendo un acto
en aquella forma, sin ejemplar en la memoria de los más ancianos. El Gran Señor, que
15 juzga a desautoridad que sus vasallos oigan
su voz y traten su persona aun con los ojos,
estando en trono sublime, cubierto con velos
que sólo daban paso confuso a la vista, hizo
seña muda para que oyesen a un morisco de
20 los expulsos de España las novedades a que
procuraba persuadirle. El morisco, postrado
en el suelo, a los pies del Emperador tirano,
en adoración sacrílega, y volviéndose a levantar, dijo:
25   —Los verdaderos y constantes mahometa-
nos, que en larga y trabajosa captividad en

---

15   "juzgaba a desautoridad que sus vasallos oían su
voz." (Los impresos del siglo XVII.)

España, por largas edades abrigamos oculta
en nuestros corazones la ley del profeta des-
cendiente de Agar, reconocidos a la benignidad con que el todopoderoso Monarca del
mundo, Gran Señor de los turcos, nos con- 5
sintió lastimosas reliquias de expulsión dolo-
rosa, hemos determinado hacer a su grandeza y majestad algún considerable servicio, va-
liéndonos de la noticia que trujimos, por falta
del caudal que, con el despojo, nos dejó nú- 10
mero inútil. Y para que se consiga, propone-
mos que, para gloria desta nación, y el premio de los invencibles capitanes y beyes en
las memorias de sus hazañas, conviene, a imitación de Grecia, y Roma, y España, dotar 15
Universidades y estudios, señalar premios a
las letras, pues por ellas, habiendo fallecido
los monarcas y las monarquías, hoy viven
triunfantes las lenguas griega y latina, y en
ellas florecen, a pesar de la muerte, sus haza- 20
ñas y virtudes y nombres, rescatándose del
olvido de los sepulcros por el estudio que los
enriqueció de noticias y sacó de bárbaras a
sus gentes. Lo segundo, que se admita y pla-
tique el derecho y leyes de los romanos, en 25
cuanto no fueren contra la nuestra, para que

---

12 "premio." (Edic. de Zaragoza y todas hasta hoy.)
13 "reyes en las memorias." (Idem.)

la policía crezca, las demasías se repriman,
las virtudes se premien, se castiguen los
vicios y la justicia se administre por estable-
cimientos que no admiten pasión ni enojo ni
5 cohecho, con método seguro y estilo cierto y
universal. Lo tercero, que para el mejor uso
del rompimiento en las batallas, se dejen los
alfanjes corvos por las espadas de los españoles, pues en la ocasión son para la defensa
10 y la ofensa más hábiles, ahorrando con las
estocadas grandes rodeos de los movimientos
circulares; por lo cual, llegando a las manos
con los españoles, que siempre han usado mejor que todas las naciones esta destreza, he-
15 mos padecido grandes estragos. Son las espadas mucho más descansadas al pulso y a la
cinta. Lo cuarto, para conservar la salud y
cobrarla si se pierde, conviene alargar en
todo y en todas maneras el uso del beber
20 vino, por ser, con moderación, el mejor
vehículo del alimento y la más eficaz medicina, y para aumentar las rentas del Gran
Señor y de sus vasallos con el tráfigo (el tesoro más numeroso), por ser las viñas artí-
25 fices de muchos licores diferentes con sus frutos y en todo el mundo mercancía forzosa,

---

13   "mucho." (Edic. de Zaragoza y las posteriores.)
23   "tragino, el tesoro." (Idem.)

y para esforzar los espíritus al coraje de la
guerra y encender la sangre en hervores temerarios, más eficaces que el Anfión y más
racionales, a que no se debe obstar por la
prohibición de la ley en que se ha empezado 5
a dispensar. Y para que se disponga, daráse
interpretación conveniente y ajustada. Y ofrecemos para la disposición de todo lo referido
arbitrios y artífices que lo dispongan sin costa ni inconveniente alguno, asegurando glo- 10
riosos aumentos y esplendor inestimable a
todos los reinos del grande Emperador de
Constantinopla.

Acabando de pronunciar esta palabra pos-
trera, se levantó Sinan bey, renegado, y en- 15
cendido en coraje rabioso, dijo:

—Si todo el Infierno se hubiera conjurado
contra la Monarquía de los turcos, no hubiera
pronunciado cuatro pestes más nefandas que
las que acaba de proponer este perro moris- 20
co, que entre cristianos fué mal moro y entre
moros quiere ser mal cristiano. En España
quisieron levantarse éstos; aquí quieren de-
rribarnos. No fué aquélla mayor causa de
expulsión que ésta; justo será desquitarnos 25
de quien nos los arrojó con volvérselos. No

---

15 "Sinan rey." (Todos los impresos.)
22 "cristiano." (Ms. original.)

pretendió con tan último fin don Juan de
Austria acabar con nuestras fuerzas cuando
en Lepanto, derramando las venas de tantos
genízaros, hizo nadar en sangre los peces y
5 a nuestra costa dió competidor al mar Bermejo; no con enemistad tan rabiosa el Per-
siano, con turbante verde, solicita la desolación de nuestro imperio; no don Pedro Girón,
Duque de Osuna, virey de Sicilia y Nápoles,
10 siendo terror del mundo, procuró con tan eficaces medios, horrendo en galeras y naves y
infantería armada, con su nombre formidable esconder en noche eterna nuestras lunas,
que borró tantas veces, cuando, de temor de
15 sus bajeles, se aseguraban las barcas desde
Estambol a Pera, como tú, marrano infernal,
con esas cuatro proposiciones que has ladra-
do. Perro, las monarquías con las costumbres
que se fabrican se mantienen. Siempre las
20 han adquirido capitanes, siempre las han co-
rrompido bachilleres. De su espada, no de

4 "sangre." (Ms. original.)
16 Subida ponderación del miedo que tenían los turcos al Duque de Osuna. *Estambol* o *Estambul* llaman a
Constantinopla los turcos, estragando el antiguo nombre
Constantinópolis. En la edición de Zaragoza imprimieron
Estambor, y así ha venido reproduciéndose.
21 "bachilleres, de su espada, no de su libro: dicen los
reyes, que tienen sus dominios, los ejércitos, no las universidades, ganan, y defienden victorias, y no disputas,
los hacen grandes, y formidables, las batallas", etc. (Edi-

su libro, dicen los reyes que tienen sus dominios; los ejércitos, no las universidades,
ganan y defienden; victorias, y no disputas,
los hacen grandes y formidables. Las batallas
dan reinos y coronas; las letras, grados y 5
borlas. En empezando una república a señalar premios a las letras, se ruega con las dignidades a los ociosos, se honra la astucia, se
autoriza la malignidad y se premia la negociación, y es fuerza que dependa el vitorioso 10
del graduado, y el valiente del dotor, y la
espada de la pluma. En la ignorancia del pueblo está seguro el dominio de los príncipes;
el estudio que los advierte, los amotina. Vasallos doctos, más conspiran que obedecen, más 15
examinan al señor que le respetan; en enten-
diéndole, osan despreciarle; en sabiendo qué
es libertad, la desean; saben juzgar si merece reinar el que reina, y aquí empiezan a
reinar sobre su Príncipe. El estudio hace que 20

---

ción de Zaragoza.) La puntuación, en todos los impresos,
no es menos absurda, desorientando al lector y embrollan-
do las cláusulas. Se sigue en el texto fielmente el manuscrito original, donde aparece, como a todas luces pide
el recto sentido.

20 Todos estos períodos anteriores, continuada ironía,
sátira sangrienta contra los Ministros de Felipe IV, deben
contener tal vez las opiniones políticas, las máximas de
alguno de ellos, a quien se puso el apodo de *Sinan bey*,
y aquí se presentan como sentencias, como verdades in-
controvertibles, para herir el ánimo del lector, despertar
su juicio y armarle en contra de doctrina tan desaforada.

se busque la paz, porque la ha menester, y la
paz procurada induce la guerra más peligrosa. No hay peor guerra que la que padece el
que se muestra codicioso de la paz: con las
5 palabras y embajadas pide ésta y negocia con
el temor de los ruegos la otra. En dándose
una nación a doctos y a escritores, el ganso
pelado vale más que los mosquetes y lanzas,
y la tinta escrita, más que la sangre vertida,
10 y al pliego de papel firmado no le resiste el
peto fuerte, que se burla de las cóleras del
fuego, y una mano cobarde, por un cañón
tajado, se sorbe desde el tintero las honras,
las rentas, los títulos y las grandezas. Mu-
15 cha gente baja se ha vestido de negro en
los tinteros, de muchos son los algodones so-
lares, muchos títulos y Estados decienden del
burrajear. Roma, cuando desde un surco que
no cabía dos celemines de sembradura se
20 creció en República inmensa, no gastaba dotores ni libros, sino soldados y astas. Todo
fué ímpetu, nada estudio. Arrebataba las mu-

---

18   Disparatada la puntuación en todos los impresos,
hacíasele decir a Quevedo lo que no imaginó jamás. *Burrajear*, borrajear con la pluma y hacer mal una cosa, así
también lo usa en *Orlando*, 2, y en *Virt. mil.*, 3: "Si las
facciones la burrajean la cara en lugar de formársela."
Como en la *Cárcel de Sevilla*, que yo tengo por de Cervantes: "Y a los demás borrajarles las caras con una
daga."
21   "armas." (Los impresos.)

jeres que había menester, sujetaba lo que
tenía cerca, buscaba lo que tenía lejos. Luego que Cicerón, y Bruto, y Hortensio, y César, introdujeron la parola y las declamacio-
nes, ellos propios la turbaron en sedición, y, ⁵
con las conjuras, se dieron muerte unos a
otros y otros a sí mismos, y siempre la República, y los Emperadores y el Imperio, fueron
deshechos, y, por la ambición de los elegantes,
aprisionados. Hasta en las aves sólo padecen 10
prisión y jaula las que hablan y chirrean, y,
cuanto mejor y más claro, más bien cerrada
y cuidadosa. Entonces, pues, los estudios fueron armerías contra las armas, las oraciones
santificaban delitos y condenaban virtudes, y, 15
reinando la lengua, los triunfos yacían so el
poder de las palabras. Los griegos padecieron
la propia carcoma de las letras: siguieron la
ambición de las Academias: éstas fueron invidia de los ejércitos y los filósofos persecu- 20
ción de los capitanes. Juzgaba el ingenio a la
valentía: halláronse ricos de libros y pobres
de triunfos. Dices que hoy, por sus grandes
autores, viven los varones grandes que tuvieron; que vive su lengua, ya que murió su 25
Monarquía. Lo mismo sucede al puñal que
hiere al hombre, que él dura y el hombre acaba, y no es consuelo ni remedio al muerto.
Más valiera que viviera la Monarquía, muda

y sin lengua, que vivir la lengua sin la Monarquía. Grecia y Roma quedaron ecos: fórmanse en lo hueco y vacío de su majestad, no voz entera, sino apenas cola de la ausencia de
5 la palabra. Esos escritores que la acabaron quedaron después de acabarla con vida, que les tasa el lector tan breve, que se regula en unos con el entretenimiento; en otros, con la curiosidad. España, cuya gente en los peli-
10 gros siempre fué pródiga de la alma, ansiosa de morir, impaciente de mucha edad, despreciadora de la vejez, cuando con incomparable valentía se armó en su total ruina y vencimiento y poca ceniza derramada, se convocó
15 en rayo, y de cadáver se animó en portento; más atendía a dar que a escribir; antes a merecer alabanzas que a componerlas; por su coraje hablaban las cajas y las trompas, y toda su prosa gastaba en Sant Yago, muchas

5 "Estos escritores que la alabaron, quedaron después de alabarla." (Los impresos.)
8 "entendimiento." (Idem.)
12 Pinta el carácter de los españoles, traduciendo los siguientes versos del primer libro de las *Guerras púnicas*, de Silio Itálico:

Prodiga gens animae, et properare facillima mortem.
Nanque ubi transcendit florentes viribus annos,
Impatiens aevi spernit novisse senectam.

16 "en dar que escribir, que en escribir." (Los impresos todos.)
18 "trompetas." (Idem.)
19 "Se gastaba." (Idem.)

veces repetido. Ellos admiraron el mundo con
Viriato y Sertorio; dieron esclarecidas vitorias a Aníbal, y a César, que en todo el orbe
de la tierra había peleado por la honra, obli-
garon a pelear por la vida. Pasaron de lo po- 5
sible los encarecimientos del valor y de la for-
taleza en Numancia. Destas y de otras innumerables hazañas nada escribieron: todo lo
escribieron los romanos. Servíase su valentía
de ajenas plumas; tomaron para sí el obrar; 10
dejaron a los latinos el decir; en tanto que no
supieron ser historiadores, supieron merecer-
los. Inventóse poco a poco la artillería contra
las vidas seguras y apartadas, falseando el
calicanto a las murallas y dando más vitorias 15
al certero que al valeroso. Empero luego se
inventó la emprenta contra la artillería, plomo contra plomo, tinta contra pólvora, cañones contra cañones. La pólvora no hace efecto mojada: ¿quién duda que la moja la tinta 20
por donde pasan las órdenes que la aprestan
y previenen? ¿Quién duda que falta el plomo
para balas después que se gasta en moldes
fundiendo letras, y el metal en láminas? Pe-

---

11   "escribir." (Los impresos.)
13   "ha la artillería." (Idem.)
21   "bajan las órdenes." (Idem. La puntuación en ellos
es desatinada.)
22   "la falta." (Ms. original.)

rro, las batallas nos han dado el imperio y
las vitorias los soldados, y los soldados los
premios. Estos se han de dar siempre a los
que nos han dado los triunfos. Quien llamó
5 hermanas las letras y las armas poco sabía
de sus avalorios, pues no hay más diferentes
linajes que hacer y decir. Nunca se juntó el
cuchillo a la pluma que éste no la cortase;
mas ella, con las propias heridas que recibe
10 del acero, se venga dél. Vilísimo morisco, nosotros deseamos que entre nuestros contrarios
haya muchos que sepan, y entre nosotros, muchos que venzan; porque de los enemigos queremos la vitoria, y no la alabanza.

15 Lo segundo que propones es introducir las
leyes de los romanos. Si esto consiguieras,
acabado habías con todo. Dividiérase todo el
imperio en confusión de actores y reos, jueces y sobre jueces, y en la ocupación de abo-
20 gados, pasantes, escribientes, relatores, pro-
curadores, solicitadores, secretarios, escribanos, oficiales y alguaciles, se agotaran las
gentes, y la guerra, que hoy escoge personas,
será forzada a servirse de los inútiles y dese-
25 chados del ocio contencioso. Habrá más plei-

---

1 "Pero las batallas." (Ms. original.)
3 "siempre." (Idem.)
18 "y jueces, y sobre jueces, y contra jueces." (Los
impresos.)

tos, no porque habrá más razón, sino porque
habrá más leyes. Con nuestro estilo tenemos
la paz que habemos menester, y los demás la
guerra que nosotros queremos que tengan; las
leyes por sí buenas son y justificadas; más, 5
habiendo legistas, todas son tontas y sin entendimiento. Esto no se puede negar, pues los
mismos jurisprudentes lo confiesan todas las
veces que dan a la ley el entendimiento que
quieren, presuponiendo que ella por sí no le 10
tiene. No hay juez que no afirme que el entendimiento de la ley es el suyo, y con decir
que se le dan, suponen que no le tiene. Yo,
renegado soy, cristiano fuí y depongo de vista
que no hay ley civil ni criminal que no tenga 15
tantos entendimientos como letrados y jueces,
como glosadores y comentadores, y a fuerza de entendimientos que le achacan, le fal-
tal el que tiene y queda mentecata. Por esto,
al que condenan en el pleito, le condenan 20
en lo que le pide el contrario y en lo que no
le pide, pues se lo gasta la defensa, y nadie
gana en el pleito sin perder en él todo lo que
gasta en ganarle, y todos pierden y en todo
se pierde. Y cuando falta razón para quitar a 25
uno lo que posee, sobran leyes que, torcidas
o interpretadas, inducen el pleito y le padecen igualmente el que le busca y el que le huye.
Véase qué dos proposiciones nos encaminaba

el agradecimiento del morisco. La tercera fué
que dejásemos los alfanjes por las espadas.
En esto, como no había muy considerable inconveniente, no hallo utilidad considerable
5 para que se haga. Nuestro carácter es la media luna: ése esgrimimos en los alfanjes. Usar
de los trajes y costumbres de los enemigos,
ceremonia es de esclavos y traje de vencidos,
y por lo menos es premisa de lo uno u de lo
10 otro. Si hemos de permanecer, arrimémonos
al aforismo que dice: *Lo que siempre se hizo,
siempre se haga; lo que nunca se hizo, nunca
se haga;* pues, obedecido, preserva de novedades. Pique el cristiano y corte el turco, y a
15 este morisco que arrojó aquél, éste le empale.
En cuanto al postrero punto, que toca en el
uso de las viñas y del vino, allá se lo haya la
sed con el Alcorán. No es poco lo que en
esto se permite días ha; empero advierto que
20 si universalmente se da licencia al beber vino
y a las tabernas, servirá de que paguemos la
agua cara y bebamos a precio de lagares los
pozos por azumbres. Mi parecer es, según lo
propuesto, que este malvado perro aborrece
25 más a quien le acoge que a quien le expele.

Oyeron todos con gran silencio. El morisco

---

9   "promesa de lo uno u de lo otro." (Ms. original.)
13   "pues obedecido, preserva", etc. (Los impresos.)

estaba muy trabajoso de semblante, toda la
frente rociada de trasudores de miedo, cuando Halí, primero visir, que estaba más arri-
mado a las cortinas del Gran Señor, después
de haber consultado su semblante, dijo: 5

—Esclavos cristianos: ¿qué decís de lo que
habéis oído?

Ellos, viendo la ceguedad de aquella enga-
ñada nación, y que amaban la barbaridad y
ponían su conservación en la tiranía y en la 10
ignorancia, aborreciendo la gloria de las letras y la justicia de las leyes, hicieron que
por todos respondiese un caballero español,
de treinta años de prisión, con tales palabras:

—Nosotros españoles no hemos de aconse- 15
jaros cosa que os esté bien, que sería ser traidores a nuestro Monarca y faltar a nuestra
religión; ni os hemos de engañar, porque no
necesitamos de engaños para nuestra defensa
los cristianos: dispuestos estamos a aguardar 20
la muerte en este silencio inculpable.

El Gran Señor, cogido de la *hora*, y corriendo las cortinas de su solio, cosa nunca
vista, con voces enojadas, dijo:

—Esos cristianos sean libres; válgales por 25
rescate su generosa bondad: vestidlos y soco-
rredlos para su navegación con grande abun-
dancia de las haciendas de todos los moriscos,
y a ese perro quemaréis vivo, porque propuso

novedades, y se publicará por irremisible la
propia pena en los que le imitaren. Yo elijo
ser llamado bárbaro vencedor y renuncio que
me llamen docto vencido: saber vencer ha de
5 ser el saber nuestro, que pueblo idiota es seguridad del tirano. Y mando a todos los que
habéis estado presentes que os olvidéis de lo
que oístes al morisco. Obedezcan mis órdenes
las potencias como los sentidos y acobardad
10 con mi enojo vuestras memorias.

Dió con esto la *hora* a todos lo que merecían: a los bárbaros infieles, obstinación en
su ignorancia; a los critianos, libertad y premio, y al morisco, castigo.

15 XXXVI. Dió una tormenta en un puerto
de Chile con un navío de olandeses, que, por
su sedición y robos, son propiamente dádiva
de las borrascas y de los furores del viento.
Los indios de Chile que asistían a la guarda
20 de aquel puerto, como gente que en todo aquel
mundo vencido guarda belicosamente su libertad para su condenación en su idolatría,
embistieron con armas a la gente de la nave,
entendiendo eran españoles, cuyo imperio les
25 es sitio y a cuyo dominio perseveran excepción. El capitán del bajel los sosegó, diciendo
eran olandeses y que venían de parte de aquella República con embajada importante a sus
caciques y principales, y acompañando estas

razones con vino generoso, adobado con las
estaciones del norte, y ablandándolos con butiro y otros regalos, fueron admitidos y aga-
sajados. El indio que gobernaba a los demás fué a dar cuenta a los magistrados de la ⁵
nueva gente y de su pretensión. Juntáronse
todos los más principales y mucho pueblo,
bien en orden, con las armas en las manos.
Es nación tan atenta a lo posible y tan sospechosa de lo aparente, que reciben las emba- ¹⁰
jadas con el propio aparato que a los ejércitos. Entró en la presencia de todos el capitán del navío, acompañado de otros cuatro
soldados, y por un esclavo intérprete le preguntaron quién era, de dónde venía y a qué ¹⁵
y en nombre de quién. Respondió, no sin re-
celo de la audiencia belicosa:

—Soy capitán olandés; vengo de Olanda,
república en el último occidente, a ofreceros
amistad y comercio. Nosotros vivimos en una ²⁰
tierra que la miran seca con indignación debajo de sus olas los golfos; fuimos, pocos
años ha, vasallos y patrimonio del grande
Monarca de las Españas y Nuevo Mundo,
donde sola vuestra valentía se ve fuera del ²⁵
cerco de su corona, que compite por todas

2 *Butiro* es puro latín, *butyron*, o, mejor, digamos
griego de origen; en castellano se llama manteca.

partes con el que da el sol a la tierra. Pusí-
monos en libertad con grandes trabajos, porque el ánimo severo de Felipe II quiso más
un castigo sangriento de dos señores que tan-
5 tas provincias y señorío. Armónos de valor
la venganza desta venganza, y con guerras de
sesenta años y más, continuas, hemos sacri-
ficado a estas dos vidas más de dos millones
de hombres, siendo sepulcro universal de
10 Europa las campañas y sitios de Flandes. Con
las vitorias nos hemos hecho soberanos señores de la mitad de sus Estados, y, no contentos con esto, le hemos ganado en su país
muchas plazas fuertes y muchas tierras, y en
15 el oriente hemos adquirido grande señorío y
ganádole en el Brasil a Pernambuco, la Pa-
rayba, y hecho nuestro el tesoro del palo, tabaco y azúcar, y en todas partes, de vasallos
suyos, nos hemos vuelto su inquietud y sus
20 competidores. Hemos considerado que, no
sólo han ganado estas infinitas provincias los
españoles, sino que, en tan pocos años, las
han vaciado de tan innumerables poblaciones
y pobládolas de gente forastera, sin que de

---

4   Los Condes de Egmont y Horne.
6   "y con guerras", etc. (Los impresos.)
12   "y en todas partes, de vasallos suyos nos hemos
vuelto su inquietud. Hemos considerado, que no sólo han
ganado", etc. (Las impresiones españolas hasta fines del
siglo XVIII.)

los naturales guarden aun los sepulcros memoria, y que sus grandes emperadores y reyes, caciques y señores, fueron desparecidos
y borrados en tan alto olvido, que casi los
esconde con los que nunca fueron. Vemos que 5
vosotros solos, o sea bien advertidos o mejor
escarmentados, os mantenéis en libertad he-
reditaria y que en vuestro coraje se defiende
a la esclavitud la generación americana. Y
como es natural amar cada uno a su seme- 10
jante, y vosotros y mi república sois tan pa-
recidos en los sucesos, determinó enviarme
por tan temerosos golfos y tan peligrosas distancias a representaros su afecto, buena
amistad y segura correspondencia, ofreciéndo- 15
doos, como por mí os ofrece, para vuestra
defensa o pretensiones, navíos y artillería, capitanes y soldados, a quienes alaba y admira
la parte del mundo que no los teme, y para la
mercancía, comercio en sus tierras y estados, 20
con hermandad y alianza perpetua, pidiendo
escala franca en vuestro dominio y correspondencia igual en capitulaciones generales, con
cláusula de amigos de amigos y enemigos de
enemigos, y, por más demostración, en su po- 25
der grande os aseguran muchas repúblicas,
reyes y príncipes confederados.

Los de Chile respondieron con agradecimiento, diciendo que para oír bastaba la

atención; mas, para responder, aguardaban
las prevenciones del Consejo; que a otro día
se les respondería a aquella hora.

Hízose así, y el olandés, conociendo la na-
5 turaleza de los indios, inclinada a juguetes y
curiosidades, por engañarles la voluntad, les
presentó barriles de butiro, quesos y fras-
queras de vino, espadas, y sombreros, y espe-
jos, y, últimamente, *un cubo óptico*, que lla-
10 man antojo de larga vista. Encarecióles su
uso, y con razón, diciendo que con él verían
las naves que viniesen a diez y doce leguas
de distancia y conocerían por los trajes y
banderas si eran de paz o de guerra, y lo pro-
15 pio en la tierra, añadiendo que con él verían
en el cielo estrellas que jamás se han visto
y que sin él no podrían verse; que advertirían
distintas y claras las manchas que en la cara
de la luna se mienten ojos y boca, y en el
20 cerco del sol una mancha negra, y que obraba
estas maravillas porque con aquellos dos vi-
drios traía al ojo las cosas que estaban lejos y
apartadas en infinita distancia. Pidiósele el
indio que entre todos tenía mejor lugar. Alar-
25 gósele el olandés en sus puntos, doctrinóle la
vista para el uso y diósele. El indio le aplicó

2   "resoluciones del Consejo." (Los impresos.)
6   "engaitarlos la voluntad." (Idem.)

al ojo derecho, y, asestándole a unas montañas, dió un grande grito, que testificó su admiración a los otros, diciendo había visto a
distancia de cuatro leguas ganados, aves y
hombres, y las peñas y matas tan distinta-   5
mente y tan cerca, que aparecían en el vidrio
postrero incomparablemente crecidas. Estando en esto, los cogió la *hora,* y zurriándose en
su lenguaje, al parecer razonamientos coléricos, el que tomó el antojo, con él en la mano   10
izquierda, habló al olandés estas palabras:

—Instrumento que halla mancha en el sol
y averigua mentiras en la luna y descubre lo
que el cielo esconde es instrumento revoltoso,
es chisme de vidrio, y no puede ser bienquisto 15
del Cielo. Traer a sí lo que está lejos, es sospechoso para los que estamos lejos: con él
debistes de vernos en esta gran distancia, y
con él hemos visto nosotros la intención que
vosotros retiráis tanto de vuestros ofreci-   20
mientos. Con este artificio espulgáis los elementos y os metéis de mogollón a reinar: vos-

6 "con el vidrio." (Los impresos.)
8 *Zurriar,* sonar al rasgar el aire, hablar con desen-
tono y velocidad; de *zurrar,* por *zurrear.* QUEVEDO, *Cuento de cuentos:* "Yo saldré, dijo la viuda zurriando como
un rayo." Comedia *Lena,* 2, 3: "Sabiendo que estaba ena-
morado della (que antes de ahora me ha zurriado en las
orejas)." *Diálogos de montería,* 7: "Que le hubiesen pasado zurriando algunos balazos por los oídos."

otros vivís enjutos debajo del agua y sois
tramposos del mar. No será nuestra tierra
tan boba que quiera por amigos los que son
malos para vasallos, ni que fíe su habitación
5 de quien usurpó la suya a los peces. Fuistes
sujetos al Rey de España, y, levantándoos
con su patrimonio, os precíais de rebeldes, y
queréis que nosotros, con necia confianza, seamos alimento a vuestra traición. Ni es ver-
10 dad que nosotros somos vuestra semejanza,
porque, conservándonos en la Patria que nos
dió la naturaleza, defendemos lo que es nuestro, conservamos la libertad, no la robamos.
Ofrecéisnos socorro contra el Rey de España,
15 cuando confesáis le habéis quitado el Brasil,
que era suyo. Si a quien nos quitó las Indias
se las quitáis, ¿cuánta mayor razón será guar-
darnos de vosotros que dél? Pues advertid
que América es una ramera rica y hermosa,
20 y que, pues fué adúltera a sus esposos, no será
leal a sus rufianes. Los cristianos dicen que
el Cielo castigó a las Indias porque adoraban
a los ídolos, y los indios decimos que el Cielo
ha de castigar a los cristianos porque adoran
25 a las Indias. Pensáis que lleváis oro y plata
y lleváis invidia de buen color y miseria pre-
ciosa. Quitáisnos para tener que os quiten:

---

13 "hurtamos." (Los impresos.)

por lo que sois nuestros enemigos, sois enemigos unos de otros. Salid con término de dos horas deste puerto, y si habéis menester algo, decidlo, y si nos queréis granjear, pues sois invencioneros, inventad instrumento que nos aparte muy lejos lo que tenemos cerca y delante de los ojos, que os damos palabra que con éste, que trae a los ojos lo que está lejos, no miraremos jamás a vuestra tierra ni a España. Y llevaos esta espía de vidrio, soplón del firmamento, que, pues con los ojos en vosotros vemos más de lo que quisiéramos, no le habemos menester. Y agradézcale el sol que con él le hallaste la mancha negra, que si no, por el color intentárades acuñarle y de planeta hacerle doblón.

XXXVII. Los negros se juntaron para tratar de su libertad, cosa que tantas veces han solicitado con veras. Convocáronse en numeroso concurso. Uno de los más principales, que entre los demás interlocutores bayetas era negro limiste, y había propuesto esta pretensión en la Corte romana, dijo:

—Para nuestra esclavitud no hay otra causa sino la color, y la color es accidente, y no delito. Cierto es que no dan los que nos cau-

16 "plata fina hacerle doblón." (Los impresos.)
22 *Limiste*, un paño que se fabricaba en Segovia.

tivan otra color a su tiranía sino nuestro color, siendo efecto de la asistencia de la mayor
hermosura, que es el sol. Menos son causa de
esclavitud cabezas de borlilla y pelo en buru-
jones, narices despachurradas y hocicos gó-
ticos. Muchos blancos pudieran ser esclavos
por estas tres cosas, y fuera más justo que lo
fueran en todas partes los naricísimos, que
traen las caras con proas y se suenan un peje
espada, que nosotros, que traemos los catarros
a gatas y somos contrasayones. ¿Por qué no
consideran los blancos que si uno de nosotros
es borrón entre ellos, uno dellos será mancha
entre nosotros? Si hicieran esclavos a los mu-
latos, aún tuvieran disculpa, que es canalla
sin rey, hombres crepúsculos entre anochece
y no anochece, la estraza de los blancos y los
borradores de los trigueños y el casi casi de
los negros y el tris de la tizne. De nuestra
tinta han florecido en todas las edades varones admirables en armas y letras, virtud y
santidad. No necesita su noticia de que yo re-
fiera su catálogo. Ni se puede negar la ventaja que hacemos a los blancos en no contra-
decir a la naturaleza la librea que dió a los
pellejos de las personas. Entre ellos, las mujeres, siendo negras o morenas, se blanquean
con guisados de albayalde, y las que son blancas, sin hartarse de blancura, se nievan de

solimán. Nuestras mujeres solas, contentas
con su tez anochecida, saben ser hermosas a
escuras, y en sus tinieblas, con la blancura
de los dientes, esforzada en lo tenebroso, imi-
tan, centelleando con la risa, las galas de la 5
noche. Nosotros no desmentimos las verdades
del tiempo, ni con embustes asquerosos somos
reprehensión de la pintura de los nueve meses. ¿Por qué, pues, padecemos desprecio y
miserable castigo? Esto deseo que consideréis, 10
mirando cuál medio seguirá nuestra razón
para nuestra libertad y sosiego.

Cogiólos la *hora*, y levantándose un negro,
en quien la tropelía de la vejez mostraba con
las canas, contra el común axioma, que sobre 15
negro no hay tintura, dijo:

—Despáchense luego embajadores a todos
los reinos de Europa, los cuales propongan
dos cosas: la primera, que si la color es causa
de esclavitud, que se acuerden de los berme- 20
jos, a intercesión de Judas, y se olviden de
los negros, a intercesión de uno de los tres
Reyes que vinieron a Belén, y que, pues el

16 J. Encina, 403: "Sobre negro no hay tintura."
Correas, 265: "Sobre negro no hay tintura, mas hay
pintura." Idem, 265: "Sobre negro no hay tintura, sino
amar y buen querer."
22 "imitación de uno." (Ms. de la Biblioteca Nacional, T. 153, pág. 239.)

refrán manda que de aquel color no haya
gato ni perro, más razón será que no haya
hombre ni mujer, y ofrezcan de nuestra parte
arbitrios para que en muy poco tiempo los
5 bermejos, con todos sus arrabales, se consu-
man. La segunda, que tomen casta de nosotros, y, aguando sus bodas en nuestro tinto,
hagan casta aloque y empiecen a gastar gente
prieta, escarmentados de blanquecidos y ceni-
10 cientos, pues el ampo de los flamencos y alemanes tiene revuelto y perdido el mundo,
coloradas con sangre las campañas y hirvien-
do en traiciones y herejías tantas naciones,
y, en particular, acordarán lo boquirubio de
15 los franceses, y vayan advertidos los nuestros
si los estornudaren, de consolarse con el tabaco y responder: "Dios nos ayude", gastan-
do en sí propios la plegaria.

XXXVIII.   El serenísimo Rey de Ingalate-
20 rra, cuya isla es el mejor lunar que el Océano tiene en la cara, juntando el Parlamento
en su palacio de Londres, dijo:

—Yo me hallo Rey de unos Estados que
abraza sonoro el mar, que aprisionan y for-
25 tifican las borrascas; señor de unos reinos,
públicamente, de la religión reformada; se-
cretamente, católicos. Ingerí en rey lo sumo
pontífice; soy corona, bonete y dos cabezas:

seglar y eclesiástica. Sospecho, aunque no la
veo, la división espiritual de mis vasallos;
temo que gastan mucha Roma sus corazones,
y que aquella ciudad, con las llaves de San
Pedro, se pasea por los retiramientos de Lon- 5
dres. Esto, para mí, es tanto más peligroso
cuanto más oculto. Veo con ojos enconados
crecer en muy poderosa república la rebelión
de los olandeses. Conozco que mi invidia y la
de mis ascendientes contra la grandeza de 10
España, de menudo marisco los abultó en estatura, como dice Juvenal, mayor que la ba-
llena británica. Véolos introducidos en cáncer de las dos Indias, y padezco los piojos que
me comen porque los crié. Sé que de sus do- 15
minios hurtados tienen flotas los más años,
y algunos las flotas enteras o buena parte de
las que trae el Rey Católico, y que les es co-
pioso tesoro esta rebatiña. En la tierra son,
por el ejercicio de tantos años, soldados con 20
crédito de inumerables vitorias, a quienes
hace la experiencia en el obedecer doctos y

1 Este parrafillo, eliminado absurdamente de la edición de Zaragoza, tampoco imprimió nunca en España,
hasta la edición de Rivadeneira. Hállase en el Ms. original y en la colección de Bruselas, 1660.
3 "están afectos a Roma sus corazones." (Los impresos todos.)
11 "ha vuelto en estatura." (Idem.)
13 "Caigan de su grandeza, que si no, acabarán con
la nuestra." (Ms. de Lista.)

suficientes para mandar. Por el mar los cuento inumerables en bajeles, inimitables en fortuna, incontrastables en consejo, superiores en reputación militar. Por otra parte, veo al Rey de Francia, mi vecino, a quien por las pretensiones antiguas aborrezco, aspirar al imperio de Alemania y ai de Roma; introducido en Italia, y en ella, con puestos y ejércitos y séquito de algunos de los potentados, y acariciado, al parecer, de los buenos semblantes del Pontífice. Es mancebo nacido a las armas y crecido en ellas, que, en edad que pudieron serle juguetes, le fueron triunfos. Considérole con unido vasallaje por haber demolido todas las fortificaciones, hasta las inexpugnables, de los hugonotes, luteranos y calvinistas, y dejado el dominio y potestad en solos católicos. No por esto le juzgo buen católico: antes le presumo astuto político, y

---

13 Encuéntrase este mismo pensamiento al principio de la carta que en julio de 1635 escribió e imprimió Quevedo, arguyendo al rey de Francia, Luis XIII, por las nefandas acciones y sacrilegios que cometieron sus tropas al romper la guerra contra España.

La circunstancia de verse diseminadas por el presente libro, y con especialidad por este capítulo, todas las más importantes ideas de aquella carta, sería una buena prueba, si no hubiese otras más eficaces, de que *La Hora de todos* fué bosquejada completamente en el verano de 1635, y que del trabajo en que a la sazón se ocupaba se utilizó el señor de Juan Abad para el opúsculo político dirigido al Príncipe francés.

en su interior me persuado es conmodista, y
que tiene sus conveniencias por evangelios, y
que cree en lo que desea y no en lo que adora:
religión que tienen muchos debajo del nombre de otra religión. Esto disimula, porque [5]
como su intento es tomar a Milán y a Nápoles, mañosamente ha asistido en su reino a
los católicos, por ser sin comparación la mayor parte; débenlo al número, no a la dotrina. Acompáñase del celo católico, por ser este [10]
título disposición para distilar en Italia poco
a poco su codicia de dominios, y deben su crecimiento tanto a su hipocresía como a su valor. En Alemania, llamando a los suecos y
amotinando al de Sajonia y al de Branden- [15]
burg y al Lanzgrave, ha jurado *in verba Lu-
teri*. Para ocupar sus Estados al Duque de
Lorena, se aplicó a la conciencia de Calvino.
Con esto es el Jano de la religión, que con una
cara mira al turco, y con otra al Papa, sir- [20]
viéndole de calzador de púrpura para calzar-
se aquella Corte el Cardenal de Richeleu.

---

2   "mira sólo a sus conveniencias, y que cree en lo
que desea." (Los impresos.)

17   "usurpar sus Estados." (Ms. de la Biblioteca Nacional, T. 153, pág. 239.)

22   Este párrafo y el pequeño que le precede fué igualmente suprimido en la edición de Zaragoza (1650). La de
Bruselas (1660) lo incluyó; pero las españolas no quisieron reproducirlo, y por ello en ninguna se encuentra.

Viendo esto, me crece arrugada en gran volumen la nariz, considerando que para sus intentos no ha hecho caso de mi poder y afinidad y se ha abrigado con la buena dicha de
los olandeses, despreciando a Ingalaterra, como si tuviera en su mano otra doncella milagrosa Juana de Arc, a quien la mala traducción llamó *poncella*. Todas estas acciones son a mi paladar de tan mal sabor y de tan desabrida dentera, que me amarga el aire que respiro, y con el suceso de la isla de Res tengo la memoria con ascos. No halla la confederación con quien juntar mis filos para ser tijera que cercene al uno y al otro, si no es con el Rey de España. Inmenso Monarca es y sumamente poderoso y rico, señor de las más belicosas naciones del mundo, príncipe en edad floreciente. Advierto, empero, que la restitución del Palatinado me tiene empeñada la sangre y la reputación, y ésta no la debo esperar de los católicos, y por eso la puedo dudar de los españoles y de los imperiales, por la diferencia de religiones y el grande hastío que muestran los protestantes de más casa de Austria. Y por mí sospecho que el Rey de España no habrá olvidado mi ida a su Corte, pues no olvido yo mi vuelta a la mía, de que es recuerdo la entrada de mis bajeles en Cádiz. Yo querría volver a cerrar en sus orillas

al Rey Cristianísimo, que con grande avenida ha salido de madre y esplayádose por toda Europa, y, juntamente, reducir a su principio a los olandeses. Quiero me aconsejéis el mejor y más eficaz medio, advirtiendo estoy 5 determinado, no sólo a salir en persona, sino codicioso de salir, porque creo que el Príncipe que teniendo guerra forzosa no acompaña su gente condena a soldados a sus vasallos, en vez de hacerlos soldados, y, conducidos por 10 este castigo, más padecen que hacen, y los obliga a que igualmente esperen su libertad y su venganza del ser vencidos que del ser vencedores. De llevar ejércitos a enviarlos va la diferencia que de veras a burlas: juicio es 15

14 Ya indirectamente, ya a la descubierta, no sólo en éste, pero en otros muchos pasajes, recordó nuestro sabio político al Príncipe castellano la obligación y apremiante necesidad en que se hallaba de ponerse al frente de sus ejércitos. Hacíale ver las prolijas, antiguas y empeñadas guerras que desangraban su reino; cómo su presencia infundiría valor incontrastable en las tropas, confianza en los pueblos apartados, desaliento en los enemigos y había de acelerar los prósperos sucesos. Advertíale, por último, que, declinando el peso de las guerras sobre capitanes que raras veces tenían otro interés que el de prolongarlas, por deber a ello su crecimiento y su medra, parecía no dolerse de los sacrificios inmensos de sus vasallos, de tantas haciendas deshechas, de tantas lágrimas vertidas, de tanta sangre derramada. Pero Felipe IV, acostumbrado a los encantos de la música y de la poesía, al aroma de los saraos y a los regalos del ocio, no gustó nunca del estruendo de la artillería, del polvo de los combates y del dudoso trance de una batalla.

de los sucesos. Respondedme a la necesidad
común, sin hablar con mi descanso. Ni oiga
yo en vuestro sentir fines particulares: infor-
madme los oídos, no me los embaracéis.

5 Todos quedaron suspensos en silencio reverente y cuidadoso, confiriendo en secreto la
resolución, cuando el gran Presidente, con
estas palabras, dió principio a la respuesta:

—Vuestra majestad, serenísimo señor, ha
10 sabido preguntar de manera que nos ha en-
señado a saberle responder: arte de tanto precio en los reyes, que es artífice de todo buen
conocimiento y desengaño. Señor: la verdad
es una y sola y clara; pocas palabras la pro-
15 nuncian, muchas la confunden; ella rompe
poco silencio y la mentira deja poco por romper. Todo lo que habéis considerado en el Rey
de Francia y en los olandeses es desvelo de la
real providencia. El peligro inminente pide
20 resolución varonil y veloz. El Rey de España
es hoy, para vuestros desinios, vuestra sola
confederación, y sumamente eficaz si vos en
persona asistís con él a la mortificación destos dos malos vecinos. Y advertid que man-
25 dar y hacer son tan diferentes como obras y
palabras. Confieso que vuestra sucesión es
muy infante para dejada; empero es menor
inconveniente dejarla tierna que, siendo padre, acompañarla niño.

No bien hubo pronunciado estas últimas palabras, cuando, levantándose sobre su báculo un senador marañado todo el seno con las canas de su barba, la cabeza en el pecho y la corcova en que le habían los años doblado la espalda en lugar de la cabeza, dijo:

—Mal puede disculparse de temerario el consejo de que su majestad salga en persona, cuando sus reinos están minados de católicos encubiertos, cuyo número es grande, a lo que se sabe; infinito, a lo que se sospecha, y verdaderamente formidable por el desprecio en que tienen la vida y el precio que se aseguran en la muerte. Los tormentos se han cansado en sus cuerpos, no sus cuerpos en los tormentos; entre ellos, por su religión, los despedazados persuaden, no escarmientan. Esto saben las horcas, los cuchillos y las llamas, que buscaron ansiosos y padecieron constantes. Pues si en tierra por todas partes prisionera del mar, y en presencia de sus reyes, tantas veces han conspirado para restituírse, ¿qué harán si sale y los desembaraza su persona? Vasallo tiene vuesa majestad de quien poder fiar cualquiera empresa: enviad con pie de ejército de nuestra religión los más importan-

---

22   "resistirse." (Los impresos.)
23   "de su persona." (Idem.)

tes de los que se entienden son católicos, que
con esto irá su intención sujeta y vuestros
reinos con menos enemigos dentro. No aven-
turéis vuestra persona, en que se aventura
todo y en que todo se restaura, que yo del parecer del Presidente colijo que maquina como
católico, no que responde como ministro.

Alborotáronse, y en esta disensión los cogió la fuerza de la *hora,* y demudándose de
color el Rey, dijo:

—Vosotros dos, en lugar de aconsejarme,
me habéis desesperado. El uno dice que si no
salgo me quitarán el reino los enemigos; el
otro, que si salgo, me le quitarán los vasallos;
de suerte que tú quieres que tema más a mis
súbditos que a los contrarios. Sumamente es
miserable el estado en que me hallo: lo que
resta es que cada uno de vosotros, con término de un día natural, me diga quién y qué
cosas me tiene reducido a esta desventura,
nombrando las personas y las causas, sin
perdonaros unos a otros, o yo sospecharé sobre todos; porque la culpa no sale de los que
me aconsejáis, que yo estoy resuelto de atender a la dirección de mis conveniencias dentro y fuera de mis reinos. Sale el Rey de
Francia sin sucesión y sin esperanzas de ella
que puedan entristecer a su hermano, y deja
un reino por tantas causas dividido, y en par-

cialidades toda la nobleza, manchada con la
sangre de Memoranci; los herejes, sujetos,
mas no desenojados; los pueblos, despojados
de tributos, y todo el reino en opresión de las
demasías de un privado, y yo, que tengo suce- 5
sión y menores y menos sensibles inconve-
nientes, ¿estaré arrullando mis hijos y atendiendo a sus dijes y juguetes? Porque me he
dejado en el ocio y porque no he salido, me
son Francia y Olanda formidables: si no sal- 10
go, me serán ruina; si me quedo por temor
de mis vasallos, yo los aliento a mi desprecio.
Si mis enemigos se aseguran de que no puedo
salir, no podré asegurarme de mis enemigos,
y, por lo menos, si salgo y me pierdo, lograré 15
la honra de la defensa y excusaré la infamia
de la vileza. El Rey que no asiste a su defensa disculpa a los que no le asisten; contra razón castiga a quien le imita, y contra lo que
fué maestro no puede ser juez, ni castigar 20
lo que de su persona aprenden los que para
desamparar su defensa le obedecen maestro.
Idos luego todos y consultad con vuestras
obligaciones mi real servicio, anteponiéndole
a vuestras vidas y a mi descanso; que os ase- 25
guro hacer a vuestra verdad, cuanto más ri-
gurosa, mejor recibimiento. Y no me emba-

---

12 "alimento." (El Ms. original.)

racéis con el achaque de llevar toda la nobleza
conmigo, pues los acontecimientos afirman
que nadie la juntó en la guerra que no la
perdiese y se perdiese: los anillos que se mi-
dieron por hanegas en Cannas, lo testifican
con lágrimas en Roma; el bosque de Pavía,
hecho sepulcro de toda la nobleza de Francia
y de la libertad de su Rey; la Armada espa-
ñola con que el Duque de Medina Sidonia, viniendo a invadir estos reinos, dejando en estos mares tan miserables despojos; el Rey don
Sebastián, que en Africa se perdió y sus reinos con su nobleza toda. Los nobles juntos
inducen confusión y ocasionan ruina; porque,
no sabiendo mandar, no quieren obedecer y
estragan en presunciones desvanecidas la dis-
ciplina militar. Llevaré pocos, experimentados; los demás quedarán para freno de los
hervores populares y triaca de los noveleros.
Gente que piensa que me engaña en darme
su vida por un real cada día es el aparato que
me importa, no aquella, que, agotándome,
para que vaya, mi tesoro, pone demanda a mi
patrimonio porque fué. Bueno fuera que toda
la nobleza estuviera ejercitada, mas no seguro. Los particulares no han de dar las armas a los locos, ni los reyes a los nobles. Lle-

6 "las lágrimas de Roma." (Los impresos.)

vad esto entendido, y ahorra distraimientos
vuestro discurso, y mi determinación, tiempo.

XXXIX. En Salónique, ciudad de Le-
vante, que, escondida en el último seno del

---

3 *Los Monopantones.* (Nota del margen en el Ms. original.) He aquí *La isla de los Monopantos*, opúsculo que
nuestro autor señalaba como perdido en una Memoria de
libros y papeles que le saquearon durante sus últimas
prisiones. Pareció después, y entró a formar parte de
La Hora de todos y la fortuna con seso, por los años
de 1644. Sátira sangrienta y mal embozada es ésta contra
el Conde-Duque de Olivares y los que oprimían con él y
desmoralizaban al pueblo español. Pasa la escena en *Salónica*, ciudad de judíos, por ser sumamente afecto el Conde-
Duque a los judíos, de haberlos hecho venir de Salónica,
y de que no pocos, en hábito y con nombre de cristianos,
ocupaban altos puestos en la milicia, en los tribunales y
consejos. Los representantes de las sinagogas simbolizan
algunos consejeros y negociantes de aquellas calendas
(*banqueros*, que hoy se dice), a quienes el texto califica
de tramposos y revolvedores de Europa. Los *monopantos*
(esto es, hombres pocos en número, pero dueños y árbitros de todo) son el favorito y sus cómplices; España, las
islas situadas entre el mar Negro y la Moscovia, en los
confines de la Tartaria. Uniformes los hebreos y monopantones en medrar con la pública desolación y ruina,
idólatras de la usura, de la plata y oro y de cualquier
animal de estos metales fabricado, júntalos el político pin-
tor a confeccionar malicias y engaños para engullirse a
los Reyes, repúblicas, magistrados y poderosos, y se con-
federan para fundar la nueva secta del *dinerismo*, mudando el nombre de *ateístas* en *dineranos*. Tal es el asunto
del presente capítulo, reto de Quevedo al poder del vani-
doso Atlante de la Monarquía, verdadero origen de sus
persecuciones, lección útil para los Príncipes generosos y
eterno sambenito de los hombres que, contra la voluntad
divina, se levantan con los Reyes y se afanan por llamarse
privados.

Los personajes, pues, de la fábula son:

golfo a que da nombre, yace en el dominio
del Emperador de Constantinopla, hoy llama-
da Estambol, convocados en aquella sinagoga
los judíos de toda Europa por Rabbi Saadías,
5 y Rabbi Isaac Abarbaniel, y Rabbi Salomón,
y Rabbi Nissin, se juntaron: por la sinagoga
de Venecia, Rabbi Samuel y Rabbi Maimón;
por la de Raguza, Rabbi Aben Ezra; por la
de Constantinopla, Rabbi Jacob; por la de
10 Roma, Rabbi Chamaniel; por la de Ligorna,

El Conde-Duque de Olivares, bajo el anagrama de *Fra-gas Chincollos,* Gaspar Conchillos.

Sospéchase que el secretario *Juan Bautista Sáenz y Navarrete,* con el seudónimo de *Philargyros,* avaro.

Dicen que el secretario *don Antonio Carnero,* con el de *Crysósthcos,* ídolo, *becerro* de oro.

El padre Juan de Pineda, de la Compañía de Jesús, bajo el anagrama de *Danipe,* Pineda.

El protonotario de Aragón, don Jerónimo de Villanueva, bajo el de *Arpiotrotono,* protonotario.

El licenciado *José González,* con el seudónimo de *Pacas Mazo.*

El padre *Hernando de Salazar,* inventor del papel se-llado, en 1636, con el apodo de *Alkemiastos,* arbitrista o alquimista, por haber convertido las resmas de papel bazo en ricos montones de oro.

Y varios hombres de negocios y consejeros a vueltas, encubiertos con el título de *rabinos.* Para mayores por-menores, véase Fernández Guerra.

3 "Estambor." (Los impresos.)
4 "Rabí." (Estampa constantemente el Ms. original.)
5 "Nacabarbaniel." (Los impresos.)
6 "Nisin." (Idem.)
8 "Auenezra." (El Ms. original.) "Abenezra." (Los impresos.)
10 "Chaminiel." (Los impresos.)
10 "Por la de Liorna. Rabbi Gersonni." (Las edicio-

Rabbi Gersomi; por la de Ruán, Rabbi Gabirol; por la de Orán, Rabbi Asepha; por la de Praga, Rabbi Mosche; por la de Viena, Rabbi Berchai; por la de Amsterdán, Rabbi Meir Armahah; por los hebreos disimulados, y que ₅ negocian de rebozo con traje y lengua de cristianos, Rabbi David Bar Nachman, y, con ellos, los *Monopantos*, gente en república, habitadora de unas islas que entre el mar Negro y la Moscovia, confines de la Tartaria, se ₁₀ defienden sagaces de tan feroces vecindades, más con el ingenio que con las armas y fortificaciones. Son hombres de cuadruplicada malicia, de perfecta hipocresía, de extremada disimulación, de tan equívoca apariencia, que ₁₅ todas las leyes y naciones los tienen por suyos. La negociación les multiplica caras y los manda los semblantes, y el interés los remuda las almas. Gobiérnalos un príncipe a quien lla-

---

nes españolas.) "Por la de Livorna, Rabbi Cersonni." (Las flamencas.)

1   "Gavirol." (Los impresos.)

2   "Asapha." (El Ms. original.)

5   "Meir Armahad." (El Ms. original.) "Moir Armaach." (Los ejemplares españoles.) "Meir Armaach." (Los belgas.)

6   "negociaban." (Los impresos.)

7   "Barnachman." (El Ms. original.)

8   "*Monopantos*, unos hombres que lo son todo." (Nota de la colección de Bruselas.)

18   "muda los semblantes." (Los impresos.)

man Pragas Chincollos. Vinieron por su man-
dado a este sanedrín seis, los más doctos en
carcomas y polillas del mundo; el uno se llama
Philárgyros, y el otro, Chrysóstheos; el ter-
5 cero, Danipe; el cuarto, Arpiotrotono; el
quinto, Pacas Mazo; el sexto, Alkemiastos.
Sentáronse por sus dignidades, respectiva-
mente, a la preeminencia de las sinagogas,
dando el primer banco por huéspedes a los
10 *Monopantos.* Poseyólos atento silencio, cuan-

---

1   "Gaspar Conchillos, Conde-Duque." (Nota del Ms.
de la Biblioteca Nacional, T. 153, pág. 240.)
2   Consejo supremo de los judíos, en que se decidían
los negocios de Estado y de la religión. El de Jerusalén
componíase de 70 ancianos en los tiempos del Salvador,
y los inferiores, de 23.
4   "Amigo de oro." (Nota de la colección de Bruselas.)
4   "Ehrictotheos." (Los impresos.) "Dios de la tierra,
hijo de Vulcano." (Nota de la colección de Bruselas.)
5   "Dice *Danipeani de Vandes.* Diga *Juan de Pineda,*
de la compañía." (Nota del Ms. citado, T. 153, Biblioteca Nacional.)
5   "Arpiatrotono." (El Ms. original.) "Arpia Trotono." (Las publicaciones españolas.) "Arpi Trotono." (Las
flamencas.)
6   "Pacasmazo." (Los impresos.)
6   "Alkerriastos." (Las colecciones españolas.) "Daper Razalas." (Las belgas.)
6   "Se borre Pacas, mazo, Alkeriastos, Arpiatrotono
(y en su lugar póngase) Jalzephez Nogos, Joseph González; *Ardanzo Ranfales,* Fernando Salazar, de la Compañía; *Arpitrotono,* Protonotario." (Nota del Ms., T. 153,
Biblioteca Nacional.) El *Daper Razalas* de la impresión
belga, si fuera *Doper Razalas,* había de entenderse como
anagrama de *Pedro Salazar.*
10   "monopantones." (Los impresos.)
10   "a todos." (Idem.)

do Rabbi Saadías, después de haber orado el
psalmo *In Exitu Israel,* dijo tales palabras:

—"Nosotros, primero linaje del mundo, que
hoy somos desperdicio de las edades y multitud derramada que yace en esclavitud y
vituperio congojoso, viendo arder en discordias el mundo, nos hemos juntado a prevenir
advertencia desvelada en los presentes tumul-
tos, para mejorar en la ruina de todos nuestro
partido. Confieso que el captiverio, y las plagas, y la obstinación en nosotros son heredi-
tarias; la duda y la sospecha, patrimonio de
nuestros entendimientos, que siempre fuimos
malcontentos de Dios, estimando más al que
hacíamos que al que nos hizo. Desde el primer principio nos cansó su gobierno, y seguimos contra su ley la interpretación del demonio. Cuando su omnipotencia nos gobernaba,
fuimos rebeldes; cuando nos dió gobernadores, inobedientes. Fuénos molesto Samuel,
que, en su nombre, nos regía, y juntos en
comunidad ingrata, siendo nuestro Rey Dios,
pedimos a Dios otro Rey. Diónos a Saúl con
derecho de tirano, declarando haría esclavos
nuestros hijos, nos quitaría las haciendas
para dar a sus validos, y agravó este castigo
con decir no nos le quitaría aunque se lo pi-

14 "en más el que hacíamos." (Los impresos.)

diésemos. El dijo a Samuel que a él le des-
preciábamos, no a Samuel ni a sus hijos. En
cumplimiento desto, nos dura aquel Saúl
siempre, y en todas partes, y con diferentes
⁵ nombres. Desde entonces, en todos los reinos y repúblicas nos oprime en vil y miserable captividad, y para nosotros, que dejamos
a Dios por Saúl, permite Dios que sea un Saúl
cada Rey. Quedó nuestra nación para con
¹⁰ todos los hombres introducida en culpa, que
unos la echan a otros, todos la tienen y todos
se afrentan de tenella. No estamos en parte alguna sin que primero nos echasen de otra; en
ninguna residimos que no deseen arrojarnos,
¹⁵ y todas temen que seamos impelidos a ellas.

"Hemos reconocido que no tienen comercio
nuestras obras y nuestras palabras y que
nuestra boca y nuestro corazón nunca se
aunaron en adorar un propio Dios. Aquélla
²⁰ siempre aclamó al Cielo, éste siempre fué
idólatra del oro y de la usura. Acaudillados
de Moisén cuando subió por la Ley al monte,
hicimos de monstración de que la religión de
nuestras almas era el oro y cualquier animal
²⁵ que dél se fabricase: allí adoramos nuestras
joyas en el becerro y juró nuestra codicia,
por su deidad, la semejanza de la niñez de

---

20 "del cielo." (Los impresos.)

las vacadas. No admitimos a Dios en otra moneda, y en ésta admitimos cualquiera saban-
dija por dios. Bien conocía la enfermedad de
nuestra sed quien nos hizo beber el ídolo en
polvos. Grande y ensangrentado castigo se 5
siguió a este delito; empero, degollando a
muchos millares, escarmentó a pocos, pues,
haciendo después Dios con nosotros cuanto le
pedimos, nada hizo de que luego no nos enfa-
dásemos. Extendió las nubes en toldo, para 10
que en el desierto nos escondiese a los incen-
dios del día. Esforzó con la coluna de fuego
los descaecimientos de las estrellas y la luna,
para que, socorridas de su movimiento re-
lumbrante, venciesen las tinieblas a la noche, 15
contrahaciendo el sol en su ausencia. Mandó
al viento que granizase nuestras cosechas, y
dispuso en moliendas maravillosas las regio-
nes del aire, derramando guisados en el maná
nuestros mantenimientos, con todas las sazo- 20
nes que el apetito desea. Hizo que las codor-
nices, descendiendo en lluvia, fuesen cazado-
res y caza todo junto, para nuestro regalo.
Desató en fuga líquida la inmobilidad de las
peñas, y que las fuentes naciesen aborto de 25
los cerros, para lisonjear nuestra sed. Enjugó
en senda tratable a nuestros pies los profun-

27   "sendas tratables a nuestros pies lo profundo del
mar. "(Los impresos.)

dos del mar, y colgó perpendiculares los golfos, arrollando sus llanuras en murallas líqui-
das, deteniendo en edificio seguro las olas y
las borrascas, que a nuestros padres fueron
5 vereda y a Faraón sepulcro y tumba de su
carro y ejército. Hizo su palabra levas de
sabandijas, alistando por nosotros, en su milicia, ranas, mosquitos y langostas. No hay
cosa tan débil de que Dios no componga hues-
10 tes invencibles contra los tiranos. Debeló con
tan pequeños soldados los escuadrones enemigos, formidables y relucientes en las defen-
sas del hierro, soberbios en los blasones de
sus escudos, pomposos en las ruedas de sus
15 penachos. A tan milagrosos beneficios, que
nuestro rey y profeta David cantó en el psalmo, según la división nuestra, 105, que empieza *Hodu la-Adonäi*, respondió nuestra du-
reza e ingratitud con hastío y fastidio en el
20 sustento, con olvido en el paseo abierto sobre
las ondas del mar. Pocas veces quien recibe lo
que no merece, agradece lo que recibe. Muchas veces castiga Dios con lo que da y premia con lo que niega. Tales antepasados son
25 genealogía delincuente de nuestra contu-
macia.

---

18 *Horu La Adonai*, dice el Ms. original. *Horula Adonai* todos los impresos, que se interpreta: *Load a Jhowah*.

"Comúnmente nos tienen por los porfiados de la esperanza sin fin, siendo en la censura de la verdad la gente más desesperada de la vida. Nada aborrecemos, y hemos aborrecido tanto los judíos como la esperanza. Nosotros somos el extremo de la incredulidad, y *esperanza* y *incredulidad* no son compatibles: ni esperamos ni hay qué esperar de nosotros. Porque Moisén se detuvo un poco en el monte no quisimos esperarle, y pedimos dios a Aarón. La razón que dan de que somos tercos en esperanza perdurable es que aguardamos tantos siglos ha al Mesías; empero nosotros ni le recibimos en Cristo ni le aguardamos en otro. El decir siempre que ha de venir no es porque le deseamos ni le creemos: es por disimular con estas largas que somos aquel ignorante que empieza el psalmo 13, diciendo en su corazón: "No hay Dios." Lo mismo dice quien niega al que ya vino y aguarda al que no ha de venir. Este lenguaje gasta nuestro corazón, y, bien considerado, es el *Quare*, del psalmo 2, *fremuerunt gentes, et populi meditati sunt innania... adversùs Dominum, et adversùs Christum ejus?* De manera que nosotros decimos que esperamos

7 "incompatibles." (Las ediciones españolas hasta mediados del siglo XVIII.)

19 *Dixit insipiens in corde suo: Non est Deus.*

siempre por disimular que siempre desespe-
ramos.

"De la ley de Moisén sólo guardamos el
nombre, sobrescribiendo con él y con ella las
5 excepciones que los talmudistas han soñado
para desmentir las Escrituras, deslumbrar
las profecías, y falsificar los preceptos, y ha-
bilitar las conciencias a la fábrica de la materia de estado, dotrinando para la vida civil
10 nuestro ateísmo en una política sediciosa,
prohijándonos de hijos de Israel a hijos del
siglo. Cuando tuvimos ley no la guardába-
mos; hoy, que la guardamos, no es ley sino
en la breve pronunciación de las tres letras.

15 "Ha sido necesario decir lo que fuimos
para disculpar lo que somos y encaminar lo
que pretendemos ser, creciéndonos en estos
delirios rabiosos, en que parece está frenético
todo el orbe de la tierra, cuando no solamente
20 los herejes toman contra los católicos las armas enemigas, sino los católicos, unos mue-
ven contra otros los escuadrones parientes.
Los protestantes de Alemania ha muchos
años que pretenden que el Emperador sea
25 hereje. A esto los fomenta el Rey Cristianísimo, haciendo como que no lo es y desen-

---

11   "de hijos." (El Ms. original.)
23   "ya muchos años." (Los impresos.)

tendiéndose de Calvino y Lutero. Opónese a
todos el Rey Católico, para mantener en la
Casa de Austria la suprema dignidad de las
águilas de Roma. Los olandeses, animados
con haber sido traidores dichosos, aspiran a 5
que su traición sea monarquía, y de vasallos
rebeldes del gran Rey de España, osan serle
competidores. Robáronle lo que tenía en ellos
y prosiguen en usurparle lo que tan lejos
dellos tiene, como son el Brasil y las Indias, 10
destinando sus conquistas sobre sus coronas.
No hemos sido para todos estos robos la pos-
trera disposición nosotros, por medio de los
cristianos postizos, que, con lenguaje portu-
gués, le habemos aplicado para minas, con tí- 15
tulo de vasallos. Los potentados de Italia (si
no todos, los más) han hospedado en sus dominios franceses, dando a entender han des-
cifrado en este sentir los semblantes del Sum-
mo Pontífice, y la tolerancia muda han leído 20
por *motu proprio*. El Rey de Francia ha usado contra el Monarca de los españoles estra-
tagema nunca oída, disparándole por batería
todo su linaje, con achaque de malcontentos
y huídos, para que, en sueldos y socorros y 25

---

11 "su corona." (Los impresos.)
19. "sus semblantes. El rey de Francia", etc. (Idem,
menos las impresiones belgas.)
25 "para que en sueldos", etc. (Los impresos todos.)

gastos consumiese las consignaciones de sus
ejércitos. ¿Cuándo se vió un Rey contra otro
hacer munición de dientes y muelas de su
madre y de su hermano, próximo heredero,
5 para que se le comiesen a bocados? Ardid es
mendicante, mas pernicioso. Militar con el
mogollón, más tiene de lo ridículo que de lo
serio. Nosotros tenemos sinagogas en los Estados de todos estos príncipes, donde somos
10 el principal elemento de la composición desta
cizaña. En Ruán somos la bolsa de Francia
contra España, y juntamente de España contra Francia, y en España, con traje que sirve
de máscara a la circuncisión, socorremos a
15 aquel Monarca con el caudal que tenemos en
Amsterdán en poder de sus propios enemigos,
a quienes importa más el mandar que le difi-
ramos las letras que a los españoles cobrarlas.
¡Extravagante tropelía servir y arruinar con
20 un propio dinero a amigos y a enemigos y
hacer que cobre los frutos de su intención el

---

7 *Mogollón*, entrometimiento de alguno para comer
de balde a costa ajena donde no le llaman ni es convidado.
14 "socorremos a aquel Monarca", etc. (Fuera de las
ediciones de Bruselas, todas.)
14 Esta grave censura, que solamente se lee en el
Ms. original y en las colecciones flamencas, tiene dos sentidos: o que realmente ocupaban altos puestos del Estado
hombres de sangre judaica, o, al menos, que la avaricia
y el desasosiego de sus almas no los hacía diferenciar de
los hebreos diseminados por todo el mundo.

que los paga del que los cobra! Lo mismo
hacemos con Alemania, Italia y Constantinopla, y todo este enredo ciego y belicoso cau-
samos con haber tejido el socorro de cada uno
en el arbitrio de su mayor contrario; porque ⁵
nosotros socorremos como el que da con interés dineros al que juega y pierde, para que
pierda más. No niego que los *Monopantos* son
gariteros de la tabaola de Europa, que dan
cartas y tantos, y entre lo que sacan de las ¹⁰
barajas que meten y de luces, se quedan con
todo el oro y la plata, no dejando a los jugadores sino voces y ruido, y perdición, y ansia
de desquitarse a que los inducen, porque su
garito, que es fin de todos, no tenga fin. En ¹⁵
esto son perfecto remedo de nuestros anzuelos. Es verdad que para la introducción nos
llevan grande ventaja en ser los judíos del
Testamento Nuevo, como nosotros del Viejo,
pues así como nosotros no creímos que Jesús ²⁰
era el Mesías que había venido, ellos, creyen-
do que Jesús era el Mesías que vino, le dejan
pasar por sus conciencias: de manera que
parece que jamás llegó para ellos ni por ellas.
Los *Monopantos* le creen (como de nosotros ²⁵
dice que le esperamos un grave autor: *Au-*

1   "lo paga del que lo cobra." (Los impresos.)
15   "el fin." (Idem.)
24   "llega para ellos." (Idem.)

ream et gemmatam Hierusalem espectabant)
en Hierusalén de oro y joyas. Ellos y nosotros, de diferentes principios y con diversos
medios, vamos a un mesmo fin, que es a des-
5 truir, los unos, la cristiandad que no quisimos; los otros, la que ya no quieren, y por
esto nos hemos juntado a confederar malicia
y engaños.

"Ha considerado esta sinagoga que el oro
10 y la plata son los verdaderos hijos de la tierra que hacen guerra al Cielo, no con cien
manos solas, sino con tantas como los cavan,
los funden, los acuñan, los juntan, los cuentan, los reciben y los hurtan. Son dos demo-
15 nios subterráneos, empero bienquistos de todos los vivientes; dos metales, que cuanto
tienen más de cuerpo, tienen más de espíritu.
No hay condición que les sea desdeñosa, y si
alguna ley los condena, los legistas e intér-
20 pretes della los absuelven. Quien se desprecia
de cavarlos se precia de adquirirlos; quien de
grave no los pide al que los tiene, de cortesano los recibe de quien los da, y el que tiene
por trabajo el ganarlos, tiene el robarlos por
25 habilidad, y hay en la retórica de juntarlos un
no los quiero, que obra *dénmelos,* y *nada re-*

2 "una Jerusalem." (Los impresos.)
26 *"no los quiero."* (Ms. original.)

cibo de nadie, que es verdad, porque no es
mentira *todo lo tomo*. Y como mentiría el mar
si dijese que no mata su sed con tragarse los
arroyuelos y fuentes, pues bebiéndose todos
los ríos que se los beben, en ellos se sorbe ⁵
fuentes y arroyos, de la misma manera mienten los poderosos que dicen no reciben de los
mendigos y pobres, cuando se engullen a los
ricos que devoran a los pobres y mendigos.
Esto supuesto, conviene encaminar la bate- ¹⁰
ría de nuestros intereses a los reyes y repúblicas y ministros, en cuyos vientres son todos
los demás repleción que, conmovida por nosotros, o será letargo o apoplejía en las cabezas. En el método de disponerlo sea el primer ¹⁵
voto el de los señores *Monopantones*."

Los cuales, habiéndose conficionado los unos
con los chismes de los otros, determinaron
que Pacas Mazo, como más abundante de lengua y más caudaloso de palabras, hablase por ²⁰
todos, lo que hizo con tales razones:

—Los bienes del mundo son de los solí-
citos; su fortuna, de los disimulados y vio-
lentos. Los señoríos y los reinos, antes se
arrebatan y usurpan que se heredan y mere- ²⁵
cen. Quien en las medras temporales es el

19 "Pacasmazo." (Los impresos.)
19 El licenciado José González, como *abogado* y, por
tanto, de lengua expedita y afluente.

peor de los malos, es el benemérito sin competidor, y crece hasta que se deja exceder en
la maldad, porque en las ambiciones, lo justo
y lo honesto hacen delincuentes a los tiranos.
5 Estos, en empezando a moderarse, se depo-
nen; si quieren durar en ser tiranos, no han
de consentir que salgan fuera las señas de
que lo son. El fuego que quema la casa, con
el humo que arroja fuera, llama a que le
10 maten con agua. Deste discurso cada uno
tome lo que le pareciere a propósito. La moneda es la Circe, que todo lo que se le llega
u de ella se enamora, lo muda en varias for-
mas: nosotros somos el *verbi gratia*. El dine-
15 ro es un dios de rebozo, que en ninguna parte
tiene altar público y en todas tiene adoración
secreta; no tiene templo particular, porque
se introduce en los templos. Es la riqueza una
seta universal en que convienen los más espí-
20 ritus del mundo, y la codicia, un heresiarca
bienquisto de los discursos políticos y el con-
ciliador de todas las diferencias de opiniones
y humores. Viendo, pues, nosotros que es el
mágico y el nigromante que más prodigios
25 obra, hémosle jurado por norte de nuestros

---

15   "una deidad de rebozo." (Los impresos.)
21   "todos." (Idem.)
24   "necromante." (Ms. original.)

caminos y por calamita de nuestro norte, para
no desvariar en los rumbos. Esto ejecutamos
con tal arte, que le dejamos para tenerle y le
despreciamos para juntarle: lo que aprendi-
mos de la hipocresía de la bomba, que con lo ⁵
vacío se llena, y con lo que no tiene atrae lo
que tienen otros, y sin trabajo sorbe y agota
lo lleno con su vacío. Somos remedos de la
pólvora, que, menuda, negra, junta y apre-
tada, toma fuerza inmensa y velocidad de la ¹⁰
estrechura. Primero hacemos el daño que se
oiga el ruido, y como para apuntar cerramos
un ojo y abrimos otro, lo conquistamos todo
en un abrir y cerrar de ojos. Nuestras casas
son cañones de arcabuz, que se disparan por ¹⁵
las llaves y se cargan por las bocas. Siendo,
pues, tales, tenemos costumbres y semblantes que convienen con todos, y por esto no
parecemos forasteros en alguna seta o nación.
Nuestro pelo le admite el turco por turbante, ²⁰
el cristiano por sombrero, y el moro por bonete y vosotros por tocado. No tenemos ni admitimos nombre de reino ni de república, ni
otro que el de *Monopantos:* dejamos los ape-
llidos a las repúblicas y a los reyes, y tomá- ²⁵
mosles el poder limpio de la vanidad de aque-

---

1 "calamita." (Los impresos.)
1 Piedra imán, brújula.
12 "a puntar." (Ms. original.)

llas palabras magníficas; encaminamos nuestra pretensión a que ellos sean señores del mundo y nosotros de ellos. Para fin tan lleno de majèstad no hemos hallado con quien ha-
5 cer confederación igual, a pérdida y ganancia, sino con vosotros, que hoy sois los tramposos de toda Europa. Y solamente os falta nuestra calificación para acabar de corromperlo todo, la cual os ofrecemos plenaria, en
10 contagio y peste, por medio de una máquina infernal que contra los cristianos hemos fabricado los que estamos presentes. Esta es que, considerando que la triaca se fabrica sobre el veloz veneno de la víbora (por ser el
15 humor que más aprisa y derecho va al corazón, a cuya causa, cargándola de muchos simples de eficacísima virtud, los lleva al corazón para que le defiendan de la ponzoña, que es lo que se pretende por la medicina),
20 así nosotros hemos inventado una contratriaca para encaminar al corazón los venenos, cargando sobre las virtudes y sacrificios, que se van derechos al corazón y al alma, los vicios y abominaciones y errores, que, como
25 vehículos, introducen en ella. Si os determináis a esta alianza, os daremos la receta con

16 "cargándole." (Los impresos.)
25 "se introducen." (Idem.)

peso y número de ingredientes, y boticarios
doctos en esta confación, en que Danipe y
Alkemiastos y yo hemos sudado, y no debe
nuestro sudor nada a los trociscos de la víbora. Dejaos gobernar por nuestro Pragas, 5
que no dejaréis de ser judíos y sabréis juntamente ser *Monopantos*.

A raíz destas palabras los cogió la *hora*, y
levantándose Rabbi Maimón, uno de los dos
que vinieron por la sinagoga de Venecia, se 10
llegó al oído de Rabbi Saadías, y rempujando
con la mano estado y medio de pico de nariz,
para podérsele llegar a la oreja, le dijo:

—Rabbi, la palabrita *dejaos gobernar*, a
roña sabe; conviene abrir el ojo con éstos, 15
que me semejan Faraones caseros y mogi-
gatos.

Saadías le respondió:

—Ahora acabo de reconocerlos por maná
de dotrinas, que saben a todo lo que cada uno 20

---

3 Juan de Pineda y Hernando de Salazar, ambos de
la Compañía de Jesús, y José González.
4 Τροχίσκος, voz griega que se usa en la Farmacia, y
significa *ruedecilla, rodaja*. Usase, pues, en la acepción de
pastillas. Hay trociscos de muchas especies y composicio-
nes: aperitivos, purgantes, alterantes y confortativos. Sus
simples se hacen polvos y se mezclan con algún licor pro-
porcionado, y puestos a secar al aire y a la sombra, lejos
del fuego, se les da la figura que se quiere.
5 *Gaspar de Guzmán*, Conde-Duque de Olivares.
19 "conocerlos." (Los impresos.)

quiere: no hay sino callar, y, como a ratones
de las repúblicas, darles qué coman en la
trampa.

Chrysóstheos, que vió el coloquio entre
5 dientes, dijo a Philárgyros y a Danipe:

—Yo atisbo la sospecha destos perversos
judíos: todo *Monopanto* se dé un baño de
becerro enjoyado, que ellos caerán de rodillas.

Recociéronse en lazos y embelecos unos
10 contra otros, y para deslumbrar a los *Monopantos*, Rabbi Saadías dijo:

—Nosotros os juzgamos exploradores de
la tierra de promisión y la seguridad de nuestros intentos; para que nos amásemos en un
15 compuesto rabioso, será bien se confiera el
modo y las capitulaciones y se concluyan y
firmen en la primera junta, que señalamos
de hoy en tres días.

Pacas Mazo, compuniendo su rapiña en pa-
20 lomita, dijo que el término era bastante y la
resolución providente, empero que convenía

4   "Chrisotheos." (El Ms. original.) "Chritoteos."
(Los impresos.) "Chritoteos, *Judices Deorum*, o *Jueces de
los Dioses*. Arriba puso *Ericthoteos*, y aquí *Chritoteos*."
(Nota de la impresión de Bruselas.)

5   Don Antonio Carnero, Juan Bautista Sáenz Navarrete y Juan de Pineda.

7   "monopantones." (Los impresos.)

15   "será bien se confiera." (Edic. de Zaragoza.)

19   "Pacasmazo." (Los impresos.)

19   El licenciado José González.

que el secreto fuese ciego y mudo. Y sacando
un libro encuadernado en peilejo de oveja,
cogida con torzales de oro en varios labores
la lana, se le dió a Saadías, diciendo:

—Esta prenda os damos por rehenes.

Tomóle, y preguntó:

—¿Cúyas son estas obras?

Respondió Pacas Mazo:

—De nuestras palabras. El autor es Nico-
lás Machiavelo, que escribió el canto llano de
nuestro contrapunto.

Mirándole con grande atención los judíos,
y particularmente la encuadernación en pellejo de oveja, Rabbi Asepha, que asistía por
Orán, dijo:

—Esta lana es de la que dicen los españoles que vuelve trasquilado quien viene
por ella.

Con esto se apartaron, tratando unos y
otros entre sí de juntarse, como pedernal y
eslabón, a combatirse y aporrearse y hacerse
pedazos hasta echar chispas contra todo el
mundo, para fundar la nueva seta del dinerismo, mudando el nombre de ateístas en dineranos.

---

5 "en rehenes." (Los impresos.)
8 "Pacas-Mazo." (Idem.)
14 "Asapha." (El original y los impresos.)
25 "o en dineristas." (Edic. de Bruselas.)

XL. Los pueblos y súbditos a señores,
príncipes, repúblicas y reyes y monarcas se
juntaron en Lieja, país neutral, a tratar de
sus convenencias y a remediar y a descansar
5 sus quejas y malicias y desahogar su sentir,
opreso en el temor de la soberanía. Había
gente de todas naciones, estados y calidades.
Era tan grande el número, que parecía ejército y no junta, por lo cual eligieron por sitio
10 la campaña abierta. Por una parte, admiraba
la maravillosa diferencia de trajes y de as-
pectos; por otra, confundía los oídos y burlaba la atención la diferencia de lenguas.
Parecía romperse el campo con las voces:
15 resonaba a la manera que cuando el sol cuece
las mieses, se oye importuno rechinar con la
infatigable voz de las chicharras; el más sonoro alarido era el que encaramaban, desga-
ñitándose, las mujeres con acciones frenéti-
20 cas. Todo estaba mezclado en tumulto ciego
y discordia furiosa: los republicanos querían
príncipes, los vasallos de los príncipes querían ser republicanos.

Esta controversia empelazgaron un noble

---

20   "fiero y en discordia." (Los impresos.)
24   "Con esta controversia se envedijaron." (Idem.)
24   *Pelaza* o *pelazga* significa pendencia, riña o disputa.
Empelazgar una controversia es frase inventada por el es-
critor para encarecer la vehemencia del altercado.

saboyano y un ginovés plebeyo. Decía el saboyano que su Duque era el movimiento perpetuo y que los consumía con guerras continuas por equilibrar su dominio, que se ve
anegado entre las dos coronas de Francia y 5
España, y que su conservación la tenía en
revolver, a costa de sus vasallos, los dos Reyes, para que, ocupado el uno con el otro, no
pueda el uno ni el otro tragársele, viendo que
sucesivamente entrambos príncipes, ya éste, 10
ya aquél, le conquistan y le defienden, lo cual
pagan los súbditos sin poder respirar en
quietud. Cuando Francia le embiste, España
le ayuda, y cuando España le acomete, Francia le defiende. Y como ninguno de los dos le 15
ampara por conservarle, sino porque el otro
no crezca con su Estado y le sea más formidable y próximo vecino, de la defensa resulta
a sus pueblos tanto daño como de la ofensa,
y las más veces, más. El Duque recata en su 20
corazón disimulada la pretensión de liberta-
dor de Italia, blasonando, para tener propicia
la Santa Sede, toda la historia de Amadeo, a
quien llamaron *Pacífico*, por haber sospecha-
do algunos impíamente maliciosos que pen- 25
saba en reducir al Sumo Pontífice a solo el
caudal de las gracias y indulgencias. Padece

---

3 "perpetuas, por equilibrar." (Ms. original.)

el Duque achaques de Rey de Chipre, y es
molestado de recuerdos de señor de Ginebra,
y adolece de soberanía desigual entre los demás potentados. Todas estas cosas son espuelas que se añaden a los alientos, que en él
necesitan de freno; que por estas razones
viene a tratar que la Saboya y el Piamonte se
confederen en República, donde la justicia y
el consejo mandan y la libertad reina.

—¡Que la libertad reina! —dijo, dado a
los diablos, el ginovés—. Tú debes de estar
loco, y como no has sido repúblico, no sabes
sus miserias y esclavitudes. No bastará toda
la razón de Estado a concertarnos. Yo, que
soy ginovés, hijo de aquella República, que
por la vecindad y emulación os conoce a vosotros, vengo a persuadir a vuestro Duque,
con la asistencia de nosotros los plebeyos, se
haga Rey de Génova, y si él no lo aceta, he
de ir a persuadir esta oferta al Rey de España, y si no, al francés, y de unos Reyes en
otros, hasta topar con alguno que se apiade
de nosotros. Dime, malcontento del bien que
Dios te hizo en que nacieses sujeto a príncipe, ¿has considerado cuánto mayor descan-

---

1 "Padece el Duque achaques", etc. (Edic. de Zaragoza.)
19 Al margen en la edición de Zaragoza y al pie en
la de Bruselas, se lee: *Contra el gobierno repúblico.*

so es obedecer a uno solo que a muchos, juntos en una pieza y apartados, y diferentes en
costumbres, naturales, opiniones y desinios?
Perdido, ¿no adviertes que en las repúblicas,
como es anuo y sucesivo por las familias el   5
gobierno, es respectivo, y que la justicia ca-
rece de ejecución, con temor de que los que
otro año u otro trienio mandarán se venguen
de lo que hizo el que gobernó? Si el Senado
repúblico se compone de muchos, es confu-   10
sión; si de pocos, no sirve sino de corromper
la firmeza y excelencia de la unidad: ésta no
se salva en el Dux, que, o no tiene absoluto
poder, o es por tiempo limitado. Si mandan
por igual nobles y plebeyos, es una junta de   15
perros y gatos, que los unos proponen mor-
discones con los dientes, ladrando, y los otros
responden con araños y uñas. Si es de pobres y ricos, desprecian a los pobres los ricos
y a los ricos invidian los pobres. Mirá qué   20
compuesto resultará de invidia y desprecio.
Si el gobierno está en los plebeyos, ni los
querrán sufrir los nobles ni ellos podrán sufrir el no serlo. Pues si los nobles solos mandan, no hallo otra comparación a los súbditos   25
sino la de los condenados, y éstos somos los

---

20   "los ricos desprecian a los pobres, los pobres en-
vidian a los ricos." (Los impresos.)

plebeyos ginoveses, y si se pudiera sin error
encarecerlo más, me pareciera haber dicho
poco. Génova tiene tantas repúblicas como
nobles y tantos miserables esclavos como ple-
5 beyos. Y todas estas repúblicas personales se
juntan en un palacio a sólo contar nuestro
caudal y mercancías, para roérnosle o bajando o subiendo la moneda, y como malsines de
nuestro caudal, atienden siempre a reducir
10 a pobreza nuestra inteligencia. Usan de nosotros como de esponjas, enviándonos por el
mundo a que, empapándonos en la negociación, chupemos hacienda, y, en viéndonos
abultados de caudal, nos exprimen para sí.
15 Pues dime, maldito y descomulgado saboyano: ¿qué pretendes con tu traición y tu infernal intento? ¿No conoces que nobles y plebeyos transfieren su poder en los reyes y príncipes, donde, apartado de la soberbia y poder
20 de los unos y de la humildad de los otros,
compone una cabeza asistida de pacífica y des-
interesada majestad, en quien ni la nobleza
presume ni la plebe padece?

Embistiéranse los dos, si no los apartara
25 el mormullo de una manada de catredáticos,
que venía retirándose de un escuadrón de

---

19   "soberanía de los unos." (Los impresos.)
25   "mormollo." (Ms. original.)

mujeres, que, con las bocas abiertas, los hun-
dían a chillidos y los amagaban de mordis-
cones. Una dellas, cuya hermosura era tan
opulenta que se aumentaba con la disformi-
dad de la ira, siendo afecto que en la suma 5
fiereza de un león halla fealdad que añadir,
dijo:

—Tiranos, ¿por cuál razón (siendo las mujeres de las dos partes del género humano la
una, que constituye mitad) habéis hecho vos- 10
otros solos las leyes contra ellas, sin su con-
sentimiento, a vuestro albedrío? Vosotros nos
priváis de los estudios, por invidia de que, os
excederemos; de las armas, por temor de que
seréis vencimiento de nuestro enojo los que 15
lo sois de nuestra risa. Habéisos constituído
por árbitros de la paz y de la guerra, y nosotras padecemos vuestros delirios. El adulterio en nosotras es delito de muerte, y en vosotros, entretenimiento de la vida. Queréisnos 20
buenas para ser malos, honestas para ser dis-
traídos. No hay sentido nuestro que por vosotros no esté encarcelado; tenéis con grillos
nuestros pasos, con llave nuestros ojos; si
miramos, decís que somos desenvueltas; si 25
somos miradas, peligrosas, y, al fin, con achaque de honestidad, nos condenáis a privación

---

2 "gazpellidos y los amagaban."

de potencias y sentidos. Barbonazos, vuestra
desconfianza, no nuestra flaqueza, las más veces nos persuade contra vosotros lo propio
que cauteláis en nosotras. Más son las que
5 hacéis malas que las que lo son. Menguados,
si todos sois contra nosotras *privaciones,*
fuerza es que nos hagáis todas *apetitos* contra vosotros. Infinitas entran en vuestro poder buenas, a quien forzáis a ser malas, y
10 ninguna entra tan mala a quien los más de
vosotros no hagan peor. Toda vuestra seve-
ridad se funda en lo frondoso y opaco de
vuestras caras, y el que peina por barba más
lomo de javalí, presume más suficiencia, como
15 si el solar del seso fuera la pelambre pro-
longada de quien antes se prueba de cola que
de juicio. Hoy es día en que se ha de enmen-
dar esto, o con darnos parte en los estudios y
puestos de gobierno, o con oírnos y desagra-
20 viarnos de las leyes establecidas, instituyen-
do algunas en nuestro favor y derogando
otras que nos son perjudiciales.

Un dotor, a quien la barba le chorreaba
hasta los tobillos, que las vió juntas y deter-
25 minadas, fiado en su elocuencia, intentó satis-
facerlas con estas razones:

---

22 "no son." (Edic. de Zaragoza y españolas del siglo XVII.)

—Con grande temor me opongo a vosotras, viendo que la razón frecuentemente es vencida de la hermosura, que la retórica y dialéctica son rudas contra vuestra belleza. Decidme, empero: ¿qué ley se os podrá fiar, si la primera mujer estrenó su ser quebrantando la de Dios? ¿Qué armas se pondrán con disculpa en vuestras manos, si con una manzana descalabrastes toda la generación de Adán, sin que se escapasen los que estaban escondidos en las distancias de lo futuro? Decís que todas las leyes son contra vosotras; fuera verdad si dijérades que vosotras érades contra todas las leyes. ¿Qué poder se iguala al vuestro, pues si no juzgáis con las leyes estudiándolas, juzgáis a las leyes con los jueces, corrompiéndolos? Si nosotros hicimos las leyes, vosotras las deshacéis. Si los jueces gobiernan el mundo, y las mujeres a los jueces, las mujeres gobiernan el mundo y desgobiernan a los que le gobiernan, porque puede más con muchos la mujer que aman que el texto que estudian. Más pudo con Adán lo que el diablo dijo a la mujer que lo que Dios le dijo. Con el corazón humano muy efi-

---

7   *Nota* se lee al margen en la edición de Zaragoza.
11 "del futuro?" (Ms. original.)
20 "sois contra." (Los impresos.)
20 "y desgobiernan el mundo, y desgobiernan." (Idem.)
25 "a él." (Idem.)

caz es el demonio si le pronuncia una de vosotras. Es la mujer regalo que se debe temer
y amar, y es muy difícil temer y amar una
propia cosa. Quien solamente la ama, se abo-
5 rrece a sí; quien solamente la aborrece, aborrece a la naturaleza. ¿Qué Bártulo no bo-
rran vuestras lágrimas? ¿De qué Baldo no
se ríe vuestra risa? Si tenemos los cargos y
los puestos, vosotras los gastáis en galas y
10 trajes. Un texto solo tenéis, que es vuestra
lindeza: ¿cuándo le alegastes que no os va-
liese? ¿Qién le vió que no quedase vencido?
Si nos cohechamos, es para cohecharos; si
torcemos las leyes y la justicia, las más ve-
15 ces es porque seguimos la dotrina de vuestra belleza, y de las maldades que nos man-
dáis hacer cobráis los intereses y nos dejáis la infamia de jueces detestables. Invi-
diáisnos la asistencia y los cargos en la gue-
20 rra, siendo ella a quien debéis el descanso de
viudas y nosotros el olvido de muertos. Que-
jáisos de que el adulterio es en vosotras delito capital y no en nosotros. Demonios de buen
sabor, si una liviandad vuestra quita las hon-

---

8 "¿Quién es soberano y de qué, si no os huye?"
(Ms. de Lista.)

12 "convencido?" (Los impresos.)

24 "saber, si una libertad vuestra." (Las impresiones
españolas hasta fines del siglo XVIII.) "sabor si una libertad." (Las belgas.)

ras a padres y hijos y afrenta toda una generación, ¿por qué se os antoja riguroso castigo la pena de muerte, siendo de tanto mayor
estimación la honra de muchos inocentes que
la vida de un culpado? Estemos al aprecio 5
que desto hacen vuestras propias obras. Vosotras, por infinitos, no podéis contar vuestros
adulterios, y nosotros, por raros, no tenemos
qué contar de los degüellos; el escarmiento
sigue a la pena: ¿dónde está éste? Quejaros 10
de que os guardamos es quejaros de que os
estimemos: nadie guardó lo que desprecia.
Según lo que he discurrido, de todo sois se-
ñoras, todo está sujeto a vosotras; gozáis la
paz y ocasionáis la guerra. Si habéis de pedir 15
lo que os falta a muchas, pedid moderación
y seso.

¿*Seso* dijiste? No lo hubo pronunciado
cuando todas juntas se dispararon contra el
triste dotor en remolino de pellizcos y repe- 20
lones, y con tal furia le mesaron, que le dejaron lampiño de la pelambre graduada, que
pudiera, por lo lampiño, pasar por vieja en
otra parte. Ahogáranle si no acudiera mucha
gente a la pelazga y mormullo que habían 25

---

9 "contar. En los degüellos el escarmiento sigue a
la pena." (Los impresos.)

12 "guarda." (Idem.)

25 "pelarza y mormollo." (Ms. original.) "Pelanza y
mormullo." (Todos los impresos.)

armado un francés monsiur y un italiano monseñor.

Habíanse ya pronunciado el enojo con algunos sopapos y dádose *sanctus* en las jetas, 5 con séquito de coces y bocados. El francés se carcomía de rabia y el monseñor se destrizaba de cólera. Concurrieron por una y otra parte italianos y bugres. Pusiéronse en medio de los alemanes, y, sosegándolos con 10 harta dificultad, los preguntaron la causa. El francés, arrebañándose con entrambas manos las bragas, que con la fuga se le habían bajado a las corvas, respondió:

—Hoy hemos concurrido aquí todos los 15 súbditos para tratar del alivio de nuestras quejas. Yo estaba comunicando con otros de mi nación el miserable estado en que se halla Francia, mi patria, y la opresión de los franceses so el poder de Armando, cardenal de 20 Richeleu. Ponderaba con la maña que llamaba servir al Rey lo que es degradarle; cuánta raposa vestía de púrpura, cómo con el ruido que inducía en la cristiandad disimulaba el de su lima, que agotaba en su astucia la

---

4 Dase *sanctus* en Misa, pasándose de uno a otro y dando a besar lo que se llama *sanctus*.

5 "armado. Un francés monsiur y un italiano monseñor habíanse ya pronunciado el enojo con algunos sopapos, con séquito de voces y bocados." (Los impresos.)

6 "destrozaba de cólera." (Idem.)

confianza del Príncipe, que había puesto en
manos de sus parientes y cómplices el mar
y la tierra, fortalezas y gobiernos, ejércitos
y armadas, infamando los nobles y engran-
deciendo los viles. Acordaba a los de mi na- 5
ción de las tajadas y pizcas en que resolvie-
ron al mariscal de Ancre; acordábalos de
Luínes y cómo nuestro Rey no se limpiaba
de privados, y que esto sólo hacía bien a esotros dos a quien acreditaba. Advertía que en 10
Francia, de pocos años a esta parte, los traidores han dado en la agudeza más perniciosa
del infierno, pues, viendo que levantarse con
los reinos se llama traición y se castiga como
traidor al que lo intenta, para asegurar su 15
maldad se levantan con los reyes y se llaman
privados, y en lugar de castigo de traidores,
adquieren adoración de reyes de reyes. Proponía, y lo propongo, y lo propondré en la
junta, que para la perpetuidad de la sucesión 20
y de los reinos y extirpar esta seta de traidores, se promulgue ley inviolable e irremisible, que ordenase que el Rey que en Francia se sujetare a privado, *ipso jure*, él y su
sucesión perdiesen el derecho del reino, y que 25
desde luego fuesen los súbditos absueltos del
juramento de fidelidad, pues no previene tan

---

18 "Proponía", etc. (Todos los impresos.)

manifiesto peligro la ley Sálica, que excluye
las hembras, como ésta, que excluye validos.
Decía que juntamente se mandase que el vasallo que con tal nombre se atreviese a levan-
5 tarse con su rey, muriese infamemente y perdiese todas las honras y bienes que tuviese,
quedando su apellido siempre maldito y condenado. Pues sin más consideración, ese desatinado bergamasco, ni acordarme de los ne-
10 potes de Roma, me llamó hereje *pezente* y
mascalzón, diciendo que en detestar los privados, detestaba los nepotes, y que privado y
nepote eran dos nombres y una cosa. Y no
habiendo yo tomado en la boca disparate
15 semejante, me embistió en la forma que nos
hallastes.

---

2 Todo esto suena para *Francia,* y es a *España* a
quien lo dice Quevedo, por los desastrosos valimientos del
Duque de Lerma, de don Rodrigo Calderón y del Conde-
Duque de Olivares.

5 "infame muerte." (Los impresos.)

8 "Los alemanes quedaron con los demás oyentes
suspensos y pensativos. Encamináronlos", etc. (Las impresiones españolas hasta fines del siglo XVIII.)

9 "yo." (Las ediciones belgas, la de Sancha y siguientes, y el Ms. de la Biblioteca Nacional, T. 153, fol. 239 v.)

11 "diciendo", etc. (Las mismas.) Suprimieron aquellas dos palabras por no hallarles sentido en castellano.
Efectivamente, no le tienen: son italianas. *Pezzente* (viene
de *pezzo,* pedazo de cosa sólida, como de pan, de madera)
significa *pordiosero, mendigo. Mascalzone* quiere decir *ban-
dido, salteador de caminos.*

12 "de los privados, detestables de los nepotes." (El
Ms. que acaba de citarse de la Biblioteca Nacional.)

Los alemanes quedaron, con los demás oyentes, suspensos y pensativos. Encamináronlos a cada uno a su puesto, no sin dificultad, y dispusieron en auditorio pacífico aquellas multitudes para la propuesta que en nombre de todos hacía un letrado bermejo, que a todos los había revuelto y persuadido a pretensiones tan diferentes y desaforadas. Mandaron el silencio dos clarines, cuando él, sobre lugar eminente que en el centro del concurso los miraba en iguales distancias, dijo:

"—La pretensión que todos tenemos es la libertad de todos, procurando que nuestra sujeción sea a lo justo, y no a lo violento; que nos mande la razón, no el albedrío; que seamos de quien nos hereda, no de quien nos arrebata; que seamos cuidado de los Príncipes, no mercancía, y en las Repúblicas compañeros, no esclavos; miembros y no trastos; cuerpo y no sombra. Que el rico no estorbe al pobre que pueda ser rico, ni el pobre enriquezca con el robo del poderoso. Que el noble no desprecie al plebeyo, ni el plebeyo aborrezca al noble, y que todo el gobierno se ocupe en animar a que todos los pobres sean ricos y honrados los virtuosos, y en estorbar que suceda lo contrario. Hase de obviar que

---

10 "preeminente." (Los impresos todos.)

ninguno pueda ni valga más que todos, porque quien excede a todos destruye la igualdad, y quien le permite que exceda le manda que conspire. La igualdad es armonía, en que
5 está sonora la paz de la república, pues en turbándola particular exceso, disuena y se oye rumor lo que fué música. Las repúblicas han de tener con los reyes la unión que tiene la tierra, en quien ellas se representan, con el
10 mar, que los representa a ellos. Siempre están abrazados, mas siempre ésta se defiende de las insolencias de aquél con la orilla, y siempre aquél la amenaza, la va lamiendo y procurando anegarla y sorbérsela, y ésta, cobrar
15 de sí, por una parte, tanto como él la esconde por otra. La tierra, siempre firme y sin movimiento, se opone al bullicio y perpetua discordia en su inconstancia; aquél, con cualquier viento se enfurece; ésta, con todos se
20 fecunda. Aquél se enriquece de lo que ésta le fía; ésta, con anzuelos, y redes, y lazos, le pesca y le despuebla. Y de la manera que toda la seguridad del mar y el abrigo está en la tierra, que da los puertos, así en las repú-
25 blicas está el reparo de las borrascas y golfos de los reinos. Estas siempre han de militar con el seso, pocas veces con las armas; han de tener ejércitos y armadas prontas en la suficiencia del caudal, que es el *luego* que

logra las ocasiones. Deben hacer la guerra a
los unos reyes con los otros, porque los monarcas, aunque sean padres y hijos, hermanos y cuñados, son como el hierro y la lima,
que siendo, no sólo parientes, sino una mis- ⁵
ma cosa y un propio metal, siempre la lima
está cortando y adelgazando al hierro. Han
de asistir las repúblicas a los príncipes temerarios lo que baste para que se despeñen, y
a los reportados, para que sean temerarios. ¹⁰
Harán nobilísima la mercancía, porque enriquece y lleva los hombres por el mundo ocupados en estudio práctico, que los hace doctos
de experiencias, reconociendo puertos, costumbres, gobiernos y fortalezas y espiando ¹⁵
desinios. Serán meritorios al útil de la Patria
los estudios políticos y matemáticos, y a ninguna cosa se dará peor nombre que al ocio
más ilustre y a la riqueza más vagamunda.
Los juegos públicos se ordenarán del ejerci- ²⁰
cio de las armas, conforme a la disposición
de las batallas, porque sean juntamente de
utilidad y entretenimiento, juntamente fiestas y estudios, y entonces será decente fre-
cuentar los teatros cuando fueren academias. ²⁵
Hase de condenar por infame ostentación en

---

21 "de fuego y del manejo de todas armas." (Todos
los impresos.)
26 "la obstinación en trajes." (Idem.)

trajes, y sólo ha de ser diferencia entre el
pobre y el rico que éste dé el socorro y aquél
le reciba, y entre noble y plebeyo, la virtud
y el valor, pues fueron principio de todas las
noblezas que son. Aquí se me caerán unas pa-
labrillas de Platón: quien las hubiere menester, las recoja, que yo no sé a qué propósito
las digo, mas no faltará quien sepa a qué propósito las dijo en el diálogo 3 *de Republica,*
vel de Justo. Son éstas: *Igitur rempublicam*
administrantibus praecipuè, si quibus aliis,
mentiri licet, vel hostium, vel civium causa,
ad communem civitatis utilitatem: reliquis
autem à mendacio abstinendum est. "Si a
algunos es lícito mentir, principalmente es
lícito a los que gobiernan las repúblicas, o
por causa de los enemigos, o ciudadanos, para
la común utilidad de la ciudad: todos los demás se han de guardar de mentir." Pondero
que, condenando la Iglesia católica esta doctrina de la república de Platón, hay quien se
precia y blasona de ser su república.

"Pasemos a la propuesta de los súbditos de
los reyes. Estos se quejan de que ya todos
son electivos, porque los que son y nacen here-
ditarios son electores de privados, que son
reyes por su elección. Esto los desespera,
porque dicen los franceses que los príncipes
que para mejor gobernar sus reinos se en-

tregan totalmente a validos, son como los
galeotes, que caminan forzados, volviendo las
espaldas al puerto que buscan, y que los tales
privados son como jugadores de manos, que,
cuanto más engañan, más entretienen, y cuan- 5
to mejor esconden el embuste a los ojos y
más burlas hacen a las potencias y sentidos,
son más eminentes y alabados del que los
paga los embelecos con que le divierten. La
gracia está en hacerle creer que está lleno lo 10
que está vacío, que hay algo donde no hay
nada, que son heridas en otros lo que es me-
llas en sus armas, que arrojan con la mano
lo que esconden en ella. Dicen que le dan dinero, y cuando lo descubre, se halla con una 15
inmundicia o la muela de un asno. Las comparaciones son viles: válense dellas a falta de
otras; por esto afirman que igualmente son
reprehensibles el rey que no quiere ser lo que
el grande Dios quiso que fuese y el que quie- 20
re ser lo que no quiso que fuera. Osan decir
que el privado total introduce en el rey, como
la muerte en el hombre, *nova forma cadave-
ris: nueva forma de cadáver,* a que se sigue
corrupción y gusanos, y que, conforme a la 25
opinión de Aristóteles, en el Príncipe *fit re-
solutio usque ad materiam primam;* quiere

---

25   "arte conforme a la opinión." (Los impresos todos.)

decir: *no queda alguna cosa de lo que fué, sino la representación*. Esto baste.

"Pasemos a las quejas contra los tiranos y a la razón dellas. Yo no sé de quién hablo ni de quién no hablo: quien me entendiere, me declare. Aristóteles dice *que es tirano quien mira más a su provecho particular que al común*. Quien supiere de algunos que no se comprehenden en esta definición, lo venga diciendo, y le darán su hallazgo. Quéjanse de los tiranos más los que reciben beneficios que los que padecen castigos, porque el beneficio del tirano constituye delincuentes y cómplices, y el castigo, virtuosos y beneméritos; tales son, que la inocencia, para ser dichosa, ha de ser desdichada en sus dominios. El tirano, por miseria y avaricia, es fiera; por soberbia, es demonio; por deleites y lujuria, todas las fieras y todos los demonios. Nadie se conjura contra el tirano primero que él mismo; por

---

10   Estas frases van disparadas al Conde de Olivares, *duque* de Sanlúcar, don Gaspar de Guzmán.

10   "Duque hay que aprendió tan de coro la aristotélica doctrina, que, por hacerlo mejor que todos, se excedió a sí mismo; y a él pueden acudir los que pretendan aventajarle, que les juro por mi vida no han de conseguirlo más que si tratasen de topar con la cuadratura del círculo." (Ms. de Lista.)

16   Lo dice Quevedo por sí mismo, acordándose de sus persecuciones. Este pensamiento ¿le sugeriría el de *La Felicidad desdichada*, novela que escribió?

esto es más fácil matar al tirano que sufrirle.
El beneficio del tirano siempre es funesto: a
quien más favorece, el bien que le hace es
tardarse en hacerle mal. Ejemplo de los tiranos fué Polifemo, en Homero: favoreció a 5
Ulises con hablar con él solo, y con pregun-
tarle supo sus méritos, oyó sus ruegos, vió su
necesidad, y el premio que le ofreció fué que,
después de haberse comido a sus compañeros, le comería el postrero. Del tirano que se 10
come los que tiene debajo de su mano, no
espere nadie otro favor sino ser comido el
último. Y adviértase que, si bien el tirano lo
concede por merced, el que ha de ser comido
no lo juzga en la dilación sino por aumento 15
de crueldad. Quien te ha de comer después
de todos, te empieza a comer en todos los que
come antes; más tiempo te lamentas vianda
del tirano cuanto más tarda en comerte. Ulises duraba en su poder manjar y no huésped. 20
Detenerle en la cueva para pasarle al estómago, más era sepoltura que hospedaje. Ulises con el vino le adormeció: su veneno es el
sueño. Pueblos, daldes sueño, tostad las has-
tas, sacadles los ojos, que después ninguno 25
hizo lo que todos desearon que se hiciese.
Ninguno decía el tirano Polifemo que le había

---

10 "a él el postrero." (Los impresos.)

cegado, porque Ulises, con admirable astucia,
le dijo que se llamaba *Ninguno*. Nombrábale
para su venganza y defendíale con la equivo-
cación del nombre: ellos disculpan a quien
⁵ los da muerte, a quien los ciega. Libróse Ulises disimulado entre las ovejas que guarda-
ba. Lo que más guarda el tirano, guarda contra él a quien le derriba.

"Esto supuesto, digo que hoy nos junta-
¹⁰ mos los sugetos a tratar de la defensa nuestra, contra el arbitrio de los que nos gobiernan mediata o inmediatamente. En las repúblicas y en los reinos, los puntos sustanciales
que a mí se me ofrecen, son: que los conse-
¹⁵ jeros sean perpetuos en sus consejos, sin poder tener ni pretender ascenso a otros, porque pretender uno y gobernar otro, no da
lugar al estudio ni a la justicia, y la ambición de pasar a tribunal diferente y superior
²⁰ le tiene caminante, y no juez, y con lo que
gobierna granjea lo que quiere gobernar, y,
distraído, no atiende a nada: a lo que tiene,
porque lo quiere dejar, y a lo que desea, porque aún no lo tiene. Cada uno es de provecho
²⁵ donde los años le han dado experiencia y estorbo donde empieza la primera noticia, por-

---

12 "en las repúblicas y en los reinos. Los puntos sustanciales." (Todos los impresos.)

que pasan de las materias que ya sabían a
las que aún no saben. Las honras que se les
hicieren, no han de salir del estado de su profesión, porque no se mezclen con las milita-
res, y la toga y la espada anden en ultraje: 5
aquélla embarazada y extraña y ésta quejosa
y confundida.

"Que los premios sean indispensables; que,
no sólo no se den a los ociosos, sino que no se
permita que los pidan, porque si el premio de 10
las virtudes se gasta en los vicios, el príncipe
o república quedará pobre de su mayor tesoro, y el metal del precio, vil y falsificado. No
le han de aguardar el benemérito ni el indig-
no: aquél, porque se le han de dar luego; 15
éste, porque nunca se le han de dar. Menos
mal gastado sería el oro y los diamantes en
grillos para aprisionar delincuentes que una
insignia militar y de honor en un vagamundo
y vicioso. Roma entendió esto bien, que paga- 20
ba con un ramo de laurel y de roble más
heridas que daba hojas, vitorias de ciudades,
provincias y reinos. Para consejeros de Guerra y Estado sólo sean suficientes y admitidos los valientes y experimentados: sea pre- 25
rogativa la sangre, o vertida o aventurada;

5 "condenen el traje: aquélla embaraza y extraña, y
ésta está quejosa." (Los impresos.)
24 "solamente sean admitidos." (Idem.)

no la presuntuosa en genealogías y antepasados. Para los cargos de la guerra se han de preferir los valientes y dichosos. Gran recomendación es la de los bienafortunados so-
5 bre valientes: Lucano lo aconseja:

> ... *Fatis accede, Deisque,*
> *Et cole felices, miseros fuge.*

Siempre he leído esto de buena gana, y a este admirable poeta, niégueselo quien quisie-
10 re, con atención en lo político y militar, preferida a todos después de Homero.

"Para las judicaturas se han de escoger los doctos y los desinteresados. Quien no es codicioso, a ningún vicio sirve, porque los vicios
15 inducen el interés a que se venden. Sepan las leyes, empero no más que ellas; hagan que sean obedecidas, no obedientes. Este es el punto en que se salvan los tribunales. Yo he dicho. Vosotros diréis lo que se os ofrece y
20 propondréis los remedios más convenientes y platicables."

Calló. Y como era multitud diferente en naciones y lenguas, se armó un zurrido de gerigonzas tan confuso, que parecía haberse

---

1 "aventajada; no la presuntuosa." (Los impresos.)
5 Libro VIII de *La Farsalia*, verso 486.
10 "que a mí no se me dará una higa dello; basta que yo lo crea)." (Ms. de Lista.)

apeado allí la tabaola de la torre de Nem-
brot: ni los entendían ni se entendían. Ardía-
se en sedición y discordia el sitio, y en los
visajes y acciones parecía junta de locos u
endemoniados. Cuando el gremio de los pas- 5
tores, que con ondas ceñían los pellejos de
las ovejas, que les eran más acusación que
abrigo, dijeron que "los oyesen luego y los
primeros, porque se les habían rebelado las
ovejas, diciendo que ellos las guardaban de 10
los lobos, que se las comían una a una, para
trasquilarlas, desollarlas, matarlas y vender-
las todas juntas de una vez, y que pues los
lobos, cuando mucho, se engullían una, u dos,
u diez, u veinte, pretendían que los lobos las 15
guardasen de los pastores, y no los pastores
de los lobos, y que juzgaban más piadosa la
hambre de sus enemigos que la codicia de sus
mayorales, y que tenían hecha información
contra nosotros con los mastines de ganado". 20
No quedó persona que no dijese:
—Ya entendemos: no son bobas las ovejas
si lo consiguen.
En esto, los cogió la *hora*, y, enfurecidos,
unos decían: "Lobos queremos"; otros: "To- 25
dos son lobos"; otros: "Todo es uno"; otros:
"Todo es malo". Otros muchos contradecían
a éstos. Y viendo los letrados que se mezcla-
ban en pendencia, por sosegarlos, dijeron que

el caso pedía consideración grande, que lo difiriesen a otro día y, entre tanto, se acudiese por el acierto a los templos sagrados. Los franceses, en oyéndolo, dijeron:

5 —En siendo necesario acudir a los templos, somos perdidos, y tememos nos suceda lo que a la lechuza cuando estaba enferma, que, consultando a la zorra, a quien juzgó por animal más graduado, su mal, juntamente con la
10 picaza, a quien, por verla sobre mulas matadas, juzgó por médico, la respondieron que no tenía remedio sino acudir a los templos, la cual lechuza, en oyéndolo, dijo:

—Pues yo soy muerta si mi remedio es acu-
15 dir a los santuarios, pues mi sed los tiene a escuras, por haberme bebido el aceite de las lámparas, y no hay retablo que no tenga sucio.

El monseñor, levantando la voz, dijo:
20 —Monsiures lechuzas: se os otorga esa comparación y se os acuerda a vosotros y a cuantos coméis de lo sagrado lo que Homero refiere de los ratones cuando pelearon con las ranas, que, acudiendo a los dioses que los
25 favoreciesen, se excusaron todos, diciendo unos que les habían roído una mano, otros

6 "no nos suceda." (Los impresos.)
10 "andar." (Idem.)

un pie, otros las insignias, otros las coronas, otros los picos de las narices, y ninguno hubo que en su imagen o bulto no tuviese algo menos y señales de sus dientes. Aplicad ahora, ratones calvinistas, luteranos, hugonotes y reformados, y veréis en el cielo quién os ha de ayudar.

—¡Oh, inmenso Dios! Cuál zacapella y turbamulta armaron los bugres con el monseñor. La discordia del campo de Agramante, en su comparación, era un convento de vírgines vestales; para sosegarlos se vieron todos en peligro de perderse. En fin, detenidos y no acallados, se fueron todos quejosos de lo que cada uno pasaba y rabiando cada uno por trocar su estado con el otro.

Cuando esto pasaba en la tierra, viéndolo con atención los dioses, el Sol dijo:

—La *hora* está boqueando, y yo tengo la sombra del gnomon un tris de tocar con el número de las cinco. Gran padre de todos, determina si ha de continuar la Fortuna antes que la *hora* se acabe u volver a voltear y rodar por donde solía.

Júpiter respondió:

---

6 "la conseja, y veréis en el cielo", etc. (Todas las ediciones españolas hasta fines del siglo XVIII.)

8 "escarapela." (Todos los impresos.)

20 "nomon." (Ms. original.)

—He advertido que en esta *hora*, que ha
dado a cada uno lo que merece, los que, por
verse despreciados y pobres, eran humildes,
se han desvanecido y demoniado, y los que
5 eran reverenciados y ricos, que, por serlo,
eran viciosos, tiranos, arrogantes y delincuentes, viéndose pobres y abatidos, están con
arrepentimiento y retiro y piedad; de lo que
se ha seguido que los que eran hombres de
10 bien se hayan hecho pícaros, y los que eran
pícaros, hombres de bien. Para la satisfación de las quejas de los mortales, que pocas
veces saben los que nos piden, basta este poco
de tiempo, pues su flaqueza es tal, que el que
15 hace mal cuando puede, le deja de hacer
cuando no puede, y esto no es arrepentimiento, sino dejar de ser malos a más no poder.
El abatimiento y la miseria los encoge, no los
enmienda; la honra y la prosperidad los hace
20 hacer lo que si las hubieran alcanzado siempre hubieran hecho. La Fortuna encamine su
rueda y su bola por las rodadas antiguas y
ocasione méritos en los cuerdos y castigo en
los desatinados, a que asistirá nuestra provi-
25 dencia infalible y nuestra presciencia soberana. Todos reciban lo que les repartiere, que

---

25 "presencia soberana." (Todos los impresos.)
26 "los repartiere, que es favores o desdenes." (Idem.)

sus favores u desdenes, por sí no son malos,
pues, sufriendo éstos y despreciando aquéllos,
son tan útiles los unos como los otros. Y aquel
que recibe y hace culpa para sí lo que para
sí toma, se queje de sí propio, y no de la For-   5
tuna, que lo da con indiferencia y sin malicia. Y a ella la permitimos que se queje de
los hombres que, usando mal de sus prospe-
ridades u trabajos, la disfaman y la maldicen.

En esto dió la *hora* de las cinco y se acabó   10
la de todos, y la *Fortuna,* regocijada con las
palabras de Júpiter, trocando las manos, volvió a engarbullar los cuidados del mundo y
a desandar lo devanado, y afirmando la bola
en las llanuras del aire, como quien se resba-   15
la por hielo, se deslizó hasta dar consigo en
la tierra.

Vulcano, dios de bigornia y músico de mar-
tilladas, dijo:

---

3 "viles los unos." (Ms. original.)

12 *Trocar las manos,* obrar al revés. REBOLLEDO, *Orac.
fún.,* 38: "En las muertes repentinas se hacen las cosas
al revés, pues para hacerlas al derecho y no venir a trocar las manos, *Ante obitum tuum operare iustitiam.*" VAL-
DERRAMA, *Ejerc. Feria 5, Ceniza:* "¿Qué sé yo si se troca-
rán las manos?"

13 *En-garb-ull-ar* es embarullar, así *garb-ullo* es tropel
de gente, de *garba,* conjunto de muchos manojos de mies;
en Aragón y en Málaga *garb-era* es montón de haces de
mies en el campo o en la era, y *agarberar,* amontonar
haces de trigo; de donde *garb-ear* es coger. robar. en *La
Lozana andaluza* (41).

—Hambre hace, y con la prisa de obedecer dejé en la fragua tostando dos ristras de ajos para desayunarme con los cíclopes.

Júpiter prepotente mandó luego traer de
5 comer, y instantáneamente aparecieron allí Iris y Hebe con néctar, y Ganimedes con un velicomen de ambrosía. Juno, que le vió al lado de su marido, y que con los ojos bebía más del copero que del licor, endragonida y
10 enviperada, dijo:

—O yo o este bardaje hemos de quedar en el Olimpo, u he de pedir divorcio ante Himeneo.

Y si el águila, en que el picarillo estaba a
15 la jineta, no se afufa con él, a pellizcos lo desmigaja, Júpiter empezó a soplar el rayo, y ella le dijo:

---

6 "mensajera de la diosa Juno con néctar, y Ganimedes con un taller de jícaras de ambrosía. Minerva, hija del cogote de Júpiter", etc. (Edic. de Zaragoza y las españolas hasta fines del siglo XVIII.) "(mensajera de la diosa Juno) con néctar, y Ganimedes." (Edic. de Bruselas y la de Sancha.)

7 "belicomen." (Ms. original.)

9 "endragonada." (Edic. de Bruselas y la de Sancha.)

11 El francés dijo *bardache* y el italiano *bagascione*, a lo que el latino *cinoedus*, *puer meritorius*. Opónese a *bugre*.

15 "afufó con él." (Edic. de Bruselas y la de Sancha.) *Afufar* y *afufarse* es huir, del ¡*fuf*! para ahuyentar. CÁCER, p. 106: "Y apostaré que pues él se afufó con tanta priesa." TORRES NAHARRO, 2, 115: "Y se afufan con el caire" (se van con el dinero).

—Yo te le quitaré para quemar al pajecito nefando.

Minerva, hija del cogote de Júpiter (diosa que si Júpiter fuera corito estuviera por nacer), reportó con halagos a Junon; mas Venus, hecha una sierpe, favoreciendo aquellos celos, daba gritos como una verdolera y puso a Júpiter como un trapo. Cuando Mercurio, soltando la tarabilla, dijo que todo se remediaría y que no turbasen el banquete celestial. Marte, viendo los bucaritos de ambrosía, como deidad de la carda y dios de la vida airada, dijo:

—¿Bucaritos a mí? Bébaselos la luna y estas diosecitas.

Y mezclando a Neptuno con Baco, se sorbió los dos dioses a tragos y chupones, y agarrando de Pan, empezó a sacar dél rebanadas y a trinchar con la daga sus ganados, engulléndose los rebaños, hechos jigote, a

---

4 Apodo con que se motejaba a los montañeses y vizcaínos, y que sólo ha quedado ya para los asturianos. Quiere decir que si Júpiter fuera asturiano, esto es, descogotado, no hubiera nacido Minerva de su cogote. Sabido es que se tiene por descogotados a los asturianos.

5 "Juno, que se había endragonado de ver al copero de Júpiter; mas Venus." (Edic. de Bruselas y la de Sancha.)

9 Soltar la tarabilla, charlar mucho.

19 "trinchar." (Edic. de Bruselas y la de Sancha.)

hurgonazos. Saturno se merendó media docena de hijos. Mercurio, teniendo sombrerillo,
se metió de gorra con Venus, que estaba se-
pultando debajo de la nariz, a puñados, ros-
5 quillas y confites. Plutón, de sus bizazas sacó
unas carbonadas que Proserpina le dió para
el camino. Y viéndolo Vulcano, que estaba a
diente, se llegó andando con mareta y con un
mogollón muy cortés, a poder de reverencias,
10 empezó a morder de todo y a mascullar. El
Sol, a quien toca el pasatiempo, sacando su
lira, cantó un himno en alabanza de Júpiter
con muchos pasos de garganta. Enfadados Venus y Marte de la gravedad del tono y de las
15 veras de la letra, él, con dos tejuelas, arrojó
fuera de la nuez una jácara aburdelada de

---

1 *Hurgonazo*, estocada. CALDERÓN, *Antes que todo, es
mi dama*, 1: "Ve aquí que me da | vuesarced un hurgona-
zo." De *hurgón*, especie de asador para menear la lumbre
(COVARRUB.)
5 "vizazas." (Ms. original.) "vivazas." (Ms. de la Biblioteca Nacional, T. 153, fol. 240.) "veazas." (Edic. de
Zaragoza.) Alforjas de vaqueta, con una abertura entre
alforja y alforja para llevarlas en el cuello el caminante,
o asegurarlas en el arzón de la silla.
6 Carne cocida y tostada después.
7 *Estar a diente*, hambriento, sin comer.
8 *Mareta* es como marejada, del andar cojeando. Vulcano.
10 "mascujar." (Todos los impresos.)
15 A estilo de las que se cantaban en un burdel o
lupanar.

quejidos, y Venus, aullando de dedos con cas-
tañetones de chasquido, se desgobernó en un
rastreado, salpicando de cosquillas con sus
bullicios los corazones de los dioses. Tal cizaña derramó en todos el baile, que parecían 5
azogados. Júpiter, que, atendiendo a la tra-
vesura de la diosa, se le caía la baba, dijo:
—¡Esto es despedir a Ganimedes, y no re-
prehensiones!

Diólos licencia, y, hartos y contentos, se 10
afufaron, escurriendo la bola a puto el postre,
lugar que repartió el coperillo del avechucho.

---

1 "de quejidos." (Todos los impresos.)
3 Llamaban así a un paso de los bailes sobremanera
lascivo.
9 "Y tronando de nuevo como al principio, riñó la
luz con las tinieblas, y era de ver los dioses girando alre-
dedor de su padre, tan pronto patas arriba como hacia
abajo, hasta que, cayéndole Venus en los brazos, le dejó
caer los rayos, y al estrépito de un beso que dió el bar-
budo Júpiter, se restableció la calma y todos quedaron
contentos, aunque asustados. Dióles licencia", etc. (Manuscrito de Lista.)
11 A puto el postre, corriendo a porfía, del decir puto
sea el postrero en llegar, pues va detrás, como en Horacio:
"Scabies occupet extremum." JACINTO POLO, Apolo: "A
puto el postre Apolo la seguía." Aquí termina la edición
de Zaragoza y las españolas hasta fines del siglo XVIII.
12 "Ganimedes. — 1645." (Al pie del Ms. original.)
Este es el año en que el libro se puso en limpio, retocado
y acicalado para la estampa. Sin embargo, no le gozó el
público hasta 1650, y aun entonces, el nombre del autor se
envolvió con el anagrama de Nifroscancod Diveque Vasge-
llo, duacense, que, para desorientar más, se le dió patria en
Duay, ciudad del País Bajo, en la Flandes francesa, pues
no puede tener otra interpretación la última palabra.

ÍNDICE